大港的女兒　Chen Rou-Jin

高《たか》雄《お》港《こう》の娘《むすめ》

陳《ちん》　柔《じゅう》縉《しん》

訳　田中美帆

アジア
文芸ライブラリー
—
春秋社

高雄港の娘

本書を郭孫雪娥社長に献げる

陳隆豊博士および郭玥娟夫人の信頼と激励を得て
刊行されたことに心より感謝申し上げる

主要人物家系図

孫家

孫仁貴 ═══ (妻)鄭錦枝
1904年生まれ　　1905年生まれ

- (長女)愛雪　1928年生まれ ── 郭玥(阿玥)、泰一
- (次女)友竹　1931年生まれ
- (三女)悠雲　1932年生まれ
- (長男)大嶽　1935年生まれ
- (次男)大嵩　1936年生まれ
- (四女)昭子　1939年生まれ
- (五女)幸子　1941年生まれ
- (六女)惠子　1943年生まれ

王家

王景忠（1860年生まれ）

- ═══ (第一夫人)蘇氏
  - (長男・養子)開源　1888年生まれ
- ── (第二夫人)張氏
  - (次男)本源　1898年生まれ
  - (四男)逢源　1904年生まれ ── 威德
  - (六男)培源　1908年生まれ
- ── (第三夫人)白寶（1884年生まれ）
  - (三男)和源　1900年生まれ
  - (五男)清源　1905年生まれ ── 燦燦
  - (七男)根源　1909年生まれ

本文凡例

原注は（　）、訳注は〔　〕内に示した。
ただし訳者の判断により原注の一部は省略した。

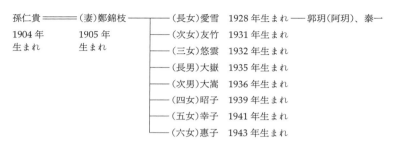

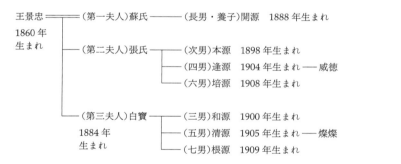

1

孫仁貴《そんじんき》が右足を教壇に乗せた途端、弾かれたように男子が号令をかけた。

「起立」「礼」「着席」

行儀はいいが、孫の表情が穏やかだからか、児童の間に緊張感はない。おまけに立ったり座ったりする子がいて、机と椅子のぶつかる音がする。子どもが舞台を鑑賞するのと同じで、ちっとも静かにならない。

孫が口の前で指を十字にした。神聖な力があるわけではないが、教室はすうっと静かになった。それを見ていた孫は笑みを浮かべると、チョークを手に黒板のほうを向いた。

白線が黒板の上を滑り、四角でも丸でもない形になった。

向き直った孫は、十歳前後の男子児童たちに訊ねた。「みんな、これはなんだと思いますか」

誰かが大声で叫んだ。「カダヤシ〔カダヤシ科の魚名。膨らんだ腹部が特徴〕！」

別の一人が恥ずかしそうに小声でつぶやいた。「妊娠しとる女子《おなご》ん子やろ?」

孫はそれには答えず、諭すように言った。「台湾語は使わないように」

実のところ、孫が授業で使っているのは日本語である。

「家で台湾語を話すときもそんな言い方はいけません。教育を受け、学校へ通う男子は、大きくなったら紳士になるのです。品のある紳士が話す時は『女史』や『女性』『婦人』などと言いましょう」

そう言って孫がさっきの児童を見つめると、彼は目を細めながら角刈りの頭を掻いた。

孫は手のひらを黒板に置いて説明していく。「これが私たちの住む台湾島で——」

島の少し下のほうにぐるぐると円を描いた。「ここが高雄州高雄第二公学校です」

言いながら外側を大きく囲んだ。「苓雅寮《れいがりょう》ですね。南には海、西にあるのが高雄川です」

そして円のそばに素早く、下から上へ線を引いた。

高くて雄々しいとはずいぶん勇ましい川の名だが、第二次世界大戦後にロマンチックな名前がそれに取って代わった。それが今の呼び名「愛河《アイホー》」である。

さて、お楽しみの時間がやってきた。孫は学級全員を運動場に連れ出すと、六人一組で六組に分けた。そして組ごとに、運動場の上に台湾の形を描くと、今度は皆に自分を真似《まね》るように言った。取ってきた砂を描いた台湾の上にかぶせると、児童たちもそれに続く。次に、中央に土を高く盛り始めた。まるで巨人が皿の上で餃子の波打つ耳をねじるみたいだ。

台湾では俗に、子どもの尻には虫がいる、と言われる。要は、おとなしく座っていられない、という意味である。孫が水を持ってくるように言うと、男子はさらにはしゃぎ始めた。廊下の端にある流し台に駆け寄って蛇口をひねると、出てきた水でアルミのバケツがジャーッと鳴る。

孫は軽々とバケツを持つと、餃子の稜線に沿って水を掛けた。「水はどこへ流れますか」

「どっちにも！」「左と右！」「東と西！」

「全部正解です。台湾の川の大半がこうです。雨水が空から落ちてきて、高い山の頂上から東西に伸びた川に流れ込みます」。孫は少し力を入れた。「でも、高雄川は違います。北から南に流れます。それに、山から運んだ砂が海に流れ込むこともありません。すごいでしょう？」

いつも身体を動かして駆け回ることができる孫の授業は、児童から人気があった。日本籍の花本校長が校長室から「静かに！　猫のように静かに歩きなさい！」と叫んだのは一度ではない。孫にやんわりと「孫先生の授業ではみんな元気ですね」と嫌味を言ってきたのだって一度ではない。

噂《うわさ》をすれば影と言われる通り、花本校長が速足で近づいてきた。火を点けたプラスチックのように、眉間にはひどい皺《しわ》が寄っている。教室の外で日陰だというのに、そんなしかめ面なのだ。しかし口を開いて出てきたのは、孫の教え方のことではなかった。

「孫先生、王《おう》家の番頭さんから電話がありました。大至急、王邸へお越しくださいと。大ごとになっています」

「大ごと？」

「大騒ぎだそうです」

「なんですって？」

「旦那様がカンカンなので、とにかく急いで行ってください」

2

この時、孫は二十七歳。自転車に飛び乗り、そのまま王邸に向かった。門番がホッとしたように「孫先生、よくいらしてくださいました」と出迎えた。欧州の城のような邸宅には緑でアーチ状の陰ができていて、その下を急いでも玄関にたどり着くまで二分近くかかる。

苓雅寮の富豪は？と訊かれれば十人が十人、名をあげる人物と言えば、一昨年に死んだ陳中和《ちんちゅうわ》である。陳は製糖工場と製塩工場を所有し、南台湾で知らぬ者はない。それに比べると王景忠《おうけいちゅう》は二番手だが、日本の官僚が認める人物としては格上だった。両者の差は地元の人たちの態度にも明らかで、恭しく「旦那様」と呼ばれる七十代初頭の王に対し、歳のそう違わない陳は近所の者から単に「中和」と呼ばれた。

王は若い頃からの苦労人で、十五歳の時に自分の手持ちで商売を始めた。〝手持ち〟といっても金ではない。苓雅寮の人間に言わせると、ジャンク船（中国式の貨物船）があって初めて商売の第一歩になる。王の船は、日本と清の東南部の各省、そして英国領香港を盛んに行き来した。まず南台湾の砂糖を日本に売り、日本の門司港から石炭、陶器を載せて上海や厦門《アモイ》で絹織物に交換し、さらにそれを香港で英国の石油と交換して台湾に戻る、という具合である。乾いた棒をぐるりと回して水飴《あめ》を巻きつければ、甘い香りのキャンディが出来上がり、というわけだ。

明治二十八（一八九五）年春、日清戦争は終結に近づいていた。三十五歳の王は商船隊を所有し、海運では一目置かれる存在になっていた。清朝が台湾を割譲し、台湾を接収した日本が上陸準備をしている頃、商人たちは王の船隊に、東シナ海の偵察と後方支援、そして時に荷物の輸送を頼んでいた。

この年の後半、南シナ海は大いに荒れた。清の派遣した特使が船上で引き渡し手続きを進めている頃、日本軍は屏東《へいとう》の枋寮《ぼうりょう》と台南から上陸した。十月には、台南で引き渡しに抵抗していた清の軍人・劉永福《りゅうえいふく》が、詰まるところ敵わないと判断し、闇にまぎれて英国の蒸気船で清へ逃げ帰った。劉は英国船に乗る前の晩、両側に護衛船をつけて中国式の帆船に隠れていた。

左舷側は至って静かだったが、二十人ほどの兵士は瞬きもできずにいた。揃わないオーケストラのように風が帆を揺らし、波が岸に打ちつける音だけが不規則に鳴り響いている。すると突然、一人の兵士が立ち上がった。かすかに帆の音が乱れるのが聞こえた。隣の兵士をこづいた。

「聞こえたか」

「ああ」

船全体の兵士が弾かれたように外に出ると、星明かりで別の船が見えた。上官の劉永福を守ろうと、護衛船が見知らぬ船に向かって先制攻撃を仕掛け、一気に近づいた。それが王の船だった。

海の暗闇で誰かが「あーーー」と叫び、膝から崩れ落ちた。

まさにその瞬間、飛んできた刀が王のふくらはぎを刺していた。

敵船が近づき、双方が斬り合いになった。

刺さった刀を引き抜いた王は、汗びっしょりになりながら片足で跪《ひざまず》いた。傷ついた膝を曲げて傷口を押さえるものの、どくどくと流れ出る血はくるぶしを濡らし、靴の中まで滴っている。誰かが火を灯すと、周囲がはっきりと見渡せ、皆が彼のほうを見た。すると、王は将軍よろしく大声で叫んだ。

「我々は何をしてるんだ?」

同じことを今度は広東語で言った。

「我々は何をしてるんだ。誰のために死ぬんだ? 家では母が我らの帰りを待っているんだぞ!」

斬り合う音が止まった。

相手に向けられていた激しい敵意が「母」の一語でしぼんでいった。

王はゆっくりと話し出した。「わしも傷を負って、生死はわからぬ。朝が来たら死んどるかもしれん。そしたら母は泣くやろう。お前らはどうや？　次は誰の番ぞ。そんなに死にたいんか。死んで母を悲しませたいんか」

一人が頭を垂れて、ふーっと息を吐き出した。

王は温かな口調で言った。「皆、生きとる。生きて母に会おうやないか」。そして痛みを堪《こら》えながら叫んだ。「船の荷物は皆で山分けや。ちゃんと帰れよ」

こうして王は劉永福軍の説得に成功し、打狗〔高雄の旧称〕に戻ってきた。打狗の英国領事館では、彼の命をどうにかして救うために力を尽くしたが、膝下からの切断を余儀なくされた。

この一件が王の運命を変えた。始まりは悲劇的だった彼の人生は一転、幸福の星が巡ってきた。劉永福軍の兵士たちの証言で、王は日本の明治政府から戦傷を認められ、明治皇后から義肢を賜った。その義肢は彼の生涯最大の栄誉を物語る発電機として、必要な時に押せば光り輝き、闇を追い払う存在となった。

義肢のくるぶしより下はすべて木製だ。上部は鉄のカゴのようだ。三センチ幅で四本の鉄板が伸び、基礎となる木製の足に固定され、鉄板が上中下と三枚横に走る。丈夫な骨組みの外側は、オレンジがかった皮に覆われていた。

日本の官僚のいる席ではいつも、王は靴下の履き口を下にずらす。そうすれば座った時にズボンのすそが上がって、義肢がチラリと見える。くるぶしには「皇恩浩蕩《こうおんこうとう》」と黒で刻印されていて、「皇」の字がわずかに飛び出ていた。ある時、台湾総督府の酒井参事官が南部の視察に訪れた。酒井は礼儀を重んじて、王を見て立ち上がり、彼の足を見つめると、深々と頭を下げた。参事官の酒井と言えば、総督府民政長官・後藤新平に重用された人物である。「地下総督」という後藤の異名も手伝い、この件が方々へ伝わると、高雄における政商としての王の存在感は一気に増した。そして日本人に丁重に扱われ、事あるごとに恩恵を受けるようになる。海を埋め立てて新たに湊町《みなとちょう》を造成する時も、塩埕《えんてい》町《ちょう》の商業エリア開発のため港周辺の大規模な塩田を埋め立てる時も、真っ先に王に投資が持ちかけられた。そして、王は高雄の大地主となった。

3

王邸の応接室に孫が到着した時、使用人が茶卓に果物を載せているところだった。リンゴもブドウもある。どちらも高級な輸入品で、普通なら姿を拝むことも、香りも嗅ぐこともできない代物だ。

七十代に入った王は長いこと床に伏しており、筋力の衰えから一日に百歩も歩けない。彼は螺鈿《らでん》細工の椅子に横になっていた。真珠貝が椅子の至る所に嵌め込まれ、光沢を帯びた青に緑に煌《きら》めいている。天から賜った椅子が神の器と化し、老人にエネルギーを注いでいるようだった。

王は孫の姿を見ると、黙ったままため息をついた。

「六人の息子の意見が割れとる。いつもやったら折り合いがつかんでもええが、外でぶつかる様を皆に見られてしもうた。王の顔を潰しおって」。実を言うと息子はもう一人いる。れっきとした長男なのに、養子だから忘れられたようだ。

そもそも五月初めに高雄では、港で展覧会が開かれることになっていた。空前の規模で催し物も多く、高雄州全体が活気づいていた。中でもテニス大会は高雄州の警務課の金丸課長が企画したものだ。王家は課長の顔を立てるため、傘下の会社からも選手団を出していた。しかも海王商会の名で友好試合まで開いたのである。

これが災難の始まりだった。

海王杯軟式テニス友好試合の開幕には、七人の息子全員が揃った。一列になってコートに入ると、周囲から拍手が起きた。七人はそれぞれ留学経験がある。香港もあれば日本もあり、それより遠い米国にも三男と六男が留学していた。七人は皆、男前かつ優秀で、その堂々とした姿は、王家の自慢であり、高雄の誇りでもあった。

しかし、七人は、その内側に煮えたぎる溶岩を抱えた活火山である。近い将来にあるであろう財産分与で分裂は必至、いつ噴火してもおかしくない状態にあった。

火山は、テニス大会でものの見事に爆発した。

すべては序列のせいである。

王には三人の妻がいた。第一夫人には娘しか生まれなかったので養子を得て、名義上の長男にした。後から嫁いできた二人の妻がそれぞれ三人の息子を産み、第一夫人との立場は入れ替わった。息子の生まれ順はうまい具合に交互になっていて、次男、四男、六男を第二夫人が、三男、五男、七男を第三夫人が産んでいた。

笛が鳴り、試合が始まった。

「ポンッ」という音とともに軟式の真っ白なボールが飛んでいった。

ネット横に設置された白い帆布の観戦用テントの下には、さまざまな思惑が渦巻いている。

真ん中に審判がいて、その両側に王の息子たちが折り畳み椅子を並べて座った。突然、五男の清源《せいげん》が眉を寄せた。窪んだ草地に椅子の脚が、少し曲がったようにめり込んでいた。座った途端にバランスを失った清源の身体が、ぐらりと揺れた。すると行き場を失った右肘が、隣の四男の逢源《ほうげん》にぶつかった。一方の逢源が睨みつけ、慶應大学で鳴らした柔道の技として左肘を見舞った。ぐらついているところへ受けた一撃で、清源は左にいた六男の培源《はいげん》のほうへ倒れ込んだ。避けようとした培源は、ニューヨークにいた数年間、のめり込んでいたボクシングの勘が目覚めたのか、身を翻し、右拳を清源に打ち込んだ。避けきれなかった清源の右目を拳が直撃した。

わずか二、三秒の間の出来事だ。刀を抜く隙もない。

日本籍の審判は一瞥したが、何事もなかったかのように、すぐに視線をボールに戻した。コートの黄色い土の上で高く飛び上がったボールは、ラケットに打ちつけられると、パンッという音がしてネットに引っかかった。

こちら側には悔しげな声が上がり、あちら側では拍手が起きた。

コートと交わらない世界にいた三人の異母兄弟の顔は青ざめ、すっかり落ち込んでいた。

孫は口を真一文字に結んだまま、言葉少なに険しい表情でうなずきながら話を聞いていた。この態度こそ、王が目をかける理由の一つである。

今度は、隣に座っていた第三夫人の番である。

あるいは夜八時台のドラマなら、ここで彼女は泣き叫ぶ場面だ。泣き叫ばなくても、パンダみたいに右目を腫らした自分の息子を思って静かに涙を流し、息子の仇を取るよう訴えておきたいところである。

ところが、彼女は、手にしていたハンカチを口元にもってきて、軽く咳をしただけだった。孫は思わず、彼女の指にはめられたサファイアの指輪に目を止めた。指輪は、彼女がこの屋敷の後宮の座を勝ち得た証明である。

十五年前、すなわち大正五（一九一六）年のことである。大阪商船株式会社が台湾から南洋へと新たな航路を開拓することになった。春爛漫《らんまん》の四月、第一便の成功を祈って、南洋観光団が組まれた。団長となったのは、台北医院の高木友枝院長である。顧問を新渡戸稲造博士に頼み、団員には、総督府の土木技師・八田與一や、鹿港《ろっこう》の豪商・辜顯榮《こけんえい》の長男・辜皆的《かいてき》、その他、東京の市議会議員・坪谷善四郎、彰化《しょうか》でパイナップルの缶詰工場で缶詰王となった濱口富三郎など官民あわせて総勢約六十人いた。観光とは名ばかりで、実質的にはビジネス視察の意味合いが濃い一団である。

王は若い頃、貿易の仕事で航海に出たことがある。「世界は広いぞ。知れば知るほど広いんぞ」は彼の口癖だった。近所の井戸端会議でも「王の旦那様の持っとる土地はあんなに広い。その旦那様が『世界は広い』言いよる」と話題に上る。その王が東南アジア視察というまたとない機会を逃すはずはない。ましてやこの第一便「新高丸《にいたか》」は高雄港から出港するのだ。

南洋観光団はフィリピンのマニラ、インドネシアのスラバヤ、バンドン、ソロの各都市を通過し、シンガポール、ベトナムのサイゴン、そして香港、中国の汕頭、広州へ立ち寄った。ジャカルタでワニを見ると、誰かがワニ革をトランクにするのはどうかと言い出し、すぐに皆がそりゃ珍しいと答える。そうかと思うと、竹竿にワニをくくりつけて皆で記念撮影をした。

ワニを見た日の午後は、誰もが興奮して話に花が咲いた。熱帯特有の庭付きの洋館の廊下で、男爵の野津賢二は少し後ろに身体をそらし、足を組んで座っていた。紺とピンクの縞模様のネクタイも手伝って、どうにも偉そうに見える。先の尖《とが》った靴は、まるで飛びかかるチャンスを窺《うかが》うワニの口だ。

野津の話では、欧州で始まった戦争は先が見えないが、アジアはおおむね平穏だ。ただし、中国では内紛が起きて、新暦の新年の前に袁世凱《えんせいがい》自ら皇帝を名乗り、それに反発する複数の省が独立を宣言した。数日前には、孫文も袁世凱討伐の側に回ったという。

話が孫文に及ぶと、不意に野津は足を下ろし、茶卓にある金色の灰皿に葉巻を置いた。灰皿の縁には、象牙のヒョウがいた。今にも動きそうなヒョウは、歩みを止めて男爵の御託を聞いている。

「孫文は革命を目指して、四十六歳で新しい国の大総統になった。だが、妻がいても連れ出せない。こんなのは国家のあるべき姿ではない。だから去年離婚し、二十二歳の若い宋慶齢《そうけいれい》を妻にした。彼女はエレガントで美人だし、英語もできる。実に賢明な判断だ」

誰もがうなずいていた。その中に王もいた。

一行が南洋から帰ってきた。王は野津の分析を高雄へ持ち帰っただけでなく、インドネシアからサファイアの指輪を結婚指輪として第三夫人への土産にしていた。そして彼女を「妾」から戸籍上の「妻」へと昇格させた。そうなると、第一夫人とは離婚である。表面上はどの妻もこれまで通りで、引っ越しもなければ、受け取り額が減ったわけでもない。結婚指輪を渡した、それだけのことだった。しかし、王家という水面に指輪が投げ込まれたその瞬間から、波紋は広がった。

この戸籍変更を伴う婚姻を、王は孫文と同じように賢明な判断だと得意になっていたのだろう。新聞に載せてしまった。第三夫人の名は白寶《はくほう》という。高雄の旗後《きご》の生まれで、父親は萬大衛紀念医館で英国から来たメイヤーなる医師の助手を務めたことがある。台湾の少女は一般に、纏足《てんそく》で針仕事をするか、下の子を背負って豚に餌をやるかのいずれかだが、彼女は聴診器と注射器に囲まれて育った。米国へ留学経験のある宋慶齢と違って、彼女の英語力は二歳でメイヤー医師に「Doctor Myers」「How is your day?」とあいさつするくらいだ。

明治二十八（一八九五）年に日本人が台湾に来ると、白寶の父は開業医になった。当時彼女は十一歳で、父の患者だった日本人に五十音を学んだ。王に言わせれば、第一夫人は時代遅れだが、白寶は表に出して恥ずかしくない。というのも、高雄と屏東にいる日本の官僚や商人の妻たちがこぞって加入した愛国婦人会では、日本人には妻三人だの妾四人だのがいない。参加する女性は皆、正式で一人だけの法的な妻であり、妾なんかではないのだ。これが、白寶を正妻にするのが正道という王の理屈なのであった。

正妻になると聞いた白寶の最初の反応はこうだった。

「そんなん、これまで苦労してきた他の奥さんたちが悲しむやないの。そんな人でなし、とてもやないけど、なれんで」。眉間に皺を寄せた五秒後、こう言ってのけた。

「やけど、旦那様は王家のためによかれと思うて言いよるんよね。うちは旦那様が決めたことに従う。その重責を引き受けてもかんまんよ」

王は手をひらひらさせながら「余計なことは考えんでええ。あれらはわかっとるけえ」と言った後、「お前も責任があることはわかっとるようやな」とうれしそうだ。

第二夫人は端《はな》から法律上の「妻」ではない。第三夫人が正妻になると聞いた時は、腹は立っても大したことではないと思っていた。媽祖《まそ》巡礼の神輿の下をくぐろうとしたら、後ろにいた人に突然、割り込まれた程度に受け止めていた。ところが、自分の腹を痛めた長男の本源《ほんげん》に言われた「王莽《おうもう》が漢王朝の皇帝の座を奪った時だって、妾は正妻の座を奪わなかったのに」という言葉が彼女の心に貼り付いて剥がれない。粗末にされた敗北感は、寺の鐘のように朝に晩に襲ってきた。

第一夫人は王に嫁いでもうすぐ四十年になる。今になって離婚と言われても、男子を産めず、死ぬまでその咎《とが》を背負った尼のような心には、さして波風は立たない。一方の、実子でない劣等感の上に母に離婚された開源《かいげん》には、さらに恨みの重ね塗りである。開源は扉を閉めながら、妻にこぼした。

「俺たちはこの家の正統な人間じゃない。どうにかして自分たちの家を持とう」

そうやって三者は十年以上を過ごしてきた。互いに不満を抱えながらも、ベンツのエンブレムのように、背中合わせに別の方向を向いてはいるが、外から見ればすべて円の内側に収まっていた。だが、孫の見る限り、内側は百二十度ごとに分かれ、全体が火に包まれた風火輪《ふうかりん》〔中国の伝説上の武神の乗り物〕のようだ。

この家の皇后になった白寶は咳払いをして、月明かりの下の湖面のように静かな口調で言った。

「目の周りのあざは何日かすればようなる。けんど、壊れてしもうたのはどうするん?」

月明かりの下の湖面が、今度は妙な気配を漂わせた。

何十年も連れ添った相手の言葉は、魔法の鏡をのぞくように性格の癖まで見える。八方美人の王にとっては、何より調和が大切だ。誰にでもいい顔をしたいわけではないが、利害のある相手の機嫌を損ねたくはないし、失敗もできない。王の重んじる調和の前では、事の是非など問題ではなかった。もっとも、コートで息子同士が殴り合うなど、彼にとっては頭の痛いことだ。王は孫に訊ねた。

「お前やったら、どないする?」

4

王邸を出た孫が角を曲がると、向こうから『台南新報』の記者がやってきた。孫の台南師範学校の二つ先輩で林江海《りんこうかい》という。師範学校の卒業生の大半が教員になる中で、在学中から和詩《わし》を書いて名の売れた彼は、卒業後に記者になった。

学生の頃と同じように、孫は足を止めて「先輩」と先にあいさつした。林はいきなり肩を組んできた。

「台南師範随一の美男子のお前に、ちょうど訊きたいことがあったんだ」

孫と同じ方角に向かって歩き始めた。オレンジ色の夕陽を手で遮って下を向く様は、まるで内緒話をしているようだ。林が切り出した。

「今朝、王の息子たちが殴り合ったそうだな。五男の清源が伊達政宗になったと高雄中で噂になってるじゃないか」

孫の脳裏には、独眼竜で知られる仙台藩主の黒い眼帯が浮かんだが、何も言わずに笑顔を向けた。林が訊いてきた。

「いったい何が原因だい?」

「どうして私に訊くんです?」

「王の旦那様が真っ先に話すのはお前だって知らないやつはいないよ。今だって学校にいるはずの時間だろう？　どうしてあの家から出てきたんだ?」

孫は態度を変えるしかなかった。「申し訳ないが、言えません。先輩は記者なんですから」

林は得意技を出してきた。「答えなくていい。首を縦か横に振ってくれればいい」

孫は口をつぐんだ。

「風の噂じゃ、王の旦那様が自分名義の財産を渡すために三男の持ち株を最大にした、それが気に入らない兄弟が仕掛けた、って話だが、どうなんだ？」

孫は壁際まで追い詰められたが、首を縦にも横にもしなかった。林は追い打ちをかけた。

「首を横にしないってことは、そういうことなんだな？」


孫が自宅に戻ると、三歳になる愛雪《あいせつ》が「お父さん！」と駆け寄ってきた。抱き上げると、スカートがひらひらする。無邪気に笑う愛雪の声で部屋の中がぱあっと明るくなった。妻の錦枝《きんし》は妊娠中で、文机に伏していたが、籐《とう》椅子に座り直すと、ハンカチに刺繍を始めた。孫は突然、目の前のごく当たり前の光景にとてつもない幸せを感じ、まだ小さな愛雪に向かって日本語で「最高ですよね！　愛ちゃん」と語りかけた。

自室で教員用の文官服を脱ぎながら、日本語のままで錦枝に言った。

「授業の準備かい？　明日の幼稚園では何か行事でもあるのか」

「そうじゃないわ。明日は新しい曲を教えるから、準備してるだけ」

錦枝は高雄第二幼稚園の先生だ。

「今日はどうだった？」

錦枝に訊かれて、一気に王の息子たちの喧嘩《けんか》を吐き出した。「あなたは一人っ子で、誰とも財産を争う必要がなくてよかったわ」そう言って錦枝は笑った。

「うちには争うような財産なんてないさ」と孫は言った後、困惑したように続けた。「息子は全員、一般家庭に比べたら孫子の代まで金に困らないほどの財産分与があるのに、どうしてこだわるんだろう。わざわざ面倒にしているとしか思えないよ」

「不公平が気に入らないのは、人間の本能なのかもしれないわね。幼稚園児も同じよ。ここに子どもが三人いて、一人目にビスケットを三枚、二人目に二枚を渡したら、たとえ数えられなかったとしても、どうして？って訊くに決まってるわ。三人目に一枚だけ渡したら、きっと地面を転がりながら大泣きするわね」

「旦那様も矛盾してるよ。息子たちが仲違いするのは嫌なくせに、第三夫人の上の子の和源《わげん》さんに多くやるって決めているんだから。ここまで家を大きくしたのは自分だし、誰に継がせるかを決めるのも自分で、和源さんなら力があるから任せて大丈夫だってことも、全部わかっている。日本人のようなやり方で、彼に任せれば王家は安泰だし、家が離散することもないってこともね」

孫は、王の「本音」を聞いてしまったことで自分が破滅への道のりを歩むことになろうとは思いも寄らなかった。

5

翌日、夜明けとともに錦枝は仕事に向かう準備をしていた。彼女は後ろから愛雪を抱き上げ、使用人の紅圓《こうえん》の背に乗せる。紅圓は前かがみになりながら背中を左右に揺らし、愛雪の背負う位置を調整する。錦枝は背負いひもを取り出して愛雪の背にかぶせた。紅圓はそのひもを引っ張り、胸の前で交差させて身体を起こした。

紅圓の髪は錦枝の肘のあたりまでしかない。一般的な十二歳よりも背が低いのだ。ぐずらないと思っていたら、愛雪は眠っていた。頬はほんのりと赤くぷっくりしていて、まるで天使だ。

出かける時、錦枝は、紅圓の肩をポンポンと叩《たた》いて「紅ちゃん、お願い！」と言い、そして元気いっぱいに「行ってきます！」と日本語で言うのがお決まりだ。普段の錦枝は義母と台湾語で話す他は、たいてい日本語が口をついて出た。

いつもは錦枝より遅く出かける孫だが、この日は錦枝と同じ時間に家を出た。錦枝は苓雅寮の自宅から西側の旗津《はたつ》にある第二幼稚園へ、孫はさほど遠くない北側の高雄第二公学校へ向かった。

門を出ると、孫の教え子の一人、簡阿河《かんあか》に出くわした。

「先生、おはようございます！」五年生になる簡は孫に向かって頭を下げた。

顔を上げると、簡は思わず紅圓のほうを見る。二人の背丈は同じくらいで、痩せている簡が年下に見えた。

簡が気にしていたのは紅圓ではない。「愛雪ちゃんを見てもいいですか」

「もちろん！」錦枝は笑顔で答えた。

紅圓が簡に愛雪を見せようと片方の肩を下げた瞬間、太陽が小さな愛雪の顔を照らした。ゆっくり目を開ける愛雪の姿に、簡はため息混じりに言った。「可愛いですね。お人形さんみたいだ」

簡の目の前がぱあっと明るくなった。


朝もやの中で二手に分かれると、簡と孫は連れ立って第二公学校に向かった。歩きながら簡は無邪気に言った。「先生、大人になったら愛雪をお嫁さんにしてもいいですか」

「いいとも！　一生懸命に勉強したら、いつか結婚して構わない」

こんなふうに答えたのは、孫の教師としての反射神経にすぎない。その日の仕事のことで頭がいっぱいで、簡の問いに口先で答えたものの、心の底からの返事ではなかった。

孫の答えを聞いても特に喜ぶそぶりもなく、命を受けた下士官のように、簡は厳かに力強くうなずいた。孫は内心、まじめで成績もよい簡を見込んで目をかけていた。少し前に家庭訪問した際も、夫を亡くした簡の母に「授業中、私が板書し終わって振り向くと、児童たちは窓の外を見ているか、廊下のほうを見ているのですが、一人だけ真っ直ぐ私のほうを向いている子がいます。それが簡君です。実に集中力がある。将来、きっと偉くなりますよ」と話していたほどだ。

だが二日もしないうちに、簡にそう訊かれたことなど、孫の心からはすっかり消えてしまっていた。簡にとってみれば、心のど真ん中を貫いて、一生消えない答えだったのに。

無意識に発せられた大人の一言が時に子どもの心に火を点け、その後の人生に影響することがある。

そのことに孫も簡も気づいていなかった。

6

孫が学校の敷地に足を踏み入れた時、教室の脇の車寄せに王邸の寄越した車が停めたところだった。高学年の男子児童二人が笑いながら車の前に回り込んで、バンパーのプレートに書かれたアルファベット「BUICK」を睨みつける。

「この車はなんちゅう車かのお？」

「『ほうど』よ！」そう答えると、車を倒すような仕草をした。

二人は芸人も観客も兼ねているようで、言ったそばから手を叩いて笑っている。「ほうど」と聞いただけで笑うのだ。当時、台湾で非常に人気だったのが米国からの輸入車、フォード（Ford）だ。言葉遊びとして、漢字音「放倒」を当てると、「倒せ」に聞こえるのである。

孫は急いで紙を取り出すと、同僚に授業の代行を頼む旨をしたためた。そして、教師の制服である黒の文官服からグレーの背広に着替えて、急ぎ足で通路を抜けて迎えの車に向かった。二人の男子児童は遊び終わったのだろう、廊下で孫を見ると恭しく頭を下げた。

待っていた車に乗ると、座席に複数の新聞が置かれていた。孫の疑問に気づいて運転手が言った。

「孫先生、今日の新聞です。奥様からの言づてで『台南新報』をご覧いただきたいそうです」。開いてみると社会面に大きな見出しで「高雄の名家　子息ら殴り合い」とある。ぎゅっと目を閉じたが、目の前に矢が突きつけられた状況では、もはや観念する以外にない。

「林さん、台南まで劉大舎《りゅうたいしゃ》を急いで迎えに行きましょう」そう言って運転手を急がせた。

劉大舎の本名は劉熊《ゆう》という。少しばかり私塾に通ったことはあるが、秀才〔科挙の合格者〕になることができず、自分に前途はないと悶々《もんもん》としていた。日本による台湾統治開始の翌年にあたる明治二十九（一八九六）年、台南の朱子殿に成人を対象とした国語伝習所が開設される。伝習所の目的は六か月の間に速成で、行政、教育、司法など各領域で日本語の通訳ができる人材を育てることだ。興味を持った劉はいの一番に申し込んだ。彼の性格もあったのだろう、始めこそおぼつかなかったが、すぐに話せるようになった。少しも躊躇《ためら》わず通訳する劉の姿に日本人の教師は舌を巻き、彼に日本留学を勧めた。二十歳を過ぎたばかりで気力を持て余していた劉は、本当に明治法律学校へ行くことにした。

大正十（一九二一）年、台湾総督府は初めて台湾籍の士紳から数名の総督府評議員を選出した。評議員とは、今で言うところの総統府資政、つまりは政策顧問で、少なくとも政府に進言したり、高官に会ったりもできるが、名ばかりの職責だ。当時の台湾では、市民が選出した議員は一人もおらず、評議員といっても単にそういう認証が与えられただけの有力者である。それに、台湾で初めて台湾士紳から選ばれた人数は両手で数えられるほどだった。しかもその多くは地主や旧豪族だ。したがって劉は、日本での学歴もある総督府評議員の一人という、それまでにない立場となった。

それから数年もせぬうちに、劉は海辺から山林までの土地を買い求めた。彼は兄弟の一番上だったから「大舎」と呼ばれ、弟は二舎、三舎と続き、十一舎までいた。その数字だけでは兄弟以外の全貌は窺い知れないが、家業の規模は小さくないようだった。

孫は車を降りると、上を見上げた。屋上の小さな塔の先に鉄製の棒があり、棒の端には赤い頭の雄鶏がいた。それは鉄製の「風見鶏」である。劉の屋敷は洋館で、建物の色はカナリアイエローをしていた。屋根の先は尖り、瓦の色は緑色。まるで欧州の童話から飛び出してきたような外観だ。屋敷の中の応接室に入ると、隣の電話部屋から姿の見えない劉の「はい……はい……はい」という日本語が聞こえてきた。

応接室には、劉以外にも一人の男性がいた。歳の頃は四十、身体にぴったりの背広を着て、油で髪を撫でつけ、広い額《ひたい》が見えていた。遠慮がちに孫と握手し、「孫先生、ご足労いただき恐縮です」と取り出した名刺には許甘来《きょかんらい》という名とともに、南台湾開発物産株式会社の専務取締役と記されていた。座るように促されたが、孫は型通りに「このままで結構」と答えたので、二人は立ったまま劉の電話が終わるのを待った。

劉が電話の部屋から出てきた。身体つきはがっしりしていて、恰幅《かっぷく》がいい。ちょっとお腹が張り出したような背広姿は、マントを羽織ったカボチャのようだ。

「先ほど総督府の秘書官から電話がありました。総督が王家の財産分与の件を気にしていて、社会的に大事にならぬよう、首尾よく収めてほしいと言っているそうです。急いで行きましょう」

孫には、劉が問題を解決するように思えた。劉の行動はわかりやすく、昔の地主のように何かあるたびにのらりくらりかわしつつ、決まりだの何だのとぐずぐずしない。

近頃事業の取りまとめを任せている許を伴い、劉と孫の三人で台南駅へと急いだ。駅で孫が切符を買い、二人を連れて一等待合室へ向かった。

7

孫が台南に向かっていたその時、錦枝と愛雪、紅圓もまた急いでいた。正確に言うなら「大急ぎで海に向かっていた」。高雄港の海は、平屋の孫家では奥の院にあたった。夜暗いうちに潮が満ちて、波が壁を打つ。その、空箱を叩くような、かすかな音は、孫家専用の子守唄になっていた。

その日の朝も、サンパン〔中国式の小型船〕がハイヤーよろしく時間通りに迎えにきた。昼間は潮の満ち引きに合わせたサンパンは、西の埠頭《ふとう》まで連れていってくれる。風が強くなければ、旗津の北側の旗後《きご》までも大回りせずにたどり着けた。

そんなサンパンの揺れはそのまま目覚ましとなったのか、愛雪が起きてしまった。

花をつんでは　お頭《つむ》にさせば
みんな可愛いうさぎになつて

錦枝は童謡「靴が鳴る」を歌いながら、両手を頭に乗せて見せた。

二歳の愛雪もまた、小さな手でウサギを真似た。

岸に上がると、すぐに蒸気船に乗り換えて旗後に向かった。錦枝の幼稚園はもうすぐだ。旗後と船着場は海を隔てているが、両者の距離は百メートルもない。カニのハサミのような地形で、城門の左右にいる門番のごとく、出入りするすべての船を護衛し、外部の侵入を防ぐ。

汽船が出発し、ポッポッポッとモーターの音が聞こえると、愛雪は目をくるくるさせながら興奮した。船が真ん中に差し掛かると、錦枝は遠くの空を指して「青い空」と言った。

愛雪が続けて「あおいそら！」と叫んだ。

紅圓は拍手をしながら「すごい！」と褒める。

海風が愛雪の柔らかな髪を撫でた。錦枝は手で愛雪の髪を梳かし、二本の指で丁寧に黒い髪留めを留め直した。

幼稚園は公学校の付属で、日本籍の校長が園長を兼ねている。園内の保母（日本統治時代に幼稚園の先生はそう呼ばれた）は錦枝一人だけだ。校長の了解を得て、錦枝は園の教具置き場を改装し、愛雪が午後の昼寝をし、お腹を空かせると乳もやれるようにしていた。

幼稚園でお遊戯が始まり、オルガンの音が鳴り響いても、教具置き場は別世界だった。愛雪は小さな机でクレヨンを持ち、絵を描きながらつぶやいている。「お父さんは帽子をかぶっているの。お花のスカートを穿《は》いているのはお母さん。それと私。一緒に船を見ているの」。形をなさない線には、豊かなお話があふれていた。

紅圓は畳の上に横になり、外の雲を見上げながら鼓山《こざん》にいる母のことを思い出した。そして愛雪に向かって一人語りを始めた。

「愛ちゃんはええねえ。うちのお母さんが言いよった。うちが愛ちゃんと同じくらいの頃、お母さんは浅野セメント工場で調理係をしよった。働くためには山を下りて、また鼓山の上の家まで戻らんといけけん。うちを連れていけんけん、いつも家に置いていったんと。そしたらうちは地べたを這うて、土を食べよったんやって。次に鼓山に帰ったら、お母さんに言うとかんと。うちは土を食べよったんやない、山を食べよったんよ、ってね。ハハハハハ」

紅圓の笑い声がいつしか「えー」という声に変わったかと思うと「いけん！　うちは何を考えとるんかね。山を食べる神様にでもなったつもりやろうか」と独りごちた。

「早よ大人になって、お金ができたら山を買うて親孝行するつもりよ。私が働いたら、お母さんが二度と山を下りて働かんてもええけんね」

「愛ちゃん、十年後、二十年後、うちは何をしよるんやろうかねえ」。紅圓は畳から起き上がった。

「愛ちゃんは十年後、二十年後、どうなっとるんやろうか」。愛雪は絵を描くのに夢中で、顔も上げない。

8

紅圓は愛雪に近寄ると肩に手を掛け、笑みを浮かべて愛雪の描く絵を見つめた。

王の車がもう一台、高雄駅で劉を乗せて堀江町《ほりえちょう》、入船町《いりふねちょう》の境を抜け、高雄川にかかった木造の高雄橋を越えて苓雅寮に到着した。

王は椅子に半身を横たえ、いつものように天井を眺めていた。劉を待っていたわけではない。ついさっき鹿港からかかってきた電話に、すっかり気分を害されていた。

鹿港から電話をかけてきた辜顯榮は、皆から辜殿と呼ばれる。明治二十八（一八九五）年、台湾を接収する際の日本軍は用心深かった。まず台北《たいほく》から遠い東北角《とうほくかく》海岸の澳底《おうてい》から上陸して基隆《きいるん》へ向かった。三十キロ先の、中国清朝の統治下にあった台北城内には指揮官がおらず、兵が守りを放棄したため、焼き討ちや略奪など混乱が起きていた。これではまずいと考えた台北の商人たちは、新政権となる日本軍に案内役をつけて速やかに入城させ、城内の混乱を抑えようと考えた。この時の連絡役を務めたのが辜で、新政権が最初に出会った台湾人である。こうして戦闘機のような俊敏さで、辜はいち早く政治的な立場と利権を手に入れた。台湾の上流氏族は台湾総督府の上層部と親しくなろうと腐心しているのに対し、辜は日本内地の貴族との関係を深めていた。その辜が王にたっぷり意見したのだ。

彼の話を整理し、まとめると論点は三つ。その三つは、タカが旋回して代わる代わる草むらのスズメを襲うように、王の心の臓をえぐった。

「我々台湾人の顔をつぶすな」

「日本人に笑われるような真似をするな」

「息子たちが分家に不満なのは当然やが、どうにもならん。大事なんはその不満を外に出さんことや」。ぎゅっと寄せられた王の眉は、孫が劉を連れてくると、ようやく元の位置に戻った。

口火を切ったのは王だった。「すまんのう。歳取って身体が言うことを聞かんのや。わしが台南に出向かんといけんのに、劉さんに高雄まで来てもろうて」

「旦那様の頼みには、わしが来るんが当然ですらい。今回の件は王家の将来にかかわるし、高雄の実業界も揺るがしかねん。よう考えんと」。そう劉が答えた。

劉の言う通りだった。王の投資先は多方面に及ぶ。本業の船会社はもちろん、台湾南部の主要産業である糖業、塩業は言うに及ばず、製氷、銀行、電力、水産、バス会社まである。一般に新規事業を興すには資金が必要だが、そうした話は皆、王のもとに持ち込まれる。だから、その持ち株の比率が動けば、自ずと南台湾の経済の安定に影響するのだった。

劉は濃い口髭を撫でつけ、まず大局から語り出した。

「ここ数年、台湾ではよくないこと続きで、総督も頭を痛めよります。久邇宮邦彦王《くにのみやくによし》は台中で朝鮮人に刀を投げられるわ、日本共産党は基隆で警察を殺すわ、霧社《むしゃ》ではあんな大ごとが起きて軍隊まで山に向かわせた。直近の数か月でも、台北工業高校、台北医専、台北の東本願寺と火事が続いた。おかしいと思いませんか」

王は無言のまま、前に座っている孫のほうを向いた。

劉が続けた。「高雄も中和が亡くなったばっかりで、今は旦那様が大黒柱ですらい。旦那様が落ち着いておれば、高雄州知事も心配せんでええし、総督も安心できます」

どうやら、高雄州知事の毛利佐吉も気にしているらしい。さらに劉は続けた。

「失礼かもしれんが、まずは慣例通り、事業ごとに分ける。息子さんらには、それぞれの別の事業をやらせ、土地については均等に分配する。どがいですか」

王の表情は難色を示していた。

「仁貴、あれを持ってきてくれ」

そう言われた孫は、机の上にあった茶封筒から折り畳まれた和紙を取り出して劉に渡した。開くと、それは財産目録だった。主要な項目が書かれており、その横に赤字で一から七とあるのは、息子のことだろう。他に「蘇氏」「張氏」「寶」と三人の妻の名もある。老眼の劉は、紙を両手で持つと、明るい場所で広げ、もう一度皺を伸ばすと、右から左へさっと目を通した。

王は言い添えた。

「日本の店や会社が百年も二百年も続いているのは、長男が継いだのがよかった。誰か一人がまとめれば、砂糖みたいにこぼしたり、溶かしてしまうこともないやろう。王の砂糖は煉瓦みたいに硬とうないといけん。それにいちばん合うのは和源やけん、あいつに任せる。土地と小作はみんなで分けたら小作料が入る。それがあったら生活できるやろう」

劉は苦笑した。「ここは台湾で、日本やないんですよ」

王は少しムッとしながら「台湾は日本やないか」と反論した。

劉は苦笑したまま、それには答えなかった。

「息子さんらに得意にさせて喜ばせるためやなくて、これからの王家の百年、千年の命運がかかっとるんですよ。あの子らが先々まで考えてくれるとええんですが」

本来、劉は調整役として、息子たちに財産分与を納得させる役回りだ。それが逆に王を説得しているのだから、苦い顔になるのも当然だろう。どうやら時すでに遅し、最終決定権を持つ王の心は変えられないようだった。

その午後、劉は五男の清源の元へ向かった。王の息子のうち、いちばん親しい間柄だ。清源が明治大学法学部に入れたのは、劉の紹介状を持って東京まで行き、学長に渡したからだ。だからこそ、清源は劉に対して礼儀正しく、頭が上がらないでいた。

財産分与の話は持ち出さず、「さっき親父さんのところへ行ったら、帰り際に、お前の再婚のことを心配しとったぞ」と切り出した。

腫れた右目に眼帯をした清源は悪役のようだったが、右目の話には触れなかった。

「燦燦《さんさん》はまだ三歳で、元気な子です。確かに母親は必要ですね」と清源は答えた。

そして使用人に燦燦を連れてこさせた。清源の言うように元気な女の子で、冬用の厚手のコートを着ているのに、身体つきがしっかりしている。清源を見るやいなや抱っこをせがんだ。

清源が燦燦に「『お爺ちゃん』やぞ」と言うと、「お爺ちゃんじゃないよ。お髭がないもん」と即座に答えた。

その切り返しの速さに劉は笑い出し、燦燦の見る目を褒めた。「よう知っとるのう!」

9

劉は丸二日、高雄を駆けずり回り、王の息子たちに個別に面会して事態を把握し、説得して回った。三日目の夕陽が落ちる頃、ようやく王に完了を報告すべく、台南まで戻ってきた。帰りの汽車の一等室で、助手の許甘来《きょかんらい》を相手に王家の息子たちのことを話し始めた。

「開源は長男やいうても養子やけん、不満があっても言い出せんのよ」

「本源は第二夫人の上の息子やけど、甘やかされたんやろ、わがままで道楽者のよぉ。脳はないし、戦い方を知らんのっちゃ」

「逢源はやり手よな。あいつさえ説得できれば、第二夫人は静かになる。下の弟は二十歳そこそこで、米国から戻ってきたばっかりや。台湾人とは考え方が違う。米国でボクシングの選手になりたいんと」

劉熊はしばらく黙って、許に訊いた。「米国のボクシングって何かわかるか」。許は首を振った。

「培源が言うには、上半身裸で幅広の短パンを履いて、両手に革の手袋をして、リング上で殴り合うんと」

そして息子たちへの寸評を続けた。「確かに息子の中では、第三夫人のところの上の和源がいちばんや。頭もええし、度量もある。それに落ち着いとるぞ。米国の商科大学で勉強したけん、旦那様が会社を継がせたい気持ちもわかる」

「単純なのは清源やな。家では本を読んだり音楽を聴いたりできればええそうや。せやけど、あいつは頑固なところがある。怒らせたらいけん」

「いちばん下の根源《こんげん》は画家志望なんと。日本の画壇に入りたいんやそうな。頭の中は芸術のことしかない。財産の件は、隣のおばさんが朝食の杏仁茶に油條を入れるかどうかみたいな話で、自分には関係ないけん訊かんとってくれ、やと」

事実上、前日の昼に土地の分配は決まっていた。逢源だけは、和源が父親のすべての株権を持つことに、机を叩きながら不満を見せた。「親父は不公平だ。もう親でもなければ子でもない。兄弟なんてたくさんだ」

その日の昼、劉は孫を通じて王に確認したが、返ってきた答えは「否」だった。つまり、方針を変える気はない、ということだ。

夕方になって高雄州知事から突然、和源と逢源に官邸への呼び出し状が届いた。二人は現場に着いて初めて、呼ばれたのは二人と劉だけであることを知った。

通された部屋には、ベルベットの掛けられた低めのソファが四脚、やや背の高い円卓を囲んでいる。戦前のこうしたテーブルと椅子がつくり出す関係は、四人が互いに中央山脈で東西南北を隔てているようなものだった。山に囲まれた盆地を挟みながら、向こう側を眺め、交流し、やりとりできる関係性とはわけが違う。

毛利知事は、何を考えているのか読み取れないほど無表情だ。

昔話から毛利の話は始まった。

「台湾統治の開始当初、旦那様は帝国のために大事な右足を犠牲にした。この数十年、高雄は王家の事業と並行して、持ちつ持たれつで発展してきた。これまでも州庁の政務に多くの協力をいただいており、たとえば天皇陛下御即位の際の『御大典記念事業』で高雄州に青年会館が求められた際には建築費用の十二万円を官民で半分ずつ負担したが、王殿は主力の寄付者だった。将来的には、お二人にも共同して高雄の繁栄にご尽力いただきたい」

和源と逢源に選択肢などない。ただうなずくだけだった。

毛利はちょうど盛り上がってきた高雄港の展覧会にも触れた。「苓雅寮の媽祖祭については、中和が亡くなって間もない陳家に頼むのは酷と考えていた。本来ならば王家にお任せしたいところだったが……」少し間を置いて言った。「今日、若旦那の啓貞《けいてい》に引き受けてくれるよう頼んだところだ」

驚きのあまり、和源と逢源は目を見合わせた。即座に事態を飲み込み、何も言えなくなった。

そして毛利は別の用があるから先に失礼する、と断ってソファから腰を上げた。「王家の安定的な成長は、私が最も気にかけている点だ。お二人には、くれぐれも頼みましたよ」

いつの時代も政治的な話をする際、直接的な物言いをしない。劉は大急ぎで、毛利の言葉の奥にある真意を図ろうとした。毛利が「成長」という言葉を使ったのは、二人を子ども扱いしているようだった。

三人が官邸の応接室に残されるであろうことは、承知済みだ。

壁際の箪笥の上の置き時計を見やると、劉は「そろそろ九時になる。遅くなったが、州知事は二人を官邸に呼んでくれたんだ。今夜、ここで決めてしまうのはどうだ?」と言い、「決めたら官邸を出ることにしよう」と続けた。

三人は黙ってため息をついた。まるで極道の前で判を押すよう迫られているものの、用紙に署名がなくて、身受けされないまま、その場を離れられずにいるようだった。

和源が口を開いた。「父は私に大きな期待を寄せているようですが、率直なところ、私は兄弟仲を壊したくありません。私が何を譲ればいいのか、教えてもらえませんか」

劉は労うように「ええぞ。それがええ」と笑った。

不公平と思い込んでいる逢源は、刺すような視線で二人を見つめ、和源が言ったのは本心ではないと思った。

この時、劉が自分でも妙案だと思う策を思いついた。「旦那様はずっと苦労してきた。徒手空拳で世の中に挑戦したのや。基本的には旦那様の意向に沿うて財産分与するべきやろう。それより折り合いを大事に考えよるなら、そのままというわけにもいかん。争いの元になっている部分を、それぞれ一歩ずつ譲歩するのはどうやろか。その上で旦那様の持ち株は和源さんが引き継ぐ。そうすれば旦那様も安心やろ」。そう聞いた瞬間、逢源が息を飲んだ。劉は急いで話を変えるべく、声のトーンを落として、ゆっくりと繰り返した。「しかし、しかし、しかし、や」「旦那様の死後二月のうちに和源さんが兄弟を集めて、持ち株の半分の譲渡に同意することにするのはどうやろか」

逢源は頭をもたげ、じっと天井を見上げた。しばらくして頭を元に戻すと「つまり、父の株は一時的に三兄の手元にいくだけ、ということですか」と訊ねた。

劉は「そういうことになる」と言い、大まじめに「私が保証する」と言い切った。

聞いていた和源が出し抜けに付け加えた。「その時には、父さんからの恩情ということで、七分の六の株を兄弟一人ずつ公平に分けるよ」

劉熊の顔が喜びのあまり、ほころんでいた。「それがいちばんええ」

和源のあまりの欲のなさに、逆立っていた逢源の全身のトゲが抜け落ちた。逢源は、口頭ではおぼつかないから書面にしてくれと言おうか迷ったが、その考えを飲み込んでしまった。

劉は「私はもうすぐ還暦で記憶力も怪しい。誰か若い者に立会人になってもらおう」と提案した。

実のところ、三人は頭ではわかっていた。王はもはや消えかけのろうそくで、劉は健康そのもの。

証人を一人増やすのは、劉の用意周到さに他ならないことを。

劉が「孫仁貴先生のことは知っとるやろ?」と言い終わらぬうちに、逢源が話し始めた。「公学校の同級生です。七、八歳の頃、一緒に高雄川で遊んでいたら、水を飲んで溺れそうになったことがあるんです。幸い、仁貴が柄杓《ひしゃく》で麺をすくうように引き上げてくれて助かりました」

他愛もない話で、それまで尖っていた部屋の空気はふわりと滑らかになった。

劉の興味をそそったのだろう。「旦那様と孫が親しくなったのは、そのせいかな?」

「父から聞いたことはありません」と逢源は答えた。


「今日の話は他言無用ぞ。知っとるのは、私と君らと孫先生の四人だけや。横槍を入れられたら、誰の得にもならんぞ」

帰る道々、孫は劉の最後の言葉を反芻《はんすう》していた。帰って妻の錦枝にかいつまんで話すか、いや、すっかり話してしまおうか、考えあぐねた。

玄関を入り、慎重に越したことはないから何も言うまい、と心に決めた。

「今日はどうだった?」

「夕方、同僚に捕まって珈琲館で『ハーレーダビットソン』を見てきたよ」

「え? 何を見たって?」

「台南市にある広合洋行が米国から二輪車を輸入したんだ。それがハーレー。見たことなかったからね。車体の脇に小さな舟がついてて、運転手の他にもう一人乗せられる。春波《しゅんぱ》兄の友達の勤め先で、珈琲館の前まで売りにきたんだよ」

実際は、孫と劉、許甘来は午前中の列車で台南に戻り、劉が大きな身体を揺らしながらホームを出て自家用車に乗り込むのを見送り、自分は列車で高雄に帰ってきた。それを孫は「珈琲館へハーレーを見に行った」と表したのである。

10

そうした状況とは裏腹に、周囲はお家騒動を期待していたが、大立ち回りをした息子たちが東京や香港に戻ると、いつの間にか静かになった。他人の目には、五月に予定されている高雄港の展覧会で媽祖祭から外され、王家の面子《めんつ》は失われたかに見えた。

騒ぎは、その媽祖廟の安瀾宮《あんらん》の前で起こった。

八月になると、熱い海風が吹き付ける。廟の前の木陰では、真っ黒の台湾犬が寝そべっていた。同じ木の下には裸足になった氷売りもいる。木の上のセミだけが楽隊を結成し、声が嗄れるまで休めないとばかりに鳴いていた。

そこへ中年男性が二人がやってきた。胸の部分にチャイナボタンが五つ付いた、揃いの開襟シャツを着ていて、一目で台湾人とわかる。薄手で幅広のズボンは七分丈で、今のパジャマズボンと同じ系統だ。事前に相談でもしていたのか、二人してハンチングをかぶり、片方は廟の門の左側にある白虎から、もう片方は右の青龍から三川門へ出てきた。そして舞台に出てきた役者よろしく、廟の正面で合流すると、木陰の氷売りからシロップのかかったかき氷を二つ受け取り、立ち話を始めた。

「清源のやつ、また嫁をもらうらしいの。府城《ふじょう》〔旧台南市にあたる地域の呼び名〕の人っちゅう話ぞ」

「前の嫁も屏東《へいとう》の里港《りこう》の人でベッピンやったぞ。会うたことある人はみんな、あんなベッピンの台湾人見たことない言いよったわ。顔は小そうて、肌も真っ白。目鼻も口もお人形さんみたいやった」

「それに金持ちやろう。着るもんも上等やけん、余計に映えるんよなあ」

氷の水なのか唾なのかわからない水を飛ばしながら、二人は矢継ぎ早に話していく。

「府城の今度の嫁さんはどんな感じやろの」

「列車を一列貸し切りにしてもらいに行くんと」

「そりゃ、見に行かんといけんのお」

「そうよ。俺らは高雄駅で待ちよこうぞ」

「椅子、忘れんなよ！」

「椅子もないといけんか」

「人ばっかりで、椅子がないと見えんやろうが！」

「ハハハ」


　実の息子である和源が事業の主導権を得た白寶は、すっかり勝利の喜びに浸っていた。使用人たちは、彼女の変化に気づいていた。一つは、前より肉を食べるようになった。二つめは、以前に増して蓄音機で日本の歌を聴くようになった。そして三つめは、使用人たちに掃除を命じることが増えた。とにかく、活力が失われるはずの五十路の彼女は若返っていた。

清源の再婚相手に対し、白寶はテニスのウィンブルドン大会で三連覇を果たした第一シード選手のようだった。総立ちの観客が拍手を送っていても、当の選手は、不敗神話に向けた自信を見せつつ、タイトルを失う不安を抱えるものだ。白寶は拡大鏡を片手に、嫁候補の品定めをしていた。

劉は、まず人を介して一人目の八字〔生年月日と時刻を八文字で表したもの。運命を占う〕を送らせた。白寶が訊ねた。「高等女学校を出とるの?」

「ええ」

「ほんなら、いけんね」、今度は遠回しに言い換えた。「うちに必要なのは、子どもを産んで料理洗濯をやる嫁で、髪を切って洋服にハイヒールで街へ出るような嫁やないのよ」

清源は日本留学を果たした、誰もが認めるエリートだ。常識的に言えば、最低でも高等女学校を卒業した女性が似合う。だが、白寶の頭の中の高等女学校を出た女性は、当時で言うモダンガールだった。

白寶はモガの先駆けだが、今や姑という意識が足を引っ張った。

二人目の八字が届いた。お相手の学歴は公学校卒業だった。白寶がまた訊ねた。

「日本語ができる人なん?」

「ええ」

「ほんなら、いけんね」

「日本語ができるとまずいのですか」。相手は困惑したようだ。

白寶は繰り返した。「うちに必要なのは、子どもを産んで料理洗濯をやる嫁やけん」

実のところ白寶も少しは日本語が話せるが、嫁と比べられるわけにはいかない。台湾語の世界で、嫁を顎《あご》で使える姑でいたかったのである。

二度も「うちに必要なのは、子どもを産んで料理洗濯をやる嫁」と言われたことで、劉はだんだんと白寶の狙いが読めてきた。そこで思い出したのが、先代と先先代が科挙に合格した府城の楊《よう》家である。楊秀才《しゅうさい》は日本統治後に日本人とはかかわらないと決意し、世捨て人となって隠居した。数年前にその楊が他界。二人の息子は二十代になり、父親に禁じられていた日本語の空白を埋めて日本語と商業を学ぶために神戸にいるが、下に妹が二人いる。妹二人には兄たちのような進学の機会はない。上の妹は嫁いだが、下の妹の青吟《せいぎん》は未婚のはず。とはいえ二十歳を過ぎていて、一般に十六、七歳で嫁ぐ人が多い中で彼女は行き遅れだった。

劉は楊の下の息子である楊思閩《しびん》の元へ許甘来を遣わした。しきたりに則れば、父親がいなければ次の権威者は上の息子である。青吟の結婚については、上の息子の意見を訊かねばならない。財産はある王家だが、富豪としては新参者だ。思閩は、一方の楊家は何代にも渡る旧家なのだから、両家は釣り合うと考えた。まるで不動産の物件売買のように、まずは便箋の束を取り出した。その文字は、筆圧が強くて紙の裏まで透けて見えた。

「妹は子どもの頃から父について書を嗜《たしな》んでいました。詩書には熱心で、これは妹の作品です」

許はわずかに腰を曲げ、両手で受け取った。彼の万年筆の文字はよく褒められたが、思閩の妹の筆の素晴らしさにため息がこぼれた。手早く遠慮がちにめくると、「花」という題に目が止まった。

崖の上でもなく岩の間でもなく
ただ小さな窓辺に咲く

崖の上に突き出た松でもなく、割れた岩の間から飛び出す竹でもない。ひっそりとした窓辺にかよわき花が一輪、陽の光を浴びている――許の脳裏には、まだ見ぬ楊家の娘の姿が見えた。

こうして許と思闓が茶を飲んでいた頃、楊家の四合院の奥の間では、当の青吟が靴に刺繍を施していた。靴の表には、鶴の飛ぶ姿に松の葉の飾りを添えた。紺色の服を着て、前髪がある。扇風機さえなければ、清朝の乾隆年間か嘉慶年間と見間違うほどだ。

部屋にいる青吟は、家に客が来ていて、自分の一生がこんなふうに決められたとはまるで知らずにいた。

11

その日、駅にあふれ返った人たちはそのまま苓雅寮の自宅までやってきた。この様子を鳥になって空の上から王家の庭を見たら、アリのような姿が門や壁の外までひしめいているのが見えたはずだ。

「来た！　来たぞ！」遠くを眺めていた誰かが叫んだ。

試しに数えると黒塗りの車が十台、真ん中の一台は華やかに装飾され、前方には鳳凰《ほうおう》の切り絵が結びつけられていた。

裸足《はだし》の子どもが数人、車列の最後尾を追いかける。口を開けっぱなしで笑うものだから、唾を拭き拭き走っている。そうこうするうちに車が順に角を曲がって近づいてきた。

車が止まった。

別の野次馬が実況を続ける。「花嫁だ！　花嫁はピンクだ」

青吟はピンク色のベールをまとっていた。彼女が着ていたのは刺繍の施されたシルクのドレスだ。空や山、そして車や木々、はては建物の壁に至るまで、彼女は何者とも競うことなく、ピンクはその日、彼女一人のものだった。

「花嫁さんが降りてきようぞ」

「丸顔やけん、福がありそうやな」

「美人とは言えんのう」

「高雄の酒場の女と一緒にするなや！」

「えらいゆっくりやな」

「おいおい、早足で歩く花嫁なんかおらんやろうが！」

「もっと言い方っちゅうもんがあるやろ。ああいうのを優雅言うんぞ」

「お嬢様はやっぱり違うんやねえ」

青吟は近所の人たちのお眼鏡に敵ったようだ。

大勢が見守る中、青吟はゆっくりと王家の門をくぐった。それから丸一年、苓雅寮の誰も彼女の姿を見ることはなかった。

屋敷の中で何があったのか、知る人はない。

一年の間、王の屋敷にいくらか変化はあったが、驚くほどではない。王景忠の病状は悪くなく、落ち着いていた。愛国婦人会の奥方の助言で、白寶は台北から毎日按摩を呼んでいたのである。

「十年以上前、佐久間総督に頼まれて按摩の李《り》さんを紹介したんです。その方が今も働いているんですって」

婦人会屏東郡支部の山田郡守（首長の意味。現在の市長にあたる）の妻の強い勧めだった。そう聞いた白寶のほうも出費を惜しむことはなかった。

毎日、昼食の前に目の見えない李さんがやってくる。彼がマッサージしながら歌う歌もサービスとして重宝がられていた。油売りが妓楼の美人を娶《めと》る歌になると、王は目を閉じてすぐに眠ってしまう。だが、その歌が、女主人公が妓楼に売られる前に戦乱から逃げ、親とも離れて「墓場で夜を過ごし、声を潜めた」という件《くだり》ではなぜか目が開く。

この一年の間で青吟が、いちばん鮮明に記憶しているのは三月十二日のことだ。

王の大きな屋敷には、三男の和源、七男の根源が母屋に暮らし、五男の清源は中庭の北西にある和洋折衷の建物で暮らしていた。あの日の午後、清源は中折れ帽を手に、出かける準備をしていた。そして青吟に「湾仔内《わんしない》（今の三民区湾勝里付近）の畑まで行ってくる」と声をかけた。

「遠いの？」

「鳥松庄《とりまつしょう》だから北側で、楠仔坑《なんしこう》の手前だな（今の高雄市楠梓区）」

「鳥松！　いい地名ね。自動車で？」

「今日は運転しない。愛馬会の吉井や杉野と馬で行くんだ」

「なんだか楽しそうね。畑の視察じゃないみたい」。青吟はいつものように小声で言って微笑《ほほえ》んだ。

「ハハハ、そうだな。最近、台湾ではとにかく競馬が人気だ。博打《ばくち》と同じで、どの馬が速いか賭ける。儲けられるとなると、日本の商売人は頭が冴《さ》えるんだろうな。いい競馬場になりそうな場所を求めて、あちこち見ているんだよ」


湾仔内に入ると、下りに傾斜した草原が広がる。しかしながら開墾された田んぼはかなり狭い。ハンチングをかぶった吉井は地図を開き、山のほうを指して「あ、あそこの水路が高雄川の源流だ」と言った。

カメラを背負っていた清源が、ちょうど馬から降りようとしていたところへ突然、二歳の黒馬が前脚を上げていなないた。振り落とされまいと清源は急いで手綱を強く引いた。静かになったのは一瞬で、次の瞬間には大騒ぎである。三頭の馬は跳び上がって暴れた。そこへ空から雹《ひょう》が降ってきて、三人をさらに驚かせた。付近に遮るものはなく、馬を飛ばして屋根のある場所へ向かったが、到着前に雹は止んでいた。

顔が痛い、肩が痛いと言いながら、三人の顔からは恐怖が消えずにいた。時間にすればわずか二、三分のことだが、周囲を見渡すと草の上に氷の層ができ、キラキラと光るものがある。小さいものはビー玉ほど、大きいとガチョウの卵くらいの大きさだ。清源がカメラを構えると、吉井と杉野が卵ほどの雹の塊を手にして、戦利品を手に入れた兵士のように得意げな顔を見せた。清源はそんな二人をカメラに収めた。

雹が馬を襲ったその日、青吟は自分が妊娠したことに気づいた。

タッセル付きのテーブルランプの下で、青吟はまっさらの用紙に何か書きたくなって筆を取った。

「今日はなんだか激しいわね。男の子の予兆かしら。もしそうなら名前は……」

青吟は考え考え「松」と書いた。清源の名はどちらもさんずいだ。松の字にさんずいを書き足して「淞」と書く。松を起点に「松鶴」「松壽」を思いつく。あるいは「馬」ならどうだろう。駿、騏、駒、驥、驄……「騰」と書いたところで、青吟は馬が胸の辺りを駆けたような感覚を覚え、頬がカッと熱くなった。

夢中になっていると、後ろからやってきた清源に「何を書いてるんだい？」と訊ねられ、青吟は我に返った。

「なんとなく」。感じたことを一通り話して聞かせると、清源は「名前はぼくたちが決めることじゃないからね。家の決まりに従うしかない。父さんと母さんが占い師を探すはずだよ」とだけ言った。

馬はどこかへ行ってしまった。

青吟は書きつけていた紙を急いで畳むと、本の間に挟み込んだ。

清源はその様子を見ながら言った。「しばらくしたら、君をこの古書たちから離れさせることにするよ。時代は唐でもなければ宋でもない。二十世紀だぞ。もっとたくさんのおもしろい作品がぼくらを待っているんだから」

青吟は清源に言った。「嫁いだら、家に従うのが当然だわ」。どうやら誰かに縛られているのではなさそうだ。

中秋節が過ぎると青吟は念願の男の子を産んだ。その年は冬が近づいても、高雄の緑が少しも色づかない。季節感はなく夏のようだ。いつもなら冬になると夏よりは少し快適になるというのに、空も同じで、雪もなければ雨もない。一方、青吟は魔物にでも取り憑《つ》かれたのか、寝たきりになってしまった。夜は眠れず、朝になっても力が出ないし、まるで食欲がない。一滴ずつ落ちる点滴は、いつの間になくなったのか気づかないものだが、青吟は点滴のように少しずつ痩せていった。

清源は青吟に言った。「身体を動かすといいよ。ぼくは日本に留学していた時、毎日、テニスをしていたんだ。おかげで身体も丈夫になったし、風邪も引かなかった」

「女の人がそんなことするなんて、はしたないわ」。弱々しい声で青吟が答えた。

「じゃあ、西子湾《せいしわん》の海水浴場に連れていこう。あそこには女学生も主婦もいる。みんな水着姿で、手も足も見せているよ」

青吟はぎゅっと目を閉じて、首元にミミズかゴキブリでもついたかのように必死に首を振った。

「燦燦には君が必要だよ。早くよくなっておくれ」

清源がそう元気づけると、青吟の瞳に生気が宿った。

「燦燦はもうすぐ五歳だ。第一小学校の付属幼稚園に行かせようと思う」

「日本人じゃなきゃ、行けないのでしょう?」

「日本語ができて、試験に受かれば、台湾の子どもも行けるさ」

「絶対に日本人の幼稚園じゃなきゃ駄目? 第二夫人のところの子は行ってないわよね」

「今は日本人の時代だ。性別に関係なく、早く日本語教育を受けさせないと。板橋《いたはし》の林家では、住み込みの日本人の家庭教師と一緒に日本式の屋敷で暮らして、日本式の礼儀を学ぶそうだよ。霧峰《きりみね》の林家の紹堂《しょうどう》翁や献堂《けんどう》翁のお嬢さんたちはぼくと同じくらいだが、七、八歳から日本人に教育してもらっていた」

清源の長々とした説明で、継母の青吟は燦燦が勉強に遅れて、仕事に就けないかもしれないと想像できたのだろう。ようやく訊き返した。「じゃあ、どうすればいいの?」

「孫仁貴は子どもと日本語で話すそうだ。奥さんは幼稚園の先生だし、頼んでみてくれないか」

12

孫の妻である錦枝は青吟とは正反対で、子どもたちに歌やお遊戯を教え、旗津の幼稚園にいる大きな子どものように動き回る日々を送っていた。

その日、錦枝は子どもたちと「雀の学校」を歌った。二十人ほどの子どもたちが輪になり、その中心にいた。歌詞はこんなふう――雀の学校では、先生がむちを振っている。園児は輪になって口を揃えるが、先生が駄目と言うのでもう一度歌う。「ちいちいぱっぱ　ちいぱっぱ」という雀の鳴き声が繰り返し挟まれる。

「ちいちいぱっぱ　ちいぱっぱ」は日本語の雀の鳴き声だが、中国語では「チーチー　チャーチャー」という音になる。

輪から離れた場所では、愛雪が上手に歌いながら踊っていた。

彼女は正規の園児ではなかったが、ゆりかごにいる頃から、つまり他の子どもたちより二、三年早く「入園」した先輩で、武芸全般もできる。皆より年下だから身体は小さいが、ついていけない男の子を見つけると、よーいどんの構えをしてすぐに駆け寄り、人差し指で相手の肩をつついて「教えてあげる」と言うのだった。

幼い娘が引っ掻き回すからといって、叱ってつまみ出すわけにいかない。何しろ愛雪はまだ四歳で、よく動く。他の子たちが遊んでいる目の前で独りぼっちにできなかった。錦枝は「愛雪、今日からあなたは助手よ」と言って聞かせた。

次の曲は「ちょうちょう」だ。みんなで隊の形を変えるのだが、愛雪は小さな先生となって子どもたちと向き合っている。

錦枝がオルガンを弾き始め、愛雪が両手を腰に当てると、子どもたちはまちまちに同じポーズを取る。すると愛雪は自分そっくりに「用意！」とかけ声を発するものだから、錦枝はオルガンの鍵盤に隠れてこっそり笑ってしまった。

連絡を受けた錦枝が愛雪を連れて直接、清源宅へやってきた。青吟は遠くに二人の姿を認めると、階段二つと廊下を抜けて入り口まで迎えにきた。それを見た錦枝のほうも足早になる。互いに遠慮がちだが、中学時代の親友が二十年ぶりに再会したかのような満面の笑顔を浮かべた。

愛雪と燦燦はというと、愛雪がまるっきり日本語で話すのに対し、燦燦は台湾語だ。愛雪は、燦燦の台湾語がわかったりわからなかったり、という具合だった。幸い、燦燦の小さな三輪車と飼っている子犬が言葉の壁を取り払った。愛雪は三輪車で廊下にある二本の西洋式の柱の間を八の字に走るだけで、とても楽しそうだ。その後、燦燦と中庭で子犬を楽しそうに追いかけている。

二人の母親の会話は少しも澱《よど》みがない。風に流される雲のように、向こうへ行ったと思うとすぐに次の雲がかかる。

錦枝は青吟が府城の人だと聞いていたから、まずはそこから話し始めた。

「青吟さんは府城のどちらの方？」

「下横街です」

「台湾銀行台南支店のあたりですね」と錦枝も府城人らしく答えた。

「そうなんです。錦枝さんは？」

「台南駅前からしばらく行った興濟宮の近くです」

青吟は恥ずかしそうに「左側？　それとも右側なん？」と台湾語で訊いてきた。

人は共通点がなくとも、生まれが近所となると話は変わり、一気に親近感を覚えるものだ。何しろ、二人とも苓雅寮に嫁いできた身なのだ。

幼稚園に行く話は大したことではなくなった。錦枝は今、学校で子どもたちにどんな知識を教えているかを青吟に話して聞かせた。「たとえば雷ね。お爺ちゃんらは天には雷の神様がおって、嘘ついたら神様が怒って嘘つきを殺しにくる、言いよったやろう？　学校じゃそうは教えんの。先生が、雲同士が摩擦を起こして電流が走って出てくる光が稲妻で、大きな音が雷や、て説明するんて。光は音より速いけん、地上におる人には先に稲妻が見えてから雷の音が聞こえてくるんと」

錦枝の話は、青吟にはよくわからなかったが、すっかり魅了されてしまった。

いつしか、錦枝の尊敬する日本の女性が数年前に高雄で開いた講演会の話に及んでいた。錦枝はいつも持ち歩いているノートと万年筆を取り出した。「その方はね、杉本鉞子《えつこ》さんいうの」。思わず「鉞」の字を書くのに力が入る。「この字が女性の名前にあると、強そうやろ？　武士の娘なんと」「小さい頃から四書五経を勉強したんやけど、松雄さんいう婚約者が太平洋を渡って米国で古道具屋を開くけん、日本で英語を勉強して、今から三十年以上前に米国にお嫁に行ったのよ。やけど、四十歳になる前に松雄さんは盲腸炎で亡くなってしもうた。後で彼女が自分について英語で書いた本が米国で大きな話題になって、コロンビア大学で教えることになったんやって」。憧れの人のことを話す錦枝は、すらすらと淀《よど》みがなかった。

話していることが青吟にはあまりに遠くのことだったので、二の句が継げずにいた。

錦枝はさらに「コロンビア大学いう学校は、もうすぐ創立百八十年になるんと。台湾には大学ができたばっかりやろう？　台北帝国大学やち三、四年しか経っとらんもんね」と補足し、こう続けた。「鉞子さんご本人を見て感じたんよ。髪は白くなっとるけど、すごく生命力にあふれた方やなあって。女性やって勇気を持って進めば、いろいろなことができるんよね」

この言葉が青吟の胸に響いた。「そしたら、燦燦と愛雪も米国に留学せんとね」

予想を超えた反応に、錦枝は思わず笑みを浮かべた。「燦燦は行ってもいいけど、愛雪にその素質があるか、見極めんといけんね」

この日以来、青吟は保釈状を得たかのように、豪邸の外に出ることを考えるようになった。燦燦を日本人の幼稚園に入園させるという目標を得て、日本人の女性教師を住み込みで雇ったのである。そして、青吟自身も日本語を習い始めた。錦枝から「五十音を覚えたら、新濱町《しんはまちょう》の山形屋書店で日本から婦人雑誌を取り寄せたらええね」と励まされ、彼女の心に火がついた。

青吟は生き返った。

朝はお手伝いさんに髪を梳かしてもらいながら日本語学習のレコードを聴き、「あいうえお」と心の中で唱えていた。

13

春が来て、孫一家は引っ越しのため、いつになく忙しくなった。

愛雪は母に「どこに引っ越すの？」と訊ねた。

「新天地よ」

「新天地ってどこ？」

錦枝は愛雪を家の奥の窓辺へ連れていった。窓の上半分に空、下半分には海が広がり、モネの描いた絵画のようだ。向かいは、旗津半島の大汕頭《だいせんとう》にあたる。

「見て。苓雅寮と隣の戲獅甲《ぎしこう》に、とても大きな工場ができるの。あそこで作ったものを高雄港に運んだら、大きな船に乗せるのよ。このあたりは埋め立てられて、将来は埠頭の一部になるんだって」

「引っ越ししなきゃいけないの？　埠頭に住めばいいのに」

「埠頭は荷車や運び人の人たちが住むの。そうしたらうるさくて友竹《ゆうちく》が眠れなくなるわ。それでもいい？」

愛雪は客間の乳母車で熟睡する妹のほうを見て、首を振った。「それはよくないね」

夜遅く、玄関の外から相変わらず波の音が聞こえていたが、そこにいつもと違う車の音が聞こえた。孫がタクシーで帰宅したのだ。玄関に到着すると、わざわざ持ち帰った新聞紙を置き、酒に酔って顔の赤くなった人物を支えていた。

この夜も、宴席があった。台南師範の同窓生十数人が集まり、目の前にいる蝶ネクタイの紳士をもてなす会である。湊町の台湾料理屋「台湾楼」で食事をし、オーナーの許何某《なにがし》から数杯振る舞われた。その後、塩埕町にある黄湖が開いた西湖カフェーで二次会が行われた。

件《くだん》の紳士は、酔ってはいるがいくらか理性が残っていたようだ。親指、人差し指、中指で帽子を持って胸の前にやり、錦枝に向かってお辞儀した。

「お邪魔してすみません。野鶴と申します」

この野鶴福次郎なる人物、表向きは日本人だが、実質は日本籍の父親と台湾籍の母親の間に生まれた私生児だ。野鶴家の使用人だった母は、本妻の許しを得て福次郎と一緒に台南で暮らしていた。法律上の母親は野鶴の本妻だが、本妻は彼に触れることはなかったし、まるっきり使用人の子どもとして扱われた。戸籍の実母の身分は「雇人」と書かれたまま、変わることはない。本人も外見こそ日本風だが、中身は全くの台湾男子で、彼の台湾語には少しも日本人のイントネーションがない。だから学生時代はずっと、台湾の同級生たちでさえなんの疑問も持たなかった。

福次郎は昔から家にいられない質《たち》である。台南師範に進学してからも、しばらくすると日本に行き、東京医専に転入した。医専を卒業後、同級生の大半は故郷に帰って病院を開いたが、彼だけは腰を落ち着けられない。卒業記念アルバムの全員が署名するページには自分で「風次郎」と書いた。しかも、風の字は特に荒っぽい。「福」の音を「風」として同級生は皆、彼を風次郎と呼んだ。うけ狙いか自ら「俺は植物にはなれんな。『風』の男やけんの」と言うのが口癖だ。確かに風のような彼が最終的に選んだのは、大阪商船会社の船医だった。連日、海の上を漂い、甲板と船倉を行き来したが、郷愁に誘われたことがないという。

翌朝、福次郎は日曜の朝日と一緒には起きられなかった。

錦枝は、一晩過ごして福次郎と夫の友情の深さを知り、昼食の折に福次郎に訊ねた。「冬休みと夏休みは二人で台南と高雄を旅していたんですって？」

「わはは、ぶらぶらしよっただけやが！」蝶ネクタイの取れた福次郎は、ますます風次郎らしい。

「福次郎は休みになると苓雅寮の海辺にある天井の低い家にいたんだよ。府城の市内にある家は店舗で、人が住める場所じゃない。荷物にくれてやったんだ、って言ってね」。孫が付け加えた。

「その表現、なかなかええやろう？」福次郎はアハハと自慢げに笑った。

福次郎が再び戻ってきたからには、苓雅寮で何か新しいことを始めるのだと孫は期待していた。そして午後になると、孫は福次郎を連れて王景忠の元へ向かった。

「南洋線で船医をやっている野鶴です」と紹介した。

「わしも海運業をやりよる」。王は仲間に出会ったかのような口ぶりだ。「南シナ海は今は落ち着いたんかのう？」王翁は自分が辮髪をしていた若い頃を思い浮かべていた。「三十年前は興化の海賊はみんな台湾の港まできて、積荷を奪いよった。やけど、あいつらは人を狙わんし、船も盗らん。荷だけ奪って船は海に置いていくのよ」。王の話はフジヅルのようにどこへ伸びるかわからない。次の瞬間、また別の場所に向かった。

「野鶴さんはどこに住みよる？」

「香港です」

ついでに孫が話を本題に戻した。「屏東の李重義《りちょうぎ》一家には十三、四になる一人息子がいます。その子を野鶴が香港に連れていき、中学に進学させました。将来きっと国際貿易で活躍するでしょう。もう一人、野鶴に私の教え子を託して、医学を学ばせ、いずれ苓雅寮の医師にしたいと考えています」

「ええやないか。世界は広いんやけ、できるだけ外で鍛えたほうがええ」

孫は機に乗じて付け加えた。「私の教え子に簡阿河という成績優秀な児童がいますが、家が貧しく、進学が難しそうです。誰かが資金を援助すれば、彼の才能を無駄にしなくていいのですが」

王はぼんやりしたふうを装い、快諾の代わりに「その子の家族は？」と訊ねた。

「阿河が生まれてすぐ、勤めていた日本人の会社が農場を開くというので、父親は船でオーストラリアに渡ったそうです。写真が一枚送られてきた他は、なんの連絡もなく、失踪したも同然だとか。奥方もどうやって探せばいいのかわからないと」

「香港に送るには、どんぐらい必要なんぞ？」

「英国人がいる場所ですから、日本より少し……」と野鶴が言い終わらぬうちに、王は「うんうん」と言って、それ以上深追いしなかった。支援する気はなさそうだ。

王が個人を支援しないことはよく知られていた。台北なら貧しくて親を埋葬できないことを金持ちの地主に相談すると、たいていどうにかしてもらえたが、王にこの手は通用しない。貧乏人がうろうろと歩き回り、門のあたりを行ったり来たりする様子を見ただけで、芯からぞっとするのだった。ただ、やれ災害救助だ、やれ学校建設だと役人が寄付を頼みに来た時だけ、気前がよくなるのだった。

王邸を出ると、野鶴が孫に言った。「俺には妻も子もおらん。誰かに必要とされよるわけやない。どうせ寄る方《べ》のない凧《たこ》みたいな男ぞ。一本でも凧糸のようなつながりがほしい。王殿が無理なら、俺に阿河の留学費用を持たせてくれんか」

孫は控えめに礼を言った。「我らで割り勘にしよう」

「お前には娘が生まれたばっかりやないか。子は三人もおる。その分もあるんやぞ」

「阿河は教え子で、自分の子みたいなものだ」

「学生の頃もそうやったが、相変わらずの人格者よのう」

「買いかぶりすぎだ！　それはともかく、いったん船が出てしまえば、少しでも方向が違うと行き先はまるで違うものになる。阿河を支えてくれるなら、彼の人生は一変する。福ちゃん、ありがとう。恩に着るよ」。子どもの頃と同じように、孫は親しみを込めて福次郎を「福ちゃん」と呼んだ。

「俺は大阪人みたいに『あほー』って返せばええんか」風次郎が戻ってきたようだ。

「『馬鹿野郎』でもいいぞ」

「俺は阿河を学校に連れていって、寮に入れるだけや。その後は自由恋愛をしようが、勉強しなかろうが、面倒は見んぞ」

「せめて、医者か大学生にして苓雅寮に戻すところまでは頼むよ」

「のんびり待ちよれや」

「待っているよ」

そんな掛け合いを続けながら、二人は海のほうへ向かって歩いた。後ろ姿は、夕陽に染まる海岸で将来を語り合う少年だった。

14

今度は王が孫を頼る番が来た。

三月の夕陽がテラゾータイルの床に鋭角の三角形を描いている。

いつもは寝転んでいるだけの王だが、今日はキャメルの毛布を掛けていた。孫が、彼の右足の脇にある深緑色をしたビロードの椅子に腰かけると、ふくらはぎがタッセルに触れ、束ねられた糸が揺れた。

タッセルの揺れは止まりかけている。

王が口を開いた。口角が言うことを聞かずに頬が引きつる王を見て、心配に顔を曇らせた孫は、王の右目あたりに黒い斑点が増えたことに気づいた。

「最近、子どもの時の、お前の婆さんのことをよう思い出すんよ」。声は弱々しく、短く荒い息をしている。王がゆっくりと右手を開くと、手の中に丁寧に畳まれたハンカチがあった。元は藍色だったそうだが、色あせて灰色に見える。しかも、紳士用ではない。「お前の婆さんがくれたんよ」

王に差し出され、孫は驚きながら受け取った。

少し擦れてはいるが、ハンカチの角には、赤い糸で八卦の刺繍があった。

「五十年になるか。いや、それどころやないな。六十年や」。王は目を閉じて数えた。

王が十三歳の時、父親が旧正月前にひどい風邪を引き、そのまま他界してしまった。未亡人と父なし子の一家七人が残された。「わしと母さん、弟と妹が一枚の布団で寝た。掛け布団の端を引っ張り合うてな。わしが眠れんでおったら、同じように起きとった母さんが大声で泣き出した。わしも暗い中で涙が出てきたが、母さんを悲しませたくなくて歯を食いしばった。込み上げてきたが、泣き声を出せんかった。もう頼る人はおらん。明日からどうやって生きていこうかってな。わしは石ころみたいに放り投げられて、海の底に沈むしかない思いよった」

歳を取ると涙脆《もろ》くなる。王は手で涙を拭った。それは六十年前に流すはずだった涙かもしれない。

「次の日に、お前の婆さんは海辺でわしを見て『ぼんやりしとるね。ご飯食べたん?』言うのよ。わしよりちょっと年上なだけやのに、母親みたいな、姉貴みたいな、なんて言うんかのう……」

王は急いで話を逸らせた。「その日は、カラスミを食べさせてくれたんよ。ラードで炒めてな、それが本当においしかって……」笑みを浮かべながらも息が切れ、ハラハラと落ちてきた涙が頰の皺を伝った。

「ゆっくりでいいんですよ。休みましょう」

王はどうやら眠ったようだった。王の寝起きを世話する曾鼓錐《そこすい》が近寄り、人差し指に巻いたアーガイル柄のハンカチでそっと涙を押さえた。猫背気味の曾は、指先が何本か曲がっている。年寄りが年寄りを世話するのは、とても現代的だった。

少し経つと、王がまた目を開いた。王の視線は孫ではなく、曾のほうへ向いていた。

「鼓錐や、お前の人生は幸せか」

曾は呆気《あっけ》に取られた。旦那様はこれまで命令するだけで、使用人の私的なことなど、一度も訊ねたことがなかった。

「幸せですよ。子どもの頃、澎湖《ほうこ》の望安《もうあん》から高雄に来たので、子どもが学校に行けるんです。上の息子は工業学校を出て、今では湯川組の大工になりました。下の息子は安倍幸商店で働いています。毎日、そう思うだけで、幸せですし、満足してます」

王は笑った。

王の合図で曾は部屋を出ていった。


応接室には、王と孫の二人きり。王が孫に言った。

「後ろの棚や」「下側の扉を開けたら、左側に黒い金庫がある。上に花の模様がある、綺麗なやつぞ」

「丸椅子をここへ持ってきてくれるか」「それでええ。金庫をその上に置いてくれ」

王はまた咳き込んだが、淡々と話し始めた。まるで曲がりくねった山道を、ハンドルを握りしめ、ライトを点けて運転しているのだが、この先で転げ落ちそうなことはわかっているふうだった。

孫は気をつけながら金庫を丸椅子の上に置き、美しい模様に触れて傷つかないようにした。模様は、黄色い花が咲き乱れる中にワシのいる柄だ。

「正面のダイヤルを0の位置に戻せ」

孫は金庫に向かって九十度に身体を曲げた姿勢で、指示通りに動かし始めた。

「まず左に四回転させて85。……ええぞ。次は右に三回回したら52。……今度は左に二回で23。……最後に右に一回、回して36」

「左のレバーを下げて」

孫は身体を起こしてレバーを下げると、扉が開いた。江戸時代の土蔵の窓や城門のように分厚く、扉の内側は三枚重ねの鉄板で、ピラミッドが神に弄《もてあそ》ばれたみたいに、順番に小さくなっている。この構造の扉なら、大砲でも破れないだろう。

どんなお宝を保管しているのかと見てみると、紙類だった。

だが、左上の角と下側の左右二か所に鍵穴がある。

左上のほうは、周囲が特に鮮やかに色付けされていた。

王は孫に、机から朱肉の入った白磁の容器を持ってくるように言った。

脈絡もなくなぜそんなものを、と訝った。

丸いふたを開けると、孫はたっぷり入った朱肉を見つけた。王が「ふたを寄越せ」と言った。

王はふたを受け取ると裏返し、まるで魔術師が大きな帽子からウサギを取り出すようにして、赤い糸の絡まった真鍮《しんちゅう》の鍵を取り出した。鍵を孫に渡すと、「上の引き出しを開けてくれ」と言った。

瞬間、控えていた曾が声をかけた。「写真館の兎澤《とざわ》さんがお越しです」

「二階の書斎で待ってもろうてくれ」

応接室には、引き続き王と孫だけになった。中断していた解錠作業が再開された。金庫の小さな引き出しが、再び開いていく。引き出しの扉を引っ張ると、かすかに錆《さ》びた音がした。内側は黒塗りで、上下左右、そして後方のすべてに黒いベルベットが敷かれ、主役を引き立てる様は、高級ブランドのショーケースのようだった。

「箱を出してくれ」

中央の主役は、西洋風の淡いブルーの四角い箱である。

孫は、背の高いワイングラスを載せたお盆でも持つように、ゆっくり慎重に取り出した。

あ！　鉄製だ。

少し持ち重りがするから、どうやら空ではなさそうだ。

ふたと箱には、読み取れる漢字はなく、文字はすべてアルファベットだった。

「Melkbonbon」「BRESKENS」「fijnst」。英語ではなく、オランダ語である。

「fijnst」はオランダ語で「最高級の」を意味し、英語の「finest」とは二文字だけ違う。

箱の底はスカイブルーで、ふたの片側には米国旗のポールが伸びていて、旗の上下には赤いリボンがついている。

ポールの先端は球状ではなく、万年筆のように尖っている。

星条旗の上には、さらに楕円形のモノクロ写真があった。写真には、広い額で髭をたくわえ、明治四十二（一九〇九）年に米国大統領に就任したタフト（William Howard Taft）の横顔が映されていた。

鉄製の箱を取り出したが、王は次の指示を出さず、一顧だにしない。

「この頃よう自分に訊くのよ。幸せやったんやろうか、てね。これまで考えたこともなかった。商売でそろばん弾くだけやった。それで幸せやったんやろうか。五、六十年も生きてきて、一つんも幸せを感じたことがない。鼓錐にも負けとる。まったく。稼いだ金も、土地も家も会社も持っていけん。人生なんて虚しいもんよのう」

聞いていた孫も考え込んでしまった。鉄の箱は静かに膝の上にある。

「最近、ようお前のとこの婆さんを思い出すんよ。十代の頃、わしのポケットは空っぽやった。一銭もないけど、海に出る時は毎回、もろうたハンカチをお守りにして胸いっぱいやった」

湊町のアイデア写真館の兎澤という写真師を招き入れると、曾はまた下がるように指示された。

「さあ、撮りましょう」

レンズには、一人掛けのソファに座った王と、その右側に鉄製の箱を持った孫が写った。

「箱を正面に向けとけよ」。王はそんな細かなことも口出ししてきた。

言われて初めて、孫は箱の小さな錆に気づいた。


帰ろうとすると、王が言った。

「できた写真の受け取りはお前が行けよ。ハンカチと箱を持って帰ったら、お前の婆さんに報告するんぞ。わしの代わりに、ちゃんと世話になったお礼を言うとってくれ」

「わかりました」

「ちゃんと仕舞うて、うまいこと使えよ。そうせんと、わしは向こうでお前の婆さんに『ちゃんと孫の面倒は見たけんの』て言えれんけん」

15

庭を通って王邸を離れようとしたところで、向こう側から四男の逢源が慌てた様子でやってきて、孫とすれ違った。

「来てたのか」

返事をしようとした時には逢源はとっくにおらず、孫は目の前の虚空に向かってうなずいた。だが、その慌てた数秒の間にも、逢源は孫の持つ淡いブルーの鉄製の箱を見逃していなかった。

自宅に戻った孫が玄関をくぐると、新しい畳の香りが出迎えた。二人の娘は裸足で八畳の居間に続く縁側で楽しそうに遊んでいる。畳の上には色紙が広げられ、愛雪がスイカを折っているところだった。

愛雪と妹の友竹が駆け寄り、錦枝もやってきた。生後五か月になる娘を抱いて座ると、孫に今日の出来事を急いで話し始めた。

「愛馬会の吉井さんの奥様に誘われて、清源さんの奥様とベビーゴルフに行ってきたんです。屋上もコースにできるというので東京では以前から流行っていて、台北、台中でも始めた人がいるそうよ。塩埕町のお友達が、裏庭の芝生を小さなゴルフコースにしたの。私、初ショットで空振りしちゃった。ふふふ。それでも四打でカップインしたの！　今まで男の方のレジャーをしたことなかったから新鮮だったわ。清源さんの奥様は日本語を話せないから、通訳として行ったんだけれどもね。そうだ、奥様はワンピースとハイヒールで雰囲気が全然違ったのよ」。錦枝は矢継ぎ早で興奮気味に話し終えると、最後に大きく息をついて結論めかして言った。「とっても楽しかった！」

「よかったね！　ちょっと書斎にいるよ」。小さな鉄の箱が、彼の心に重くのしかかっていた。

孫は玄関からそのまま書斎へ入り、戸を閉めた。

ようやく、鉄の箱と彼だけになった。

封印の紙が貼られているが、その色は箱の色と不釣り合いだ。淡い緑色で台湾鉄道ホテルのロゴマークのあるところを見ると、マッチラベルのようだ。孫は少し思案した後、コップに水を汲んできてその紙を湿らせてから、注意深く取り除いた。

箱にはとりたてて仕掛けはなく、あっけなく開いた。

中を見た瞬間、孫は眉を寄せて唇を嚙んだ。身体をそらせて両手を頭の後ろで交差させ、天井に吊るした白熱電球を眺めた。頭の中は真っ白で、言葉がない。

座り直して目をぎゅっと閉じると、箱を叩いた。今にもコブラが飛び出してきそうで、二度と見る気になれなかった。

16

翌日の昼、学校が休み時間になると、孫は自転車に飛び乗り、急いで王邸に向かった。

屋敷の前は数台の人力車や自動車が入り混じり、雑然としていた。運転手は恭しく門外で待機し、黒い服の車夫たちは地べたにしゃがんで喋っている。中に一台、インディアンのオートバイがあった。前輪を覆う真っ赤なフロントフェンダーの上には、鶏冠のような金属プレートに「倉岡病院」とある。倉岡医師が往診に来ている証しだ。

門番は止めもしないので、孫は頭だけ下げて中に入った。

いつもの応接室とはまるで違い、空いた席がない。いちばん奥では、長男の開源と次男の本源が高雄市長と秘書官に付き添い、低い声で話している。右側で、三男の和源が白い髭をたくわえた叔父に応対している。この叔父は王景忠の一番下の弟だ。左を見ると、第二夫人の息子である逢源、培源の兄弟と彼らの義兄がいた。孫は、入り口の脇に清源を見つけ、無意識のうちに手を握って声をかけた。

この日の未明。王は起き上がったが、ほとんど歩かぬうちに両足がしびれて動かなくなり、床に倒れ込んだ。大急ぎでやってきた倉岡医師が聴診器を当て、激しく上下する王の胸に手を当てると、何度も首を振った。緊急で息子たちは呼び出され、娘や親戚も次々と戻ってきている。

詰まるところ孫は部外者なので、長居するのも気が引け、断りを入れて学校へ戻ることにした。応接室を出て屋敷の裏に回った。壁沿いの庭の小道には誰一人いない。屋敷全体の様子が一変してしまった。誰もがせわしなく動き、足音を立てず、声も潜めている。お付きの曾でさえも、以前と違ってなかなか見つからない。孫は額を拭った。ここへ来る前、どうあってもあの箱を置いてくると決めていたのだが、どうすればよいのか。

やきもきしていると、前にある建物の奥の部屋を出て、回廊の階段から降りてきた曾の姿が見えた。歩きながら、服の袖で涙を拭いている。階段横のクスノキの前に立つと、両手で顔を覆い、やや前かがみに声を殺して泣いていた。その様子につられ、孫も悲しみが込み上げた。思えば、王の傍らにはいつも曾がいたのだ。

曾は悲しみを堪えきれなかったのだろう、しばらくすると顔を上げ、身だしなみを整えた。立ち去ろうとした曾に急いで声をかけた。

「曾さんよ、旦那様はどうなんかいね？」

また涙を溜めた曾が「お医者様が言うには……」と言うと声を詰まらせた。「お医者様は、この一日二日のことやけん、心の準備をしとれと」

「自分のことも大事にせいよ」

曾はうなずいた。

「ちょっと大事な件で奥様と二人きりで話がしたいんよ。手を貸してもらえんやろうか」

曾はすぐに思い当たった。何事かは知らぬが、昨日、旦那様は孫と会っていたのだ。おそらく重要な話に違いない。「孫先生、こっちです」

孫が通されたのは、二階の狭い書斎だ。壁の向こうから、かすかに女の声がする。

白寶がやってきた。か細い指先にあるサファイアの指輪には、いくつものカットが施され、彼女が動くたびにキラキラと輝く。孫が曾のほうを見ると、少し躊躇った後、白寶は曾に「お茶を持ってきて」と命じた。

孫はすぐに本題に入る。白い包みを開け、鉄製の箱を取り出した。白寶は少し眉を寄せた。見慣れないどころか、ついぞ見たことのないものだった。

「昨日、旦那様から渡されたものです。その時は学校や高雄市役所に寄贈するような、歴史的な、記念品だと思っていたんです。開けてみたら、高価すぎて受け取れないと気づきまして」

「あんたにあげたんやけ、もろうたら？」白寶はサラリと言った。

「めっそうもない。そんなわけにいきません」

「旦那様には旦那様のお考えがあるんやけん」

「お身体の調子が悪くて、いろいろ考えすぎたのではないかと」

「どうせえと言われたん？」

「特に何も。うまいこと使え、とだけ」

「それに逆らえるわけないやん」

「旦那様が心血を注いだものは、ご家族が受け継ぐべきです。奥様や若様のほうがお立場もお力もおありですから」

白寶は答えない。

「よろしければ、開けてお見せしたいのですが」

「仕様がないねえ。わかったけん」

開けた瞬間、白寶は予想外の怒りが込み上げた。内心、「本当に血迷うとったんや」と思った。

孫の正直さに驚きつつ、それもまた当然と思い直した。そして、礼もそこそこに「旦那様の容態がようないけん、これで失礼さしてもらう」と言った。

あの箱を返したことで孫の気がかりは消え、穏やかな気持ちで王邸を後にした。

逢源は大きな窓から顔を出し、その様子を眺めていた。そして来た時には孫が手にしていた白い包みがないことに気づき、訝しげに眉をひそめた。

17

数日後、『台湾日日新報』漢文第四版の紙面で「二人の長老を失った悲しみ」と報じられた。王景忠の逝く二日前に、総督府評議員の劉熊も世を去っていた。

異母兄弟たちから株権を戻してもらうことになっていた逢源は、最初にその話を聞いた時、にわかに信じられずにいた。前日に耳にした話が、今日になって新聞で実証された格好である。いつもより熱心に記事の細部まで確認した。

二月初め、劉熊は友人と台北郊外の草山に桃の花見に向かった。名の知れた「巴旅館」で温泉に入ったその夜、冷たい風にあたって下旬まで寝込んでしまい、心臓の病が再発してしまった。

逢源は卓上の暦を開くと、父が亡くなったのは三月二十九日。約束では、異母兄である三兄の和源の返却期限は五月二十九日である。遺体を納棺するのは五月十日の辰の刻で、それにまつわる諸々は金で解決しており、王家の若主人たちが忙しくする必要などなかった。

南台湾にやってくる雨雲は、あたりが真っ暗になるまで空を覆い尽くし、それが晴れるまでには激しい雨が降るのが常だ。

王が亡くなり、王家の空はまだ晴れていなかった。

父の葬儀も終わり、逢源は自ら和源に連絡すべきか、それとも向こうからの連絡を待つべきか迷っていた。紳士を装うなら、後者がいいに決まっている。

何もせずに待っても、無駄に苛立ちが募る。毎日、寿山《ことぶきやま》まで車で行き、施工中のゴルフ場の様子を見ながら、時間をつぶす。そして五月二十三日火曜日。毎週火曜日には鉄道ホテルで台北ロータリークラブの例会が行われ、この日は逢源が来賓として招待された。台北商業高等学校校長の切田《きりた》太郎が満洲旅行について講演するという。台北に一晩泊まり、翌日は和源から株権譲渡の履行期日まで一週間を切る。夜になって高雄に戻ると、思いがけず電話が鳴った。寿町《ことぶきちょう》の山側にある料亭「岩千鳥」の女将である坂上からの電話である。彼女は四国高知の出身で、声は春の蚕がつむぐ絹の糸のようにか細い。日本人にありがちな細やかな話し方で、ストレートな物言いをしない。

「夜分に突然、お邪魔して申し訳ありません」

「お構いなく」

「今、ちょっとよろしいですか」

「ええ」

「余計なことですが、逢源さんにご報告したくて」

「はい」

「お話ししてもいいかしら」

「気遣いはどうぞご無用に」

「お許しいただいたので、お伝えしますね」

「ええ」

「少し前に、うちの店の前にある曲がり角に自動車が停まったんです。車種はシボレーで、ナンバーは『高56』。お兄様の和源さんが乗っていらしたものじゃないかしら」

「ん？　ナンバーは合ってますね」

女将は軽く「あ」と言ったものの、相手に合わせたものかどうか、迷っているような口ぶりだ。

「何があったんです？」

「交通事故です」

「どなたかけがを？」

「そのようで……」

「何人？」

「見たところではお一人。木に追突して車は全損、中の方が……」最後まで言い切らないところを見ると、かなり重傷のようだ。

「兄の運転手でしょうか」

「どうやらそうではなさそうです」

「え！　まさか……」

「おそらく……たぶん……」

「すぐに向かいます。知らせてくれて助かりました」

「闇夜の幻で、間違いだといいんですけども」。女将はそう言って、電話を切った。

実のところ、客の顔と身分をしっかり覚えておくのは、料亭の女将にとって基本中の基本である。

それに、坂上には奥の手があった。彼女と山下町にある写真館の店主の兵頭は、同じ四国の愛媛の出身だ。客が記念写真を撮りたいと言うと、彼に山の上まで来てもらう。特約の写真師ではないため、コミッションは取らない代わりに、兵頭に余分に一枚、写真を焼いてもらい、それを店に保管していた。この写真こそ、女将の一手、というからくりである。彼女の小さな目には、コンピューターは搭載されていないが、特有の顔認証システムがあるようなものだ。

木に追突したのは和源に違いなく、死んだのもまた和源である。女将にははっきりとわかっていることだった。


和源の死は、実母の白寶だけなく、日本籍の妻と一人息子、さらに運転手の岩崎隆太郎を悲しませるものだった。

警察が岩崎を捜し出した時、岩崎は塩埕町のビリヤード場「集友倶楽部」で、数人の日本人とビリヤードをしていた。岩崎のアリバイが証明され、ブレーキなど装備に問題はないと判明すると、警察は飲酒運転と見て捜査を始めた。しかし、岩崎の話はそれで終わりではない。事故後、彼はうつろな目で、ただ一点を見つめるマネキン人形のようだった。そして数日後の新聞に、忠実な使用人が後追い、という記事が出た。

新聞記者はおかしな点はないと片づけていたが、裏には誰も知らない別れがあった。

引き金は、和源が死ぬ前の日に、岩崎が言い渡した絶縁である。

今から十数年前、和源は東京の大学で学ぶ二年生だった。ある日の夕方、一人で図書館の脇の階段で発売されたばかりの『紐育《ニューヨーク》株式金融市場』を読んでいると、大柄な影が近づいてきた。その手にはラグビーボールが抱えられている。「お前の親父さんが、一緒に飯食えってさ」。その男は目を合わせずに言った。和源は呆気に取られて笑った。普段はまじめな和源だが、瞬時に頭を切り替え、誘いに乗ることにした。

「わかった。今日はどこに行くんだ?」若主人の物言いである。

大柄の若者が足を止めて振り返ると、若主人に仕えるようにして和源に向かって恭しく頭を下げた。

「お父上からは、今宵、若様に選択肢が二つある、とお聞きしています。一つは銀座の煉瓦亭のカレーライス、もう一つは新橋竹葉亭の鰻です」

「じゃあ、竹葉亭だな。友達を一人連れていく。そいつは一日中ラグビーをやってたから、鰻で精をつけるのがよかろう」

「お友達からお返事は『若様との会食、有り難く時間通りに出席します』だそうです」

二人の息の合った共演はこうして始まり、十数年が経っていた。


あの時、ラグビーボールを手にしていた若い学生こそ、岩崎龍太郎である。

その日の晩は銀座と新橋の間をほっつき歩き、帰る帰るといいながら帰らなかった。すぐに打ち解け、昔からの親友のように語り合った。そして遠くは岩崎の故郷山形や台湾、京都の天橋立、果てはニューヨーク・マンハッタンの五十階以上の高層の摩天楼に行こうと話し、近くでは、和源が岩崎に上野公園の精養軒でコーヒーをご馳走しようと話したのである。

翌日、和源は速達で、岩崎の住む学生寮に全文英語の手紙を送った。

「I promised you a lot tonight. Just don't know if you would like me to make them come true. Waiting for your answer. Of course you won't let me wait for my whole life, right?——ぼくたちはたくさんの約束をしたね。君は実現させてほしいと思っているかい？　ぜひ考えを聞かせてほしい。まさか一生、返事を待たせたりはしないよね？」

　翌週、二人は精養軒、帝国ホテル、横浜山下町のテニスコートへと連れ添った。ある日、早稲田大学近くの王家の私邸に戻ると、和源は窓の外に広がる壮大な夕陽に感動していた。「これぞ一面に光輝く、だな！」すると岩崎はそれに応えず、和源の背後から飛びかかり、きつく抱きしめた。

　大きなカラスが光の中を、カア、カア、カアと鳴きながら窓の前を通り過ぎた。

　それまで四角四面だった和源の心の扉が開かれた瞬間だった。二年間の米国留学を前に東京を離れる際、岩崎には「どれほどの人がぼくのことを完璧な偶像のようにしたとしても、ぼくはただ君の前でだけ自分でいられる」と手紙で明かした。米国から台湾に戻る頃になっても熱は冷めておらず、「I'm nothing but your shadow.——ぼくなんて単なる君の影なんだよ」と書いて、岩崎を高雄まで呼び寄せたのだった。

　岩崎を台湾に呼び寄せて運転手に仕立てると、あちこち出歩いた。西子湾の裏山の小さな別荘、四《し》重渓《じゅうけい》の温泉旅館、関子嶺《かんしれい》温泉郷、ベッドの上、畳の上を二人で転げ回った。和源は、岩崎のもたらしたエネルギーで、それまでにない解放感を感じていた。

　岩崎の前の和源は構図の定められた絵画も同然だった。構図以外の色彩やディテール、加筆か余白かはすべて、岩崎に合わせて描かれるのだから。

　婚姻という選択もまた同じである。

　和源は愛のない妻に義理立ての必要はないと考えていた。妻は金にしか目がなく、そういう意味では好都合だった。日本で出会った涼子は、根っからの商人の娘だった。父親が化粧品製造への投資で資金不足に喘いでおり、王家との婚姻は喜ばれた。

和源が予期した通り、事は順調に運んでいたはずだった。家や親の栄誉のためにと決められた階段を上りながら、岩崎への思いが深まっていく。自制と堕落、強さと弱さ、冷静と動揺、従順さと異常さ、表と裏、矛と盾……それらのバランスは崩れることがなかった。あの日まで。岩崎が叫んだ、あの日までは。「ぼくは妾なんかじゃなく、君のいちばんになりたいんだ！」長い間、隠され続け、和源の世界の片隅へと追いやられていた悔しさが、ついに壁を打ち破って羽を広げた。和源の均衡も崩れてしまった。

終わった。

岩崎に対する和源の愛は、悲しみによじられた身体が灰となったことで、長いラブレターが焼かれるように、一文字も残らず、誰にも読まれないままになってしまった。

18

逢源は、わざわざ台北から安藤という弁護士を、台南にある関子嶺温泉の旅館へと招いていた。宿の仲居は、日本式の糊《のり》で貼られた障子を右へ引き、膝をついて閉めた。

「うちの兄が自殺するなんて、王家の事業を自分たちのものにしようとしているに違いない」。悔しさからか、逢源は理性的な判断ができなくなっていた。イグサでしつらえた大広間の畳の上で、激しく動いているのは彼の両眉だけである。

「お兄様の財産を相続できるかどうかは、法律上、あまり重要ではありません」。安藤はあぐらをかき、指を交差させていた。まるで彼は裁判官で、大広間は法廷のようだ。

「台湾の伝統的な家督相続では、昔からの慣習で未亡人に相続権はないことになっている」。逢源は自分に有利になるよう、言い方を変えた。

「それはその通りです。ですが、本件について言えば、お兄様にはお子さんがいるのですから、財産はすべてその子が相続することになります。百歩譲って、明治の頃の法廷では確かに台湾の旧習にならった判決を下していました。ところが今年の初めに、台北で新しい判決が出たんですよ。その判決では、子のない未亡人にも相続権があるというものでした」

安藤からは、可能性のある話は出てこなかった。諦めきれない逢源は、今度は台湾籍で頼《らい》という名の弁護士を訪ねた。

「日本の兄嫁が相続できるのであれば、我々台湾人の財産は日本人の手に落ちてしまうんだぞ」

「そんな言い方はよくありませんね。お義姉さんは嫁に入ったわけですから、すでに王家の人ということになります。名前だって藤原涼子ではなく、王涼子に改名されたじゃありませんか」

日本籍、台湾籍にかかわらず、弁護士の意見は一致していた。立会人がいることも、法律上はなんの効力も説得力もなく、たとえ劉熊が健在でも、兄の遺産は兄嫁と甥が継ぐという結果は変えられないという。「日本籍のお義姉さんと六歳の息子さんが相続を放棄するなら話は別ですが」

はかない希望と知りつつも気持ちが抑えられない逢源は、一縷《いちる》の望みを託して、孫仁貴に証人としての義務を果たしてほしいと持ちかけた。

孫は初めて、塩埕町一丁目の邸宅にいる逢源の元を訪ねた。応接室に入ると、正面には伝統的な木彫りの棚があった。上の棚は、鉄製の精緻な枠で扉はガラスでできている。扉の向こうには、外国産のワインが顔を下に向け、出獄を待つ囚人のように並ぶ。その棚の前で逢源はベルベットのソファに身を沈めながら、広げた片方の手を把手に押し付け、もう片方の手で眉間を押さえていた。機嫌がいいわけがない。

「もうどうしたらいいんだ?」

「旦那様と和源さんが立て続けに亡くなるなんて、考えもしませんでした」

「これも天意かもしれん。俺たち兄弟が相続すべきと証明できるのは、お前だけになった」

「劉態さんがいない今、私一人では詐欺師が軟膏を売るようなもので、信じる人はいませんよ」

孫は難色を示した。

「そうは言っても、立会人の一人なんだぞ。名乗り出るのが人情ってもんだろう」

「理屈から言えばそうなりますが、まずはその効果が見込めるのかを考えるべきです。内心では私を信じていたとしても、本当に和源さんの遺産の七分の六を渡す気になるでしょうか」

「言い訳ばかりするんじゃない!」腹を立てた逢源は、探りを入れるように言った。「清源夫婦は、お前たち夫婦とよく会っているそうだな」

「子どもの教育のことでお尋ねになるだけです」

「あいつを引き入れないか。ちょっと訊いてみてくれ」

孫はどうすることもできない、とまたも難色を示した。

「頼むから落ち着いてください。そんなことをしたら、あっという間に高雄中で噂されて、王家にとってもよくありません。もともと彼らは知らなかったことで、なんの関係もないんです。一度知ってしまったら、遺産を奪われたと感じて、お互いに疑心暗鬼になるだけだ。あるいは、どうして書類もなしに同意したんだと責められる可能性だってあるんですよ」

「面子だの、親父みたいな口を聞くな。他人が何を言おうが俺は聞かん。構うものか」。話せば話すほど、逢源の手振りが激しくなった。「いったい助ける気はあるのか」

「助けないとは言っていません。ですが、そのやり方では誰も得をしません。百害あって一利なしです」

「俺が試してほしいと頼んでるんだぞ」

堂々巡りで、埒《らち》が明かない。

突然、逢源は孫を見つめて言った。「どうしても手を貸さない、と言うなら、訴える」。ゆっくりと発せられた威圧的な一言が、書斎から酸素を奪い、孫は息苦しくなった。

「どうしても手を貸さないなら、訴えるからな!」鋭い口調の叫び声で、酸素が戻ってきた。

「本当にそうしたいなら、そうしてください」。どうしようもないことだった。

「貴様……!」二の句を継げなくなった逢源は、怒りで拳を机に叩きつけた。

ドン! ドン! ドン! ドン!

その音を聞いた小使いの牛番が大急ぎで書斎の前にやってきて、恐怖に慄いた顔で、慌てながら頭を下げた。「旦那様、何か御用でしょうか」

逢源は立ち上がると、怒ったまま扉の前へやってきて、牛番に言った。「お帰りだ!」そう言って、目も合わせずに離れた。

孫は座ったままだったが、振り返りもしない。

怒ったようなスリッパの音だけが早足で遠のき、部屋の奥へと消えていった。

19

第三夫人の白寶はすでに陣営を固めていた。中には、弁護士や代書屋などを大勢待機させている。和源の日本籍の妻、涼子はもともと王の葬儀の直後に七歳の息子の王国遠《おうこくえん》を連れて東京へ行き、小学校に入れるつもりでいた。蓬莱《ほうらい》丸が九州の門司港から出発した後で王の訃報を受け取り、翌日に神戸へ着くなり折り返しの船でそのまま台湾に戻ってきた。白寶の強気の決定で、王の遺産はすべて和源の一人息子である国遠に相続させ、成人するまでは叔父にあたる清源が管理することにされた。第二夫人は口を挟む隙もなかった。

和源の死が突風のように知れ渡ると、遺産騒動は南台湾の夕立の如く、あっと言う間に消え去った。数日も経たぬうちに元の木阿弥である。

遺産はすべて国遠に渡されたと聞いた逢源は電話を置き、握りしめた拳を机に叩きつけた。

ドン！　ドン！　ドン！　ドン！

またも牛番が走ってきた。「御用でしょうか」

突然現れた牛番に逢源のほうが驚き、無理やりまぶたを閉じると、大声で罵倒するつもりだったのを抑え、努めて何事もないふりをした。「何でもない。下がれ」

とはいえ、逢源の怒りが収まったわけではない。父の不公平さを恨み、和源の企てを疑い、劉熊の適当さに腹を立てても、後の祭りである。第三夫人側の人々を恨みたいところだが、彼らとて息子を、夫を、そして父親を失った上に密約のことは知らぬのである。振り上げた拳のやり場を失い、逢源は赤い布を持つ闘牛士を探す闘牛となった。

最終的に標的にされたのが孫である。子どもの頃、溺れた自分を孫が助けてくれたことはあるが、事ここに至って友情などすっかり消え失せ、孫への恨みを募らせていく。

「義理も人情もない。約束を守らないやつだ」

「だいたい頼りなさすぎる」

「清源に近づいたのも、取り入るためだ」

「どうやって親父に取り入った？」

「こそこそと変な箱を持ち去ったと思えば、翌日には布で包んで持ってきやがった。何かある」

「白寶から金を受け取っているな」……

罪状を決めるのは、裁判官でも検察官でもなく、嫉妬の込もった怒りだった。

逢源が孫を理解どころか、曲解していくのと反対に、白寶は孫が持ってきた鉄の箱を受け取ってからというもの、ずっと考えを巡らせていた。そして孫の非凡さに気がついたのである。

ある日、白寶が清源を呼んだ。

「これからの王家はあんたが頼りやけん。覚悟しなはい。身内にも外部の者にも気をつけるんで」

「わかっていーます」

「信じれる友達や部下で自分のチームを作ったらええわ。孫先生やったら信頼できるし、頼り甲斐があるで」

「どうしてそう言えるんです？」

「昔、台北の大稲埕《だいとうてい》の人から聞いたことがあるのよ。あのあたりで一番大きな焼き菓子店の宝香齋は帳場にわざと余計にお金を入れとくんと。ほいたら手癖の悪い輩は、すぐにわかるて。使用人の金銭感覚とか倫理観、言い訳の仕方を見るんやって」

「母さんはどうやって孫を試すつもりですか」

「とっくに父さんが確認しとるのよ」。白寶はそれ以上、説明しなかった。

「とにかく孫先生は、これまで会うた中で誰よりも清廉潔白なお人やけん」

20

半年後、阿河は香港への留学準備を始めていた。

出発前、孫は阿河を旗後の灯台まで遠足に行こうと誘った。もうすぐ七歳になる愛雪も一緒だ。岬の突先に聳《そび》え立つ灯台の姿は、軍用ヘルメットをかぶった国王が無数の船を監視するようだ。

三人は灯台の前で、足元から空に向かって果てしなく広がる海を眺めていた。

孫は阿河に言った。「香港の学校は聖ジョセフカレッジというカトリックの学校だ。私たち苓雅寮の教会と同じだし、優しい西洋人の神父様と修道士がいることにも変わりない。だから心配したり怖がることはないよ。何かあれば、頼るといい」

阿河は「はい」とうなずいた。

その日本語の返事を聞いて思い出した。「この間、野鶴先生に冗談でアホと言われてね。それで気づいたんだが、台湾語で阿河というと、関西で言うアホと音がそっくりなんだよ。香港で寄宿生になることだし、名前を変えてはどうかな?」

「先生はどんな名前がいいと思われますか」

「そうだなあ」。孫が思案していると、阿河はかがんで「愛ちゃん、何がいいと思う?」と愛雪に訊ねた。

間髪入れずに愛雪は言った。「飛行機がいい。空を飛べるし、とっても遠くまで行けるのよ。お父さん、阿河兄さんのことを〝飛行機〟って呼んでいい?」

「そりゃいい!」答えを待たずに、阿河が大きな声で答えた。

孫は笑って下顎をつまみながら、三方よしの名前を捻り出した。「飛行機の『ひ』は日とも書くだろう? 阿河の姓『簡』の中には日の字がある。『こうき』は『剛基』でどうだい?」

簡剛基——飛行機をひらがなにしてさらに分解する案である。

阿河も愛雪も大喜びで拍手した。

愛雪がぼくに名前をくれるなんて！　またも阿河が生涯忘れられぬ光景となった。

果てしない海を眺めながら、孫が言った。「香港は英国人が統治している場所で、世界各国から人がやってくる。台湾から欧州に向かう大型客船は、まず香港に寄ってから欧州へ向かうんだよ」

阿河は、わかったような、わからないような顔をしている。

「三十年以上前、呉文秀《ごぶんしゅう》という名の商人がいた。台北の大稲埕にある茶商公会の会長さんだ。彼はある時、台湾代表としてパリで行われた博覧会に参加した。世界中に台湾の存在を知らしめ、台湾茶を買ってもらうためだった。そして香港に着いて気づいたんだ。自分の後頭部には腰まで辮髪がある。それがあることで西洋人には受け入れてもらえないんだってね。それで泣く泣く辮髪を切り、今の私と同じような頭にした」。耳の後ろの少しカールした自分の髪を指差しながら、思わず笑った。

「愛ちゃんと同じくらい歳の頃には、私も辮髪だったんだよ」

「剛基兄さんも辮髪だった？」

「公学校に上がってからはずっと坊主だ。もっと小さい頃のことは覚えてないなあ」

「阿河が生まれた大正九（一九二〇）年だと、台湾の男の人はみんな辮髪ではなくなってたよ」

「そうなのね」

「外に出て始めて、世界の大きさを知るのさ」。孫は立ち上がると、海に向かって右手を上げた。札幌農学校〔今の北海道大学〕の初代教頭、クラーク博士のあの姿勢である。「ほら、見てごらん。海はこんなに広くて、先なんて見えない。高雄港には、米国、シャム、英国、あちこちから船がやってくる。高雄の子どもはこの海と世界の船を見て育つんだ。クラーク博士は日本の学生を激励するために『少年よ、大志を抱け』と言ったそうだ。阿河も同じだ。大志を抱け！」孫はぎゅっと肩をつかんだ。

「男なら大きな夢を持つべきだ」

阿河が答えるより先に、愛雪が訊ねた。「じゃ、女の子は？」

孫は不意を突かれて、笑みがこぼれた。「いい質問だ。女の子だって大志を抱いてもいい」

愛雪はさらに訊ねた。「どうして女の子は『てもいい』で、男の子は『べき』なの？」

娘の問いに、孫は言葉を詰まらせた。「どうかな。わかったら愛ちゃんに教えるよ」

21

阿河が聖ジョセフカレッジの寄宿生となった頃、愛雪も高雄第一小学校（鼓山国小の前身）の一年生という新しい立場になろうとしていた。

第一小学校の児童は日本人だったが、ごくわずかではあるが台湾籍の子どもも入学を「許可」されていた。愛雪の学級は児童数三十六人のうち、四人が台湾籍だった。愛雪は両親が二人とも教師で、ずっと日本語を話していたから、五十音はとっくに空で言えたし、日本の子どもと同じ学級でも落ちこぼれる心配はない。

学校は山のそばにあって、愛雪は毎日、母の錦枝に連れられてバスに乗った。そこから錦枝は、鼓山の船着場で乗り換えて対岸の旗津にある幼稚園に向かう。

登下校を繰り返す中で、愛雪は行きたくないとごねることはなく、孫は錦枝に「愛ちゃんは勉強熱心だから、もっと鉛筆を削らなくちゃな」と言うほどだった。

試験を受ければ愛雪の成績は常に上位である。二年生になると、成績で一番という結果が定着した。だが、愛雪には腑《ふ》に落ちないことがあった。明らかに試験で一番なのに、先生は二番の小川を級長に指名し、愛雪は係の担当にされてしまう。

ある夜、寝る前に父に訊ねた。「他はみんな一番が級長なのに、どうして私はなれないの？」

親としての腹立ちを抑え、目の前にいるのは教え子だ、そう言い聞かせながら娘に言った。

「先生には先生のお考えがあるんだろう。もしかしたら愛雪は係にぴったりだと思ったのかもしれないね。級長と同じで、みんなのお世話をする担当だから。落ち葉の掃除でも、みんなを連れていくのが係で、指示するのが級長というふうに、それぞれ違う仕事を分担する。どんな立場でも、みんなが心を一つにしてそれぞれの責任を果たすことがいちばん大事だとお父さんは思うな」

愛雪はパッと明るくなり、「わかった。お父さんありがとう」と言った。

その天真爛漫な姿を見送ると、父親の立場に戻った孫は暗い気持ちになった。

翌日出勤した孫は耐えきれずに第二公学校の同僚である彭《ほう》に訊ねた。

「私たちの公学校に来るのは皆台湾人だから、級長も全員台湾人です。日本人の小学校は一部の台湾人の子どもの通学を認めているものの、見えない壁があるのではないでしょうか。台湾の子どもの成績がどれほどよくても学級を率いることができないなんて、訓令か何かあるんですかね。総督府文教局の文書に関連の指示があるとか？」

敏感な話題なだけに、彭は答えを避けた。「私より物知りの孫先生がご存じないことを、私が知るわけありませんよ」

次に自分より年嵩の台湾籍の教員である黄に訊くと、黄は答えずに笑顔で問い返した。「我ら高雄第二公学校で校長を除いて、教師の半分は台湾人ですよね？」

孫はうなずいた。

「高雄州にある八十六校の公学校の児童は全員台湾人ですが、台湾籍の校長は二人だけ。しかも山奥の学校ときた。さあ、市内もしくは平地の学校で台湾籍の校長が生まれる可能性はありますか」

孫は首を振った。

「台湾人の校長でさえ数えるほどなのに、小学校の級長がいないことになんの疑いがありますか」

「おっしゃる通りですね」

苦笑いするしかなかった。

「仮に孫先生が日本人だったとして、殖民地に家族まで連れてきて、子どもも生まれた。そこで自分の子どもが殖民地の子どもに負けるなんて、見ていられますか。『俺たちは勝利して新しい領土を手に入れたんだぞ』『役人や教師になって殖民地の人間に教えてやれ』『土地を切り開いて自分の田畑をもち、もっといい暮らしをするんだ』。そう思っていたはずです。それなのに台湾人に負けるなんて、子どもはがっかりでしょうね」そしてこう続けた。

「法令はなくとも、統治する側の優越感が自ずと壁になる。台湾の子どもを前に立たせて、日本の子どもに命令させるなんてことには、なりっこありませんよ」

事はそれだけで終わらない。またしても愛雪に難題が降りかかってきた。

放課後、同じ学級の、一重で色白の荒井が愛雪に質問した。

「愛雪の苗字は、どうして一字しかないの？」

荒井は黒板の前に立ち、机と椅子が並ぶ教室を眺め、一列目の右から左、二列目の左から右を指差しながら読み上げた。

「山本、小堀、笠原、川口、譲原、寺島、佐野、新井、水尻、阿南、近藤、太田、小杉、古屋、内海、宮城、石垣、浦川、鈴山、糸満……」

学級内全員の名を言い終わらぬうちに、結論づけた。

「みんな二字よ。読みだって『や・ま・も・と』で四文字。でも愛雪だけ『そん』」

愛雪は首をひねり「恵美ちゃんの苗字だって『陳』だよ」と答えると、荒井は重ねて訊いた。

「そうね。じゃ、愛雪と恵美はどうしてみんなと違うの？」


帰宅した愛雪は父に駆け寄って訊ねた。孫は、日本人も「森」「勝」「原」といった一文字の姓があり、遡れば平安時代の四大貴族にも「橘」という姓があること、また日本人にも三文字、四文字の姓もあることを告げた。

「お友達に教えてあげればいいよ。私たちは台湾人だから姓は一字が多いけど、高雄の大寮《たいりょう》には張簡《ちょうかん》、台北には欧陽《おうよう》という苗字もあるよ、それに沖縄には三文字の姓が多いんだって、姓は違うけど、第一小学校のお友達なんだから仲よくしてね、ってね」

すっかり満足した顔で愛雪は答えた。「はーいっ！」

22

この頃、苓雅寮の港付近にはアルミ専用の巨大な工場が出現した。ステンレスが使われるようになったのは戦後になってからで、戦前までは鍋、やかん、たらい、弁当箱に至るまでアルミが使われた。高雄港の一帯に建設されたアルミ工場は、日本の南進政策の一環である。日本帝国が東南アジアに照準を合わせ、それら資源の産地に日本本土よりも近い台湾は、戦争における軍需品を供給できるため、工業の最前線と位置づけられていた。台湾でも南に位置する高雄には良質な港があり、輸送にも便利で、工場用地の筆頭となっていた。

こうした国際的な争奪戦はじわじわ広がり、愛雪に近づいていた。登下校を一緒にする同級生で、沖縄出身の喜屋武《きゃん》と兵庫出身の石井は、父親がその新しくできた日本アルミの工場の職人だった。

放課後になると、二人は愛雪と一緒にバスに乗り、真っ先に孫家に向かう。庭にある木製の滑り台は、梅干なんかよりもずっとよだれが出る代物だ。さらにブランコまであるのだから、足は簡単に遠のかない。毎日、学校が終わると「愛雪の家で遊ぶ」は彼女たちの定番だった。

初めて孫家に来た折、愛雪の祖母が小さな足に刺繍靴を履いていた。日本人の子どもたちは「わぁ～!」と声を上げた。「お婆ちゃん」と呼ばれはするが、その実は中年の貴婦人である。黒髪を団子状にまとめ、ふっくらした額を出し、色白でつるりとした顔立ちだ。目鼻は特に高くなく、頬骨は出ていないが、ある種の清潔感と気品が感じられる。ゆったりしたボタン付きの黒いシャツにズボン、胸には小さな四角い翡翠の首飾りをつけていた。その服の布地は、わずかに反射する模様入りだ。刺繍靴は落ち着いた色合いだが、よく見ると梅、松、子鹿が施されている。その美しさは、十歳前後の純真無垢な子どもたちにも伝わるのだろう、彼女たちは声を上げた。

「とっても綺麗！」

「お婆ちゃん、お友達よ。遊びに来てくれたの」

愛雪の言葉は日本語で、祖母が聞き取れたのは「お婆ちゃん」だけ。それでも愛雪の身振り手振りと表情ですぐにわかった。そして声をかけた。

「愛ちゃんたち、お腹空いとらん？　圓仔《いんぁ》でも食べるかな」

愛雪は手を叩いて「はい、圓仔、食べたい、食べたい！」と喜んだ。

祖母は優しく微笑むと、小さな足で奥へ入り、戻ってきた時には熱々の白玉団子を持っていた。二人は口々に「甘いね」「おいしい」と大喜びだ。

「うちのお団子にはいつも青菜とゴボウとニンジンが入っていて味噌味なの。愛ちゃんのお婆ちゃんの団子のほうがおいしい」

次の日、石井の話は榊谷先生の耳に届き、授業で話題になった。「台湾の南と北では景色がまるで違います。南部は平野部の広い土地に甘蔗《さとうきび》が植えられていて、その高さは人の背丈を超えます。だから人がいてもわかりません。皮を剥いて黄色の身をしゃぶると口の中に甘さが広がって、本当においしいですよね」。聞いているだけで皆、唾を飲み込んだ。「だけど、甘蔗は糖業会社のものですからね。農家の方が植えた甘蔗はいずれ製糖工場に渡すもの。勝手に取って食べると、泥棒になりますよ。子どもたちがそんなことをしないように、大人は作り話として、甘蔗畑には子どもの心臓を取る魔物がいる……」

先生が言い終わらぬうちに、教室内は叫び声であふれた。中には驚いて声も出ないのか、歯を食いしばり、身をすくめる者までいる。

愛雪は叫ばなかった。「先生は作り話だって言ってるのに」と思っていたのである。

榊谷先生はまとめた。

「はいはい、いずれにしても、三百年前にオランダ人が台湾を統治するようになってから、台湾では甘蔗を栽培して砂糖を作るようになり、世界に向けて輸出したんです。英国人がお茶を飲む時には、南台湾のショ糖を入れるんですよ。内地の本州や九州では砂糖を生産しないので、日本で使用する砂糖の八割五分は台湾頼みです。台湾の砂糖があるからこそ、私たちはあんぱんや京菓子を食べられるんですよ。すごいですね」

愛雪は心の底から誇らしさが湧き上がってきた。お婆ちゃんの刺繍靴に白玉団子、そして南台湾の甘蔗、どれも彼女の誇りとなった。

以来、愛雪は日本人の子どもたちの前で、彼らとの差異に疑念を持つことはなかった。


小学校低学年の愛雪は、明るく怖いもの知らずで、小さな頭でさまざまなことを思いついた。滑り台目当ての同級生たちが来ると、自分の絵本や子ども向け雑誌を客間のテーブルの上に並べた。

「富美子ちゃん、花子ちゃん、よかったら見てみて。気に入ったら、週に二冊まで貸してあげる。次の週の金曜日までに返してね。『小学二年生』は月刊で、紙玉の折り方や模型飛行機の作り方が載ってて、とってもおもしろいよ」

「え、本当?」日本人の少女二人は手をパタパタさせて小躍りした。

小さな図書館員となった愛雪は、慣れた手つきでノートを取り出し、鉛筆でこう書き始めた。

「喜屋武花子　十一月十日金曜日　『観察絵本第七集第一編』『楽しい動物園』貸出」

石井は『小学一年生』を弟に読ませたいと言い、それもノートに記入した。

「本を返してくれたら、この欄の最後に『返却』って書いて赤い丸をつけるわね。いい？」

少女らは「はーい。ありがとう」と声を揃えた。

次の日、喜屋武が伝えた「お母さんがね、どのページも色がついていて綺麗だって言って、取り合いになったの」という一件は、愛雪が孫と錦枝に話して初めて、父と母は愛雪が小さな図書館を始めたことを知った。孫は大喜びだ。

「愛ちゃんはすごいね。もし男なら将来は大物になれたのに。女の子だから結婚して出産して子どもを育てて、嫁ぎ先のお舅《しゅうと》さんやお姑《しゅうとめ》さんの面倒を見なきゃいけないなんて。もったいないないな」

23

昭和十一（一九三六）年も正月を迎えた。あと三か月もすれば、愛雪は二年生に別れを告げる。

十五日は水曜日だった。海上がキラキラと輝き、高雄港では早くから朝日が待ち構えていた。錦枝は前の晩から旗後の潘《はん》の家に泊まっていた。というのも、哨船頭《しょうせんとう》と旗後が囲む港湾の岬口は、朝から民間の航行は禁止されているからだ。

哨船頭の後方の寿山には水道の浄水池がある。そこも前の日の早朝から軍艦には旭日旗が掲げられていた。旗は海風を受けながら、白地の布にやや左寄りの太陽からは四方に赤い光が放たれている。ドジョウたちが必死で脱走しようとしても、養殖池から出られずにいるようだ。

この旗は横須賀で購入されたもので、台湾最大と言われる。日本海軍の第三艦隊第五水雷戦隊が間もなく入港することを高らかに告げていた。

旗後の対岸の第九、第十岸壁に文官服を着た役人が大勢立っており、それぞれの手にある日本の国旗や軍隊の旭日旗が揺れると、花が海風に揺られるようだ。

八時ちょうど、港で二発の花火が打ち上げられ、戦艦が順に港に入ってきた。

第五水雷戦隊の陣容は非常に大きい。先導する旗艦「夕張」の後には六艘の駆逐艦が続く。そのうち三艘の艦首には大きく「13」、残り三艘には「16」と記されている。つまり、第一三艦隊と第一六艦隊の所属なのだろう。六艘の長さは同じで、八三・八メートルあった。甲板の上には空に向けられた砲台があり、船尾には青地に赤い旭日旗がはためき、一千九十人余りの兵が乗り組んでいる。その勇ましい様とは反対に、それぞれ「若竹」「呉竹」「早苗」「朝顔」「芙蓉《ふよう》」「刈萱《かるかや》」といった柔和な草花の名が付けられていた。小さな花や瑞々しい竹と、鉄でできた船や大砲、勇ましき戦艦を結びつけることに、大和民族だけは違和感を持たなかったようだ。

軍艦が岸に近づくと、高雄州知事の内海、市長の松尾、高雄無線電信所所長の宮原といった役人たちが夕張に乗船し、司令官の細萱戊四郎《ほそがやぼしろう》少将にあいさつした。十時半、艦隊の軍人たちは返礼として上陸。式典が終わり、午後になった。一千名の兵に自由時間が与えられ、市街に出かける者、映画を見に行く者、西子湾の湯に休憩に出かける者など、三々五々、散っていった。

塩見少尉は少々違い、二人の三等兵を伴い、タクシーで苓雅寮の孫宅にやってきた。

「ごめんください。孫先生はご在宅でしょうか」

電話で連絡を受けた孫は、早退して帰宅していて、錦枝と子どもたちも学校を休んで家にいた。これほど丁重に出迎えるのは、塩見雅彦が台南師範時代の恩師の次男で、教授本人から特別に知らせがあったからだ。

「雅彦が近々、中国海域の巡航で打狗に寄ります。もしご家族とともに一目会ってやってもらえたら、この上なくうれしく存じます」

塩見は塩見で次のように説明した。

「父は私が高雄に着いたら、必ず孫先生を訪ねるようにと申しまして。台南で教えていた頃、皆さんには大変お世話になった。孫さんにいただいたカラスミの味が忘れられないとよく話しています。私も龍眼をいただきましたね。言い出したらきりがありません」

「塩見先生は学生からとても慕われていました。私たちは皆、先生をお手本にしただけです」

孫は四人の子を塩見に紹介した。「愛雪は八歳、友竹は五歳、悠雲《ゆううん》は三歳です。紅圓さんはうちの子どもたちの世話係で、彼女が抱いているのは長男の大嶽《だいごく》。七か月になります」

「私にもこのくらいの弟や妹がいます。愛雪ちゃんや友竹ちゃんを見たら、故郷のことを思い出してしまいました」

塩見に同行していた十八になる三等水兵の萬年一心は、長野にいる兄弟を懐かしがった。

しばらくすると、夕陽が海面に降りてきた。孫が安瀾宮と天主堂に行こうと提案した。孫は塩見に安瀾宮の屋根のカーブを説明した。

「両側に龍がいて、真ん中に火の輪がありますよね。あれは天母様が授けた金珠で、『双龍槍珠《そうりゅうそうじゅ》』といいます。伝説では、天の池で水浴び中に襲われた天女を龍たちが助け、それを知った天母様が金珠を与えた。ところが龍はその功を受け取らず、互いに譲り合ったため、金珠が龍たちの間を飛び跳ねているとか」

塩見は「奥が深いですねえ」と述べた。

向こうには、夕陽に照らされた愛雪がいた。人差し指を立て、目を細めながら太陽のふちに沿って空中に大きな円を描いた後、今度は海面に沿って横に線を引いている。

そばで見ていた萬年が「何を描いてるんだい？」と訊いた。

愛雪は驚いて「太陽です」と答えた。

「そうか。おもしろいなあ」

「水兵さんもこう描く？」

「いや、思いつかなかったな。うちの田舎は山に囲まれていて、夕陽は山の後ろに隠れるように落ちるんだ。海のそばに住んでいる子は幸せだね。毎日、夕陽が海を真っ赤に染めて海に落ちて、翌日にはまた上がってくる様子が見られるんだもの」。そんなふうに言われた愛雪は、人差し指と親指でまるを作って腕を伸ばすと、枠の中に夕陽を入れた。

「水兵さん、見て。こうすると燃えているように見えて、違う世界みたいよ」

萬年は愛雪の横に立ち、丸めた指を見て「ハハハ、ぼくには長野の甘柿に見えるなあ」と笑った。

孫が声をかけた。「みんなで一緒に記念写真を撮って、塩見先生に送ろう！」

移動のため四台の人力車を呼ぶと、偶然、車夫の一人が孫の教え子である沈電《ちんでん》だった。孫は彼の肩を叩いて言った。

「こちらは私の師範学校時代の先生の息子さんで、塩見少尉だ」

「先生の、先生の息子さんですか。なんとお呼びすればいいんです？」

「だから塩見少尉だって」

「あ、そうでしたね。失礼しました」

塩埋町六丁目の写真館にやってきた。オーナーの童《とう》はミッキーマウスのファンで、店名の「ミッキー写真館」もそこからきている。

名前はもちろん看板にもミッキーマウスの丸い耳が描かれている。入り口には両足の大きな看板があるのだが、それは騎楼の柱の上に掛かっている。壁には「艦隊の兵　高雄に上陸」「記念写真は二割引」と新聞の見出しよろしく揚げられている。これが奏功したようで、撮影を待つ列ができていた。

「みーんな水兵さんよ」

愛雪が友竹に小声で言ったのを、塩見は聞き逃さなかった。「だけど、台湾の子と一緒に撮るのはぼくらだけさ！」

助手の少年までパリッとした格好をしていた。位置を調整している最中、愛雪たちに言った。

「ここ数年、皇軍は破竹の勢いですね。軍艦に乗っている兵隊さんも立派だし、一緒に撮影なんて羨《うらや》ましい」

こわばった顔の子どもたちをほぐすためか、それとも心の底からそう言ったのかは定かではない。だが、愛雪たちが笑ったところを見ると、本心だったのだろう。

少尉というと、軍の中での位は低くない。塩見が椅子に座り、それ以外は立ったままだ。愛雪と友竹は前、萬年らはその後ろに並んだ。全員、緊張した面持ちだ。童は写真機にかけられた黒布から出てくると、右手でスイッチを握りながら横に立った。

「さあ、ご一緒に。『ミッキー！』」

「ミッキー！」

「オーケー！」童の語尾を伸ばした言い方がおかしくて、皆が吹き出した。

写真館を出ると、もう街灯が灯っていた。

前方の人だかりから歌声が聞こえる。通りはまるで臨時のキャンプが設けられたような賑わいだ。愛雪は父に目で訴えて許可を得ると、友竹を連れて走り出した。

六、七人の兵が勝手気ままに軍歌を歌っている。「勇敢なる水兵」を歌い終えると、次はいわゆる口ラッパに合わせて「艦船勤務」を歌い始めた。軽やかなリズムに手拍子も加わり、肩を揺らす人もいる。和服姿の男の子が日の丸を持ち出してきたものだから、兵たちは目を輝かせた。見物人はどんどん増え、ハンチングをかぶった店員や旗袍《チーパオ》姿の台湾女性も集まってきた。

この日の高雄は軍艦祭りを髣髴《ほうふつ》とさせた。どこか喜びに浸っていて、まるで戦争に勝利したかのような夜だった。

第五水雷戦隊は高雄に四泊五日の間、停泊した。二日目はさまざまな行事が行われ、市民にも参観が開放された。西子湾の運動場では観兵式が行われた。愛雪の通う第一小学校は港に近いこともあって、兵が二度も学校へやってきた。兵が柔道、剣道を披露することになり、全学級の教師が子どもたちを講堂へ連れていった。

遠くからでも、萬年がどこにいるかわかった。萬年が剣道をやるのでなくてよかった。でなければ、防具で顔が隠れ、溶接工よろしく顔の判別ができなくなるところだ。

痩せた萬年は白い柔道着を着て、黒帯を締めていた。続けざまに倒された。落とされては、また立ち上がる。自然と、愛雪は萬年を応援していた。緊張して見ていると、最後に「やあ！」と言いながら相手に向かっていった。次の瞬間、背負い投げを受けた相手が床に転がった。萬年の勝ちだった。大きな拍手が沸き起こり、愛雪はホッと胸を撫で下ろした。


その後、軍艦は頻繁に高雄に訪れるようになった。二月にはまたも「出雲」率いる艦隊が入港した。愛雪たちは動員されて小旗を片手に港へ向かった。「夕張」は何度も入港したが、愛雪は二度と萬年に会うことはなかった。

翌年七月、盧溝橋の橋上にいる獅子たちは日中戦争の始まりに立ち遭っていた。

そして三か月後、塩見からの葉書が届いた。万年筆でびっしりとしたためられていた。

「仁貴兄さん、前回、御宅に同行した萬年君が殉死致しましたことを、謹んで御報告します。御国のために逝ったのだから、おそらく悔いはないことと信じています。彼は生前、あの時の写真をよく取り出しては『可愛いなあ』『下の弟たちを思い出します』と言っておりました。故郷を離れた十八歳の萬年君にとって、最後にどれほど温かな思い出となったことかと、改めて皆様の御厚情に御礼申し上げます」

七月末、日本軍は中国北部の北平《ほくへい》、天津《てんしん》を占拠し、第三艦隊が東側の上海を封鎖した。八月に入るとさらに大きな戦闘が繰り広げられ、日本海軍が杭州を爆撃。南の広東には、夕張が九月中旬に香港から珠江を遡り、虎門に向かった。日本軍の艦艇の実力は中国軍を圧倒し、夕張が中国軍の主力である肇和《ちょうわ》を撃破したことで、勢いづいたのか深追いした。中国軍の爆撃機と虎門の沿岸砲による攻撃で船尾に被弾し、数名の兵士が死傷した。その一人が萬年一心だった。空から落ちてきた砲弾を受けて、萬年は海に叩き落とされ、一瞬にして甲板から姿を消したのである。

彼の死後、夕陽を見ると、長野の柿と言った彼を思い出し、愛雪は二度と窓辺の夕陽に心動かされなくなった。あの、太陽のように純粋な輝ける青年は、海に突き落とされ、もう二度と上ってくることはないのだ。

24

悲しい出来事は続く。

萬年が永い眠りについた頃、愛雪の住む堀江町では父方の叔母が泣いていた。

叔母の阿快《あかい》は祖母に「中華会館（中華民国人の在台組織）の話では、台北の総領事館が厦門行きの英国船を手配したけん、福生《ふくせい》はその船で福州に帰るんや言うんです」と言い、もうすぐ三十になる彼女は泣き崩れた。

「あんたも福州に行くん？」

「わからん。福州に行くかどうかで親の仇《かたき》みたいな喧嘩になっとる」

「なんで喧嘩なんぞ」

「福生は『中国と日本が戦争になって、このまま台湾におったら日本兵に捕まってしまう。早よ逃げんと危ない』言うんよ。私が捕まった人を見たんか訊いたら、お前は女やから世間を知らんのや、うちらは夫婦やけど、お互いが敵国の国民やけ、仇みたいなもんや言うんよ。それで私が、夫婦なんやから、あんたが行くなら私も行く、私は中華民国籍なんで、言うたんて。やけど福生はそれでもいけん言うのよ。お前が日本籍やったことはみんなが知っとる。中国人の敵やけん、殺されるに決まっとるて」

「それでどうするつもりなん?」

そう訊かれて、止まりかけていた阿快の涙がまたこぼれた。

「どうしたらええかわからんけん、ここへ来たんよ。福生を止めてや」

阿快の夫である福生は「弓」という一風変わった姓を持つ。十代で台南にやってきて、同じ中国福州出身の師匠について裁縫を学んだ。三年と四か月で修行を終え、そこから三年後、二十代初めに高雄で自分の店を持った。店の看板には大きく「興富華裁縫店」と書いていた。地元で真っ先にからかわれたのが、この弓という姓である。曰く、台湾人によく見られる姓の「張」から「長」を取り除くと残るのが「弓」の字なので、店は「長の字のない張」と言われ、福生自身もそう呼ばれるようになった。福生の外見は、南台湾の人間とは大きく違い、一見してよそ者だとわかる。逆三角形の輪郭で、目も鼻も小さく、口も顎も突き出ていて、身体の線は細く、話し声まで小さい。それに対して阿快は声が大きい。電信局で電話交換手の仕事をしているが、客からは何度も「あの交換手の声はどうにかならないのか」と苦情を受けるほどだった。

こうも真逆だからなのか、阿快と福生の夫婦はとても仲がいい。

阿快が二十歳になる年、新年用に新しい服を仕立てる母親に付き添って福生の店へ向かった。母はいつものように開襟シャツとロングスカートを仕立てる布を選んだ。そこへいくと阿快は昭和四（一九二九）年の職業婦人である。上海で刊行されたわずか四ページの『図画時報』を脇の下から取り出し、写真の女性が着ている、肘までの袖の膝丈ワンピースを、色も柄も合わせて縫ってほしいと迫った。福生は難色を示しながらも、その記事を受け取り、布地をよく見ようと写真が平らになるように指で押し広げ、腰をかがめてじっくりと眺めた。

「こんなに大きな花柄は特注になるので、一月《ひとつき》余計にかかります」

阿快が福生の白くて細長い指に心奪われたのは、この時だった。福生の話なんて、聞こえない、否、ちっとも耳に入っていなかった。

福生が顔を上げ、阿快に向かって繰り返した。「こんなに大きな花柄ですと特注なので、一月余計にいただきます」

我に返った阿快は「あ、はい」と答えた。

そして、その一着が出来上がる頃、仲人が玄関先に現れた。

孫が福生の店に着くなり、「夏用のシャツを頼みたいんだ」と言った。

「すみません、兄さん。数日後に福州に帰るので、それまでに頼まれたものを片付けるので手いっぱいで、新規をお断りしてまして」

「そうか。阿快が言ってたな」孫はちっとも焦る様子がない。

「中国と日本の戦況がますますひどくなって、中華民国の在台領事館も船を用意して帰るように言ってるんです。私のような福建人は遅かれ早かれ捕まります。たとえ捕まらなかったとしても、船がなくなったら、二度と親に会えなくなる」。話の内容は緊迫しているものの、福生の声が小さいからなんだか虫が鳴いているようにしか聞こえない。

「阿快と子どもはどうするんだ?」

「連れていけませんよ! 万一、捕まったりしたら……」そう言うと福生は、針仕事の手を止めて泣き出した。

「阿快にはわからんのです。夫として、父として、人の子として私がどれほど辛いか。眠れないだの、悪い夢を見るだの、あいつには言えやしません」

　顔を上げて言った。

「私の大叔父は、炭坑夫として米国のワイオミング州に行きました。一介の坑夫でしたが白人たちに射殺されてしまった。豪州に行った同郷の人間も、石を投げられ、棍棒で殴り殺された。俺たち福建人は、いったん故郷を出たら、生き延びるのさえ楽じゃないんです」

　こうして福生は独りきりで帰っていった。

　それ以来、快活でざっくばらんな阿快は消え、泣いてばかりいる。

　福生のことを責めるわけにはいかない。

旧暦で年越しを祝う爆竹がこだまする中、新年を迎えた。台北にある中華民国総領事館は青天白日旗を下ろし、総領事の郭彝民《かくいみん》もまた姿を消した。

25

災難の雨が萬年に注いで福生へ広がった後、孫家の庭先へ訪れた。

愛雪は、父の書斎に掛かっている新暦の暦を昭和十三（一九三八）年のものにした。もう梯子は必要ないほど背丈が伸びている。

書棚の扉を開くと、一角に朝日新聞社の写真誌『写真通信』『アサヒグラフ』が収められている。誌面の多くは報道写真に数行のキャプションが付されているもので、愛雪は机の上に数冊、引っ張り出した。パラパラとめくるうち、ふと手を止めたのはイギリス王室のエドワード八世とシンプソン夫人の一枚である。中国で砲弾が空を舞う頃、英国では国王が愛に時間を割き、その愛のために国を捨てて退位することを決め、離婚歴のある最愛の女性を娶っていた。

数年前の記事にはさらに心惹かれた。ハチ公という名の犬が毎日、渋谷駅で帰るはずのない主人を待つ話だ。写真には、駅で牛肉屋「鈴丈」を営む店主がハチを可愛がる姿が収まっていて、愛雪にはなんともいじらしく感じられたのだった。

「孫先生、お荷物です」

年末最後の郵便を届ける配達員の声がした。愛雪は雑誌を閉じ、大急ぎで玄関へ向かった。煉瓦三つ分はありそうな荷物で、受け取ったものの、思ったより重くて落としそうになった。

「わ、重いですね。また父が本を買ったのかしら」

「そうでしょう。苓雅寮の読書家のうち、孫先生は一番手ではなく、二番手ですね」。さらに横目で荷物を見ながら「ただ、今回は東京からではなく、中国からのお荷物ですよ」と加えた。

「わかるんですか」

「住所は漢字ですが、ひらがながありませんからね」。伝わらないと思ったのか、「冗談ですよ。お父さんに確認してもらってください」と言って去っていった。

中身は本だけではなかった。荷物の両側には石の詰まった箱が入っている。孫が誰の悪戯《いたずら》なのか思い当たらずにいると、警部の瀧川が巡査を連れて第二公学校へやってきた。「通報があった。孫先生、捜査協力として家へ戻るように」

家に着くなり、瀧川は質問し始めた。「中国の本を買ったのか」

「数日前に厦門から本が届いたのですが、差出人は知りませんし、注文もしていません」

「中国に知り合いは?」

「台湾人なら中国に少なからず知り合いがいるものですよ」

「ちゃんと答えろ! そいつの名前は?」瀧川はあからさまに顔をしかめた。

孫の脳裏には、裁縫仕事をする福生の姿が浮かんだ。「従姉妹の夫で、福州出身の弓福生というのがいます。堀江町で裁縫店をやってましたが、一月《ひとつき》以上前に戻ったんです」

福州に？　なぜ？　最後に見たのはいつだ？　何を話した？　そいつの特徴は？　福州の家には他に誰が？……瀧川は尋問のごとく、根掘り葉掘り質問し、訊き終わる頃には二時間が過ぎていた。それからさらに一時間かけて家の中を捜索すると、こう告げた。

「孫先生は書物に隠して阿片を密輸している、と通報があった。証拠はなかったが、今後は法に触れぬよう注意しておけ」

「はい。わかりました。ご面倒をおかけしました」

帰り際、瀧川はさらに訊いてきた。「恨みを買った覚えは？」

一瞬、躊躇って小さく首を振ると、瀧川が付け加えた。

「草むらに生えたキノコは、肉眼では毒があるかどうか見極められん。恨みの有無も顔に書いてあるわけじゃないからな」


瀧川の最後の質問で二人の顔が浮かんだ。一人は三か月ほど前、街中をうろついていた無頼漢だ。角を曲がった瞬間にぶつかって驚いたのか、いきなり「殺すぞテメエ！」と怒鳴り散らした。孫は厳しい顔で黙っていた。ちょうどその時、見回りをしていた巡査が怒りながらやってきて、こう怒鳴り返した。

「馬鹿野郎、どこを見てる！　文官服を知らんのか！」警棒で無頼漢の肩を殴り、さらに後頭部を殴りつけた。

取り押さえられた無頼漢は、黒い文官服を着た孫に跪いて謝った。だからといって、巡査は孫のために怒ったわけではない。官吏の権威を表す文官服への侮辱と見たのである。そしてその男は派出所に連行された。巡査は二十九日間、彼を拘束していいことになっている。もしも「大人しく」していなければ、「草地皇帝」と恐れられた警察様はさらに二十九日拘束できる。

考えたくはなかったが、この無頼漢以外に思い当たる相手と言えば王逢源だった。

人は、考えたくないと思えば思うほど、考えてしまうものである。

王家の遺産争いに負けた後、逢源は上海へ行って貿易会社を設立し、独立しようと考えていた。ある晩、屏東の林家の息子と四川北路の酒楼で宴会を開いた。その夜、逢源の隣には台北の艋舺《まんか》から来た胖標《はんひょう》という男が座っていた。彼は「標兄さん」と呼ばれていた。彼は毎回、初対面の相手に名刺を渡し、相手が訊くより先に「いいさ」と手で制すのが常だった。

「いいのよ。苗字はほんとに『胖』なんでね。台湾でどこ探しても同じ苗字のやつはいないんだ」

「胖」は太っているという意味だが、本人はちっとも太っていない。それもそのはず、阿片《あへん》の常用者で、面長の頬は痩せこけ、重病で今さっき入院手続きを終えてきたばかりと言われてもおかしくない見た目をしていた。

胖は厦門にもいた。当時の厦門は悪の巣窟で、治安はひどいものだった。台湾人が厦門に行くとたいてい麻薬の密売に手を染める。そうした連中の筆頭が胖標だった。

胖は首を傾げると、逢源の胸を叩いた。

「お前は林の友達だ。ってことは俺とも兄弟なんだ。困ったことがあったら、なんでも俺に相談しろよ」

逢源は無理やり笑顔を見せたが、それ以上話すつもりはなかった。話しているうちに楽しくなったのか、胖が続けた。

「中国に来るやつなんてのはな、十中八九、台湾に恨みがあるもんよ。こっそり映画を見たのが学校にバレて退学させられた元学生やら、勤め先の金物店で金をくすねたと疑われたやつ、駄目な男にフラれたブサイクな踊り子、クズに捨てられたカフェーの女給、姑に旦那を殺したって言われた女、売春宿の女に搾り取られたやつ、兄貴に財産持っていかれた弟……言ってみろ。恨んでる相手はどんなやつだ?」

胖が財産と言った瞬間、身動きこそしなかったが、逢源はチラリと胖を見た。胖はまるで道端の占い師のようにすっと訊ねた。

「で、誰よ?」

「恨みなんてありませんよ。それにしても、間に海があるのになんとかできると?」

「世間は狭い。幸いこうして出会えたんだ。兄弟みたいなもんよ。お前の恨んでる相手なら、俺にとっちゃあ敵よ」

「片づけられるんですか」

「俺のところには、両岸を行き来するやつがいくらでもいる。いくらでもやり方はある。あとはお前がどうしたいかだけだ」

「ちょっとお灸をすえてほしいだけです」

「楽勝よ。殴る程度で血は見なくていいんだな?」

「それでいいです」

「なら、楽なもんだ」

「五百円でいいですか」逢源は安すぎたかとヒヤヒヤした。

「八百円あったらきっちり始末できるとこだけど、カネのことでごたごた言うのは兄弟じゃない。五百でいい」

逢源が孫を恨んでいたのは事実だったとして、間には五百キロもの海が隔てている。警察に話したところで、なんの意味もない。さらに、孫が逢源の名を出す気にならないのは、遺産相続にまつわる隠し事を漏らさないためでもあった。


瀧川が来てから十日後、再び厦門から、今度は学校に荷物が届いた。重さは前回よりもずっと軽いが、孫は荷物に手をつけなかった。そして翌日、またも瀧川が学校に現れた。荷物を開けると、入っていたのは紙巻き煙草《たばこ》だ。これは違法かつ密輸品ということになる。

瀧川が学校を離れてから、校長の本間の顔には戸惑いが広がり、日本人の教師に向かってつぶやいた。「孫先生はいったい何に巻き込まれたんだ?」

それから十数日後、厦門から三度目の荷物が学校に届いた。今度はさらに悪質で、包みの中には阿片が入っていた。孫は開封前に呼ばれていた瀧川が仕方なく阿片を持ち帰ると、本間がまたこぼした。

「穏やかじゃないな」

翌週の火曜日、爆薬のような黒い封書が学校に勤務する教職員全員に届いた。中を開けると、新聞紙の文字を切り抜いて「孫仁貴は教師失格」という文章が貼られていた。これで嫌がらせの目的が判明した。公文書にある赤い印こそないが、孫を追い出す気なのだ。

孫は同僚たちが黒い封書を受け取ったことを知っていたが、誰も口にしなかった。現代の日本でもたとえば、東京の地下鉄ホームで誰かが転んだとき、日本人と台湾人では反応が異なるのと似たようなものかもしれない。日本人は駆け寄って世話を焼くことはしない。本人が気まずくないように、何事もなかったかのように振る舞う。そうして恥ずかしいと思わせることこそ、さらに深く傷つけてしまうと考えるからだ。

その日、家に帰った孫は何を思ったのか、愛雪に上杉謙信の話をした。

「父さんは台南師範学校の卒業旅行で初めて日本に行ったんだ。行き先は新潟だったが、新潟には『謙信公の義の塩』という土産物がある。単なる袋入りの白い塩だが、その塩にまつわる逸話が好きでね。日本は戦国時代、誰もが敵で、長い間戦が続いていた。上杉謙信の領地は日本海に近くて、常に塩が採れた。一方の武田信玄はその南側の甲斐(今の山梨県)が領地で、内陸にあった。武田勢の南側の二つの国は海に面している。人の食事に塩は必要だし、塩がなければ命はない。ある年、南側の二つの国が武田を追い詰めるため、甲斐への塩の運搬を禁じた。戦の常識からすれば、上杉はこの機に乗じて武田を包囲するが、そうはしなかった。むしろ甲斐に塩を渡したんだ。上杉は『信玄との戦は、弓矢で決するものであって、米や塩で決するべきではない』と言ったそうだよ」

十歳になる愛雪はわかったような、わからないような瞳で父をじっと見つめた。

「つまりね、敵と向き合うなら、自分の実力を尽くして公明正大に戦うべきで、決して卑しい手段を使うべきではない、という話だよ」

孫は娘に言う体で、自らに言い聞かせているのだ。

「品を失わないことは万里の長城を守ることに通じる。すべてを守ろうとしても、一点突破されてしまうものだからね。愛雪、品はお金や利益よりずっと大切なことだ。一瞬でも気を緩めると失われてしまうんだよ」


部屋に戻ると、孫は錦枝に言った。

「これ以上学校に迷惑をかけられない。三月で今学期が終わったら、教職を離れるつもりだ」

「相手の思う壺なんじゃない？」

「我慢していれば、そのうち収まるさ」

「落ち着くまで踏ん張ってみたら？」

「私のことで警察が何度も学校に来た。もう学校に影響が出ているんだ」

錦枝はうなずいた。それは孫の決断を受け入れた証しだった。

26

孫がそろそろ失業する頃、同級生が高雄にやってきた。

のちに孫家の子どもたちはその同級生を「デブおじさん」と呼ぶようになる。孫が塩埕町のカフェーで彼を待ちながら入り口に目をやった瞬間、突然、階段を踏み外してつんのめり、入り口のドアを突き破って入ってきた。

「圓桶《えんとう》、仇でも討ちにきたのか。驚かすなよ」

「そうそう。前世の仇討ちにきたんだ。急げ。俺への借りを返すためにも、極東信託を手伝ってやってくれ」

本名は呉《ご》桶という。人にはよく、丸顔で腹も出ていて性格も丸い、とからかわれる。身振り手振りが大げさで、身体は言うなれば舞台である。高雄中学校に通っていた頃、誰からも好かれる人柄で、同級生たちから圓桶と呼ばれていた。

「極東信託は米国に留学していた陳辛《ちんしん》がつくった銀行だ。本社は台中で、台北と台南に支店がある。去年、だいぶ儲けて配当が五分も出たんだ。高雄の工業化が進むと見ている。人口もどんどん増えているし、これから不動産や土地が必要になる。商売も動くだろう。そうなると必要になるのは資金だ。それで高雄に進出したんだが、業績は伸びること請け合いだ」

圓桶はそう言って、指で自分の胸の前に右肩上がりの線を描いてみせた。

「だが、初代の支店長が辞めることになって、急遽、高雄の人間が必要になったのよ。それで思い出したのが『ええ男』のことよ」

さっき線を描いてみせた指を下ろして、すっと孫に向けた。第一次世界大戦で使われた「I WANT YOU FOR U.S. ARMY」のポスターそっくりの仕草である。

「教師だった私に、銀行経営なんてできるものか」

「アホか。人の監督しよったんやけ、金やて監督できるってもんやろうが。ハハハ」

ぽっちゃりした身体をサルのようにせわしなく動かす様は、孫の教えている小学生にそっくりだった。

こうして苦境から脱し、昭和十三（一九三八）年の木々が緑に変わる頃、孫は一家で高雄川の対岸にある塩埕町へと引っ越した。

漁村である苓雅寮とはまるで違った。苓雅寮が昔ながらの台湾人集落であるのに対し、塩埕町は塩田から新しい市街地へと移り変わった地域である。住民の七割は日本人で、商店が立ち並び、至る所に看板があった。

新居は極東信託の二階である。大人たちが箱を持って出たり入ったり、上へ下へと行き来する。錦枝は愛雪に「玄関前だと邪魔になるから外で遊んできて」と言いつけた。愛雪は友竹と悠雲の手を引き、これから住むことになる四丁目を庭園に見立てて歩いてみることにした。

案内役になった愛雪は、家々を妹たちに紹介していく。

「見て。中山時計店よ。時計を売っているのね。佐野提灯店、中山靴店、三星桶店、連成桶店……桶屋さんが二つあるのね。お母さんにここで風呂桶を買えるよって言わなくちゃ。あっちは丸上高雄製パン所。パン屋さんね。高雄アイス店！　素敵！」

陳瀬商店の前には、さまざまな竹製の入れ物が置いてあるから、竹かご店で間違いなさそうだ。仁和医院、光華歯科、大和眼科と、四丁目には医者が実に多い。

写真館の騎楼で三人の足が止まった。ショーウィンドウには、大きく引き伸ばされたモノクロ写真が何枚もある。カラー写真は一枚だけ。色白で赤い唇の紳士が、全身白のスーツで、手にしたパナマ帽でお腹を隠している。髪は薄く、オールバックに撫でつけてある。至って普通の丸眼鏡だが、白い革靴は見かけないものだった。先が尖っていて靴ひもはなく、甲の部分は大きく開いている。今でいうパンプスみたいだった。七歳の友竹は言った。

「この人の靴、壊れてるんじゃない？　直せばいいのにね」

三姉妹はみんなで吹き出して笑った。

笑い声を聞きつけたのだろう、店の中から大人が出てきた。

「わあ、三姉妹なのね。お目々が丸くて大きい。可愛いねえ」

まず愛雪がお辞儀をして「こんにちは！」とあいさつした。

目の前の女性は、呂瓊琚《りょけいきょ》という。髪型は苓雅寮にいるような既婚女性の引っ詰め髪ではなく、愛雪の母錦枝のようなパーマ髪でもない。ストレートのショートカットで、これまた女学生とも違っていた。油をつけているのか艶やかで、こめかみの毛は燕尾のようにくるりと巻いていた。それに彼女のいでたちはというと、女性に人気の細かな花柄の洋装とはかけ離れ、紺のジャケットに同系色のロングスカートを履いていた。ベージュのハイヒールだから、余計に背が高く見える。男性と女性の間、その中性的なキャラクターは低めの少ししわがれた声にも表れていた。宝塚歌劇団の劇団員だったとしてもおかしくない。

「これまたお行儀のいいこと！　どちらの娘さん？　あんまり見かけたことない顔だけど」

新居の方角を差しながら愛雪は「十番地の極東信託高雄支店の子で、孫といいます。今日引っ越してきました。私は愛雪。妹は友竹と悠雲といいます。あと弟が二人います」

「素敵なお名前ね。うちの写真館を見学していかない？」

「おばさんのお店？」

「そうよ」

「おばさんが撮るの？」

「そう、写真師なの。高雄州広しといえども、女性がレンズを向けるのはうちだけよ」

そんな話に惹《ひ》かれ、いつの間にか三姉妹は中にいた。

撮影室の壁には、よく似た二枚のモノクロ写真が飾られている。かなり大きなサイズだ。「この写真、大きいね。学校の美術の授業で渡される画用紙と一緒よ」

愛雪は呂に訊いた。「どうして同じ写真を飾ってるの？」

「同じかな？　よく見てごらん。違うところがあるはずよ」

「本当だ！　壇上で話している女の人の上半身が違う。こっちは手を広げてるけど、こっちは拳を握ってる。ちょっと怒ってるのかな」

「正解。手を広げたほうはね、新聞記者が撮って雑誌に載ってたもの。拳のほうは私が撮ったの」

愛雪の視線は写真に注がれた。レンズに収められた十数人全員が女性である。愛雪の小学校の講堂の演台のように、焦茶色の木でできていた。中央の演台の後ろに人が立っていて、白い紙に「議長」と書かれている。演台の右側には二人が座る。議長に向かって机の側面に「書記」とある。講演会の記録係なのだろう。ステージの中央にはまた別の演台があり、そこに立っているのが、例の握り拳の人だ。観客は皆、彼女を取り囲んでいる。

議長の背後にある黒い布に目線がいく。そこには七枚の長方形で、人の背丈ほどある白い布が下げてある。一本ずつ、荒々しい筆跡でスローガンが記されていた。「堕胎法を改正しろ！」「無料産院、託児所を設定しろ！」「インフレ闘争を巻き起こせ！」「打倒　齋藤内閣！」「七時間労働制を実施しろ！」「職業婦人保護法を制定しろ！」「女子人身売買の絶対禁止！」

「これはね、五年前に撮ったの。東京写真専門学校に通っていて、同級生たちと題材を探しては写真を撮っていた頃ね。日本の女性が権利を訴える集まりがあちこちで行われていて、私は女性の権利を訴える講演会に行ったの。朝日新聞の記者の隣で、同時にシャッターを切ったわ」

その裏にあるさらにドラマチックな話は、三姉妹には話していない。父親は裁判所の通訳で、開放的な考えの持ち主だったこともあり、彼女を新竹の高等女学校に行かせた。ある時彼女が南寮の海水浴場に行こうと肌を出す水着を着た時、母親には叱られたが、父は逆に母にこう言った。

「いつの時代の話だ。海水浴というのは、心身の健康のために行うものだぞ。好きにさせてやれ」

その後、彼女は日本の弁護士の紹介で米国留学経験のある金持ちの息子に嫁いだ。ところがある日、彼女が台北の北投《ほくとう》温泉で遠方の従兄弟と散歩をしていたら、こっそり記者に写真を撮られてしまった。その新聞社の上司は夫と交流のある相手で、すぐに写真は夫の手に渡った。

夫に問い詰められても、彼女には全くやましいところがない。

「彼は従兄弟よ。父の妹の息子。あなたも知ってるでしょ」

「なぜ北投に行った？」

「旅行よ。でなきゃどこへ行けと？」

「なぜ女友達じゃない？ やつじゃなきゃ駄目なのか。相手も結婚してるんだ。お前はその奥さんやお前の夫の立場を考えなかったのか」

「もう一度言うけど、従兄弟。一緒に育った従兄弟なの。兄と散歩して、何が問題なの？」

「従兄弟は兄じゃないことくらいわかっているだろう！ 北投は観光客が多い。太陽が明るいうちから歩き回って、人目につくよう狙って記者に撮らせたんだ。既婚女性が父でも夫でもない男性と一緒に出歩くなんていうのは、れっきとした不倫だ！」

　この夫は喉まで出かかった言葉を、口にせずにはいられないのだろう。

「写真をよく見てちょうだい。私と従兄弟の間は、大男が大手を振って通れるくらいの距離がある。それも駄目ってこと？」

「決まってるだろ！　俺の妻には愛人がいて、そいつとイチャついてるなんて、どう考えても妻の道を外れてるじゃないか」。夫の心にはさらに油が注がれてしまったようだ。

「愛人だなんて取り消して！」

「その記者が上司に言った言葉を聞いたら、間違いなく愛人だ」

「言いなさいよ。こっそり盗撮した盗賊と変わらない記者がなんて言ったか」

　ようやく黙ったが、あまりに気持ち悪くて心の準備が必要だったのか、すぐに言葉にできないようだった。二回深呼吸すると、こう言い放った。

「やつが後ろからお前の脇の下をつまんだら、お前はそいつの肘に触れて、明らかにイチャついてた、ってな」

「そんなことしてない！」

「飲みすぎて俺のことを忘れたんだろう」

　裁判官のいない法廷では、非難と弁解で続く審理はだんだんと横道に逸れていく。そして突如として結論が下された。

「離婚だ！　やってられるか。そうじゃなきゃ男が廃る」

「女性を豚や犬みたいに家の中に閉じ込めるしか考えのない人なんか、男じゃない」

「夫に対してこんな口をきくなんて、なんて野蛮なんだ。教養のかけらもない」

「米国留学したっていうのに何もわかってないのね」

こうして彼女は離婚したのだった。

意外だったのは、実家の両親と前夫が台湾から離れて日本へ行けと口を揃えたことだ。とっととサレ夫としての汚名を消したい前夫は彼女に三千円を握らせようとした。だが、呂はその三千円の小切手に一枚の丁重なメモをつけて送り返した。

「気持ちは有り難いけど、これを受け取ったら、売り買いできる商品としての奴隷に成り下がってしまう。私は私。自分で自分の未来を切り開きます」

独立して生計を立てられる技術を学ぶことを決意した彼女に、東京はその通りの道を授けた。撮影技術を学んで再び台湾に戻り、女性として初めて写真館を開く写真師になることを誓った。こうして彼女は島の南の高雄にやってきたのである。

愛雪は妹の手を引いて写真館を後にすると、振り返って看板を読み上げた。そこには「白樺写真館」と書かれていた。

明くる日、孫と錦枝は五人の子どもたちを連れて、写真撮影にやってきた。呂は三姉妹の写真をショーウィンドウに飾っていいか訊ねた。その写真は孫一家にとって、新しい住人として認められた塩埕町四丁目の入境証となった。

27

白樺写真館の女館主にとどまらず、塩埕町は愛雪に新たな世界をもたらした。愛雪は堀江尋常高等小学校（今の塩埕国小）に転校した。学校には、家から出て右に曲がり、それから左に曲がるだけで、三分もあれば着く。五年生になってようやくバスに乗らずに学校へ行けるようになった。

四月半ば、堀江高小の昭和十三（一九三八）年度が始まってほどなくしてのことだった。体育の授業は子どもたちが手ぐすねを引いて楽しみにする時間である。象棋と同じようにコートの中心に線を引き、二手に分かれる。小鳥遊《たかなし》先生が笛をくわえてボールを持ち、ジャンパーが少ししゃがんで球を見つめている。ピーッ！　笛の音が鳴り、ドッジボールが始まった。ボールは左へ右へと飛び交うのに合わせて、子どもたちは行ったり来たり走り回る。開始早々、熱戦となった。

愛雪に向かってボールが飛ぶ。ボールに触わった瞬間に手をわずかに引くと、手のひらにボールが吸い付いてくる。球が落ちなければゲーム続行で、即座に反撃だ。愛雪は手首にボールを引っかけ、弓矢のように腕を思いっきり引いて、正面でいちばん身体の大きな伊集院加南子めがけて投げた。球は、彼女の丸顔に向かった。当たったかに見えたが、伊集院は両手でキャッチに成功すると、すぐに向き直って怒りの視線を向けてきた。さすが西郷隆盛を輩出した鹿児島出身だけのことはある。ヒョウが襲い掛かるかのような速さの低めの直球で反撃してきた。痩せた子が恐怖で目を閉じてボールを受け止めようとしたものの、ボールは一足先に彼女の胸に激突した。「きゃあーっ」。悲鳴が響いた。

キャッチの失敗なんて大したことじゃないとわかったのは、次に深刻な事態が訪れたからだ。痛みにゆがんだ顔で、その場に倒れ込んだ。

気を失っていたのは、王燦燦だった。

黒塗りの車が大急ぎで彼女を乗せて帰っていった。

帰宅して早々、愛雪は飛ぶようにして母のもとへ行き、新しい学級での恐ろしい出来事を話して聞かせた。

「王燦燦ですって?! 王清源さんのご長女よね。すっかりご無沙汰だわ」。錦枝は指折りで数えた。

「最後に会ってから四、五年経つかしら」

記憶では、錦枝と青吟でベビーゴルフに行ったのが最後だ。

青吟は錦枝に遅れること七年で結婚したが、次々に子どもを産み、今では二男二女の母だ。ここに実子でない長女の燦燦を加えると、錦枝と同じく子は五人になる。あの時話した日本語への夢は五十音で止まっていた。帳面一冊、丸ごとカタカナを書き、ひらがなを始める前に終わってしまった。山形屋に日本語の雑誌を買いに行こうという約束は、果たされぬままだ。

だが、青吟が錦枝と疎遠になった本当の理由は、子どもや育児などではない。

青吟の姑にあたる白寶は、事業を継いだ清源に対して、孫仁貴を登用するよう何度も言った。清源は表面的にはうなずいていたが、孫に対する嫉妬の狼煙が上がると、その煙は次第に広がり、いつしか胸に充満していた。プライドの高さが火種となり、父に目をかけられ、母にまで認められた男のことを受け入れられずにいた。

「孫に連絡した?」

白寶が訊ねると、清源は嘘までついてはぐらかした。

「教師の仕事が好きだから、辞める気はないって言われたよ」

それを耳にした青吟は、夫の心の内を察知し、錦枝と距離を置いたのだった。


丸々一か月、王燦燦は学校に来なかった。

燦燦は初潮を迎えたのだ。気を失う直前、ぼんやりとだがかすかな笑い声が聞こえた。恥をさらしたという大きな重石がのしかかって取り除けない挙句、どうすればいいのかもわからない。

父の清源は燦燦を可愛がったが、その言葉にはいつも哀れみが込められていた。

「やっぱり実の母親がいないからな」

その父と継母の間で、燦燦は円がつくれない。不出来な三角形がせいぜいで、継母の青吟のほうも燦燦をどう扱えばいいのかわからずにいた。一人でも多く子どもができれば、燦燦との間を隔てることができると思っていた。被害妄想ではない。燦燦は一度たりとも弟や妹の手を引いたこともなければ、笑わせたり、一緒に遊んだりしたこともない。

一家の中で父親だけが燦燦に近づくことができた。それはまるで真ん中に閉じ込められたようなものだった。清源が家業を継いでからというもの、父と話す時間はどんどん失われ、燦燦は寂しさを飲み込んだ。

清源とて妻と子どもたちのどちらにもいい顔をしたい。そこで彼が採ったのは、「どうやって解決すべきか」といういかにも会社経営者らしい対応である。燦燦には三人の専属の使用人を用意した。身支度、入浴の世話、添い寝、登下校への付き添い、さらには本や文具の準備からおやつの用意まで、すべて使用人に任せた。こうした破格の対応こそが、燦燦を家族と引き離していたのに。燦燦は教室に戻ったものの、一日中、独りぼっちで、表情一つ変えずにいた。

その様子を愛雪は見つめていた。

翌日もまた、無味乾燥で一言も発しない。

燦燦が学校に戻ってきて三日目、授業が終わると愛雪は我慢できずに燦燦の席に近づいた。

「燦燦、何を読んでるの？」すると無言で薄い冊子を取り出した。表紙には「手芸の本」と書いてある。冊子は二十ページほどの雑誌『少女の友』の付録だった。ページをめくりながら燦燦に訊ねた。

「お人形を作るのが好きなの？」

燦燦は首を横に振った。

「じゃ、何が好き？」

またも無言で、今度は表紙を指差した。黒髪に赤い靴を履いたエプロン姿。首を傾げ、三つ編みに青いリボン。袖の部分が思いっきりふくらんだ半袖。くりくりした瞳。人気の画家、中原淳一が描いた少女は、上目遣いで下まぶたには涙を拭った跡のある清楚で可憐な姿をしていた。

「この絵が好きなのね？」

「うん！」燦燦がようやく声を出した。

愛雪はその目がどうも苦手で話を続けられず、軽く「そうなんだ」とだけ答えて、燦燦に持ちかけた。「鉄棒で遊ばない？」体育の授業で鉄棒を習い始めていた。

燦燦はまた首を振った。

数日後の早朝、教室に入ると燦燦の席はまた空席になっていた。

愛雪は「今日また燦燦は欠席だったの。空っぽの席ってやっぱり寂しいね。病気かしら」と母に漏らした。極東信託の支店の二階の窓辺で、母はもうすぐ二歳になる大嵩《だいしゅう》にご飯を食べさせながら「可哀想にね」と答えた。

「私なんて、毎日学校に行くのが楽しいのに。お父さんは鉛筆を削ってくれるし、お母さんとはお話するし、弟や妹とは一緒に遊べる。そうだ、悠雲が今朝、私のズックを履いたの。つま先を入れてトントンってすると履けたわ。それがまた可愛かった」

錦枝は愛雪の赤らんだ頬を撫でながら「愛雪も幸せの味を知ったなんて、大きくなったわね」としみじみ言った。

愛雪は窓枠に登って通りを見下ろし、人が行き交う様子を眺めると海風が吹いた。

「幸せだなあ！」

28

また次の春が巡ってきた。

その日の午後、愛雪の言う「デブおじさん」こと呉桶は極東信託高雄支店の騎楼で煙草を吸っていた。孫が中から迎えに出てきて「一緒じゃないのか」と訊ねた。

「あいにく都合が悪うてバラバラや」

それから三本吸う間に、蕭敦南《しょうかくなん》、許陣北《きょじんほく》が到着した。

三人を連れて受付の前を通り過ぎ、右側の突き当たりに応接室へ入った。

孫は客人たちの煙草に火をつける。三人の囲む丸いテーブルから細い煙が上る。これが典型的な紳士のソファ集会だ。

せっかちな蕭が口火を切った。

「どこもかしこも高雄に来る人間ばっかりで、高雄は大いに発展しよる。台南の何伝《かでん》さんは鼓山にある甘蔗を使った製紙工場を建てて、セメント袋を作るそうや。孫支店長、この他に投資できそうなことがあるか教えてもらえんか」

「日中戦争が起こってから、軍艦が中国の南側を行き来しています。厦門など海側の都市は封鎖されているため、軍艦が高雄に寄ると兵隊が上陸して休憩する可能性が非常に高い。今、市民の間では映画が大人気で、最近は映画館への投資ブームが起きています。少し前には、二本先の通り、塩埕町六丁目の角にある高雄の老舗呉服店と吉井商店が五階建てのビルを建てて〝吉井百貨店〟になりました。総床面積は七百坪ほどと、台北の菊元百貨店より広い上に、菊元と同じくエレベーターがあります。ですから、高雄人はもうエレベーターに乗るために台北に行かなくていい。吉井百貨店は大賑わいで、人の流れが南塩埕町にできるのは必然ですから、このあたりで土地を買って店をやるのはどうでしょう。どんな商売でも構いません。貸店舗にすれば、やりたがる人はいるはずです。私どもの極東信託から資金を借りていただき、元金は分割であれば、手続きは造作もありません。うちで仲介して土地も探せますよ」

孫が言い終えると、蕭の目はキラリと光った。金が懐に入る想像ができたのだろう。さらに自分でも思うところがあったようだ。

「日本軍の広州攻撃と吉井百貨店の開店はほぼ同時やった。どうやら高雄の商売人は、戦争が怖くないんやな。戦が広がれば、商機もできるいうことか」

もう一人の客人である許は、黙ってガラスの小窓の外から聞こえる足音に耳を澄ませている。紅圓が三歳にならない大嵩を背負って上の階から降りてきた。階下には、裏手への出口がある。隣の空き地に続く長い回廊があって、許は聞こえてくる靴音に合わせて小刻みにうなずいている。別の窓から紅圓の姿が見えた。青と黄色のチェック柄の洋服は、田舎の女の子ではなく、すっかりモダンな女性の装いである。紅圓は建物の前の騎楼で娘たちの帰りを待っていた。今日は縄跳びをするので、廃棄された自転車のチューブを見つけてきた。

孫家の三姉妹が次々と帰宅したが、上の階に急ぐ様子はない。愛雪は旭日旗を大嵩に渡した。今日は港で軍艦を歓迎する式典があった。騎楼にしゃがんで、チューブを切っていく。いかにも戦前らしい黒い輪ゴムなのだが、それを一つずつ繋いで、長い縄跳びにしていった。

許は猫の動きそっくりだ。耳をレーダーのようにして外の様子を伺っている。楽しそうに騎楼で縄跳びをする姿は、銀行のカウンターの向こうのガラス戸にぼんやり映し出されていた。

その日以来、孫と錦枝は紅圓の結婚について真剣に考え始めた。

孫は低い声で錦枝に言った。

「呉桶から聞いた話なのだが、塩水《えんすい》の米問屋の許陣北が紅圓を妾にしたいと言っているそうだ。どう思う？」

「許さんはおいくつ？」

「四十そこそこだ」

「紅圓の倍よ」

「向こうは金がある。紅圓は幸せになるさ」

錦枝はその言葉には何も言わず、少し間を置いて「本人に訊いてみるわ」と答えた。

子どもたちが寝静まると、錦枝は紅圓を階下の応接室に呼んだ。

「紅圓も二十歳になるのね。その歳まで嫁ぎ先も探してあげられなくて悪いと思っていたわ」

紅圓は激しく頭を振った。

「愛雪たちと離れるなんて考えたこともありません。大嵩はまだ小さいし、今は昭子もいるんですから、お世話させてください」

「ありがとう。子どもたち全員、紅圓におぶってもらって、どの子も笑顔で元気いっぱいよ。私も主人も本当に感謝しているし、紅圓に世話を続けてもらいたいわ。でもね、それよりもいいお相手に嫁いで自分の子を持ってほしいと思っているの」

錦枝は紅圓の手を取り「行かせるのもつらいんだけどね」と言うと、紅圓は目に涙を浮かべた。

「一生添い遂げるなら、どんな人がいいか考えたことはある？」

「まじめで努力する人です」

「お金持ちはどう？」

「わかりません」

「お金持ちに嫁げば、食べることには困らないわ。仕立ててもらった綺麗な服を着られる。使用人がいるから、つらい仕事はしなくていい。悪くはないわよ。貧乏な相手に嫁げば、着る物も食べる物も自分でなんとかしなくちゃならないし、一銭たりとも無駄にはできなくなる。どう思う?」

「お皿を洗い終えて、きっちり並んだ洗いカゴを見るとすごくうれしくなるんです。寝かしつけていた子どもが目を閉じて眠る様子を見ている瞬間も同じです。誰かにお願いするようなことでもありません。服は……今着ている物で十分です」

「よくわかってるわね」

「私は若奥様になるような器ではありません。どうしても行けと言うなら別ですが、あまりよいことのように思えないんです」

「今、お相手候補が二人いるの。一人は台南塩水のお金持ちの息子さん。息子といっても、四十歳だそうよ。本妻さんがいるんだけども、あなたのことをとても気に入っていて、妾にと仰っているんですって。ただ、塩水で本妻さんと一緒に住むのではなくて、府城の別の家のようよ。あなたが親孝行なのもご存じで、お母さんの面倒も見てくれるとか。義理人情に厚い方みたいね」

紅圓はそれに何も言わなかったので、錦枝は続けた。

「もうお一人は孫の教え子で、名前は沈電、みんな阿電と呼んでるわ。公学校を出て人力車の車夫をしていたの。そう聞けば、きっとおおよその素性はわかるわよね。ただ、数年前に阿電が州庁のお役人の奥さんを乗せた時、その方が印鑑と通帳を忘れちゃったんですって。そのまま苓雅寮まで戻ってきたんだけども、忘れ物に気づいてまた山下町まで急いで行ったのね。持ち主に返したら、奥さんが往復のお代を払うって言ったんだけど、阿電は手を振って頭を下げて帰っちゃったんですって。後からその話を聞いた旦那さんが彼を探して車の運転を習わせて、今では州庁の公用車の運転手をしているそうよ」

「日頃の行いですね」と言って紅圓は笑った。

「そう！　運転手なんてそう簡単になれるものじゃないわ」

　この頃、屏東も含めた高雄州全体で、運転免許試験を受けた四百五十人のうち七十五人が合格したのは前の年のことである。

　錦枝は少し考え込んだ後、こう言った。

「私なら阿電を選ぶわ。それはね、お金のあるなしじゃないの。女性が自分らしくいられるかどうかよ。お金持ちがどれほどできた人であっても、結婚したら最後、カゴの鳥に違いないし、二度と羽ばたけなくなる。その後の人生は子を産む機械になるしかない。女だって人よ。男の人についていくだけじゃなく、自分で何か事業をすることだってできるはずよね。紅圓は日本語も学んで、本も読める。職業婦人となっていろいろな仕事ができる力を持っている。最近人気のタイピストだっていいし、バスの車掌だっていい。阿電と一緒に運転手だっていいわ。店を持って商売するのだっていいじゃない？　今はたくさん女性の店主がいる時代よ」

「どうして良妻賢母より職業婦人がいいんです？」

「大袈裟にいえば、良妻賢母はある意味で物乞いみたいな面があるの。だって、頭を下げないとお金はないんだもの。職業婦人なら、自分でお金を稼ぐから、誰にも頭を下げる必要はないでしょう」

「本にはよく〝良妻賢母は女性の天職〟って書いてありますけどね」

「ちゃーんと考えれば、職業婦人だって良妻賢母になれるのよ」

「そっか！　先生がそうですものね」。紅圓は錦枝を日本語で「先生」と呼んでいた。

こうして紅圓は「阿電の奥さん」になる方向で話を進めることになった。

だが、動き出してすぐ、相手は自動車の運転手と聞いた母が反対の声を上げた。

「嫁ぐなら台南の許さんに決まっとるやろ。天がくれたこんないい話を受けんやなんて、頭おかしいやろ」

紅圓の叔父まで孫のところへやってきて、新婦の親戚代表として意見を表明する一幕も起きた。許のほうはさらに積極的で、仲人を紅圓の母親のもとへ送り込み、手土産を持ってあいさつに訪れた。次々と包囲された紅圓は、仲人が玄関に訪ねてきた際、全身に身の毛がよだつ思いだった。そして葛藤した。

「親孝行するなら、母さんの言うことを聞くべきよね。それとも、自分の心の声に従う？　自分の心に従うことは親不孝で自分勝手なの？　それとも私が大馬鹿者ってこと？」

沈はと言えば、孫が縁組みを持ちかけてくれた、ということだけで、後の一切は預かり知らぬことだった。「そろそろ結婚する年頃だ。紅圓は性格もいいし、まじめでよく働く。可愛らしい女性だよ。彼女をもらうのはどうだい？」

ある晩、錦枝は沈を家に呼んで夕飯を食べることにした。六歳になる悠雲は元気いっぱいで、みんなに歌を披露した。沈は土産を三品、持参していた。一つめは、孫夫婦への和菓子である。

「州庁の日本人の同僚がくれたんです。すごく高価なので、一人で食べるにはもったいなくて、先生に召し上がっていただけたらなと思ったんです」

紅圓は内心、「頂き物を土産にした挙句、頂き物だってバラしちゃうなんて、なんて正直者なの」と感じていた。

二つめの明治製菓のチョコレートは、愛雪たちへの土産だった。

そして、三つめは紅圓に渡された。ブリキでできたカラフルなおもちゃの自動車である。

「吉井百貨店で見た中でいちばんおもしろかったんです。これを走らせたら、きっと喜ぶだろうと思って」。聞いた途端に錦枝は吹き出した。

「みんなの前でそんなふうに言うなんて、やるわねえ！」

沈は驚いて「すみません、そんなつもりじゃないんです」と言い、紅圓は顔を赤くして俯いた。

錦枝は慌てて手を振り「そうじゃないの。いい贈り物だってことよ。さっそくこの自動車を走らせて見せて」と言った。

小さな自動車には、T字型のねじがついていた。沈はそれを回せるところまで回すと、畳の上に置いた。手を離すと、自動車は勢いよく走り出した。子どもたちは行き先を遮らないように飛び跳ね、大騒ぎになった。沈の言った通り、紅圓は笑顔になった。

その夜、紅圓の心にシャンデリアが輝いた。まじめで純真な沈に嫁ぐ、と心に決めた。

そして紅圓は母に嘘をつくことにした。

「彼とは手を繋いだんて。もう嫁に行くしかないんてや」

「手を繋ぐ」とはすなわち、身を任せたに等しい時代である。母はなす術《すべ》なく、ただうなずく他なかった。

29

愛雪の通う堀江高小の学級編成は、他の学校と違っていた。一学年には五学級あり、全員男子児童の学級が二つ、全員女子の学級が一つ、あとは男女が一つにまとめられ、当時はほとんどなかった「男女学級」があった。他の授業はともかく体育の授業では、男子が女子を軽蔑の眼差しで見ることがよくあった。

今学期の体育の授業最大のハイライトは逆上がりである。愛雪は鉄棒につかまって蹴り上げるところまではできたが、くるりと回れない。先生に「左へ」と言われると、右側からクスクスと笑い声が起きた。

日本の学校では、グループに分けて互いに競わせ、子どもたちの競争心を煽《あお》る。そのやり方は百年前も同じである。案の定、愛雪にも火がついた。

毎日、放課後になると学校へ行って練習した。お風呂の時には、手のひらの水ぶくれが裂けないように手を上げて入った。週末も、出かける前に手にテープを巻いて学校に行った。

週が明けると、彼女は子猿がガジュマルの枝で遊んでいるのかと思うほど、別人になっていた。先生が「右へ」とできた列に並ばせた。

愛雪の次は少し背の低い男子児童で、鉄棒を持つところから苦戦した。その姿を見ていた先生はあえてだろう、「孫さんが回れたんだから、茅島君もできるよね」と声をかけた。愛雪は守るつもりで口を挟んだ。

「私は家が学校に近くて毎日練習できますが、茅島君は家が遠いんです」

そう聞いた数人の顔はほころんだが、大半は猫じゃらしを見せられたネコのように一斉に先生のほうを向いた。先生に口ごたえなんて、罰を受けるに決まってる！

「そうか、そうか。茅島君、もっと練習するんだぞ」。幸い、先生は何も言わなかった。


昭和十四（一九三九）年の秋、愛雪は六年生の半分を終え、「蛍の光」の前奏が静かに聞こえてきた。

先生が関西と関東への卒業旅行を発表した。愛雪の予想と違って、わずか六人の参加だった。日本人児童の大半は、家計が豊かなわけではない。たとえば茅島の父は船頭だ。高雄川には客を乗せて納涼船を出す店があった。夏休みには客も多く、商売も問題なかったが、冬はそうはいかない。卒業旅行の旅費四、五十円は、一、二か月の給料にあたる。眉をひそめることなく出せる親ばかりではない。その上、たいていの家庭には三人とか五人とか子どもがいるのである。

卒業旅行から戻ると、先生から感想を話すように言われた。

高橋は東京の路面電車に驚いた話をした。人も車も行き交い、とても賑わっていた。東京駅で外国人を二人見かけた。黒くて着丈の長い服を着ていて、髭を生やしていたという。先生は神父だと言った。

愛雪も壇上で話すことになった。

「京都は台湾の台南に似ていました。台南は三歩歩けば廟にあたりますが、京都も三歩歩けばお寺がありました。船の着いた神戸は、高雄と同じ港町でした。神戸にも高雄と同じ〝北野町〟があるのですが、神戸の北野町は洋館の街並みでした。歩いていると、アンデルセンの童話の世界に入り込んだような気持ちになりました。その建物のことを〝異人館〟と呼ぶのだそうです。では、質問です。高雄の北野町には何がありますか」

「燦興ガラス店！　隣だ」。財部という男子が即答した。

「そうでーす。私たちの学校、高雄市堀江尋常高等小学校（高雄第二尋常高等小学校だったが、昭和十二（一九三七）年四月に校名が変更された）のお隣でーす」

教室全体が笑いに包まれた。

授業の後も、皆があちこちで日本旅行の話を続けた。すると、鶏冠井《かいで》次郎は「畜生！」と帽子を床に叩きつけた。その姿を見た愛雪は、ひどく動揺した。

鶏冠井君は卒業旅行に行けなくて、そんなにも怒っているのか——

孫の家に生まれたことは、確かに普通ではなかった。高雄市の日本籍児童は約四千百人、そのうち三千五百人が就学し、男女ともに八十五％ほどだった。一方の台湾籍はといえば、一万五千人の児童のうち就学するのは半分で、大半が男子だ。女子の場合、十人中四人が就学する程度。愛雪が小学校を卒業した昭和十五（一九四〇）年は、日本籍と台湾籍を合わせて七百人ほどが同じように卒業したが、高雄高等女学校を受験したのは三百に満たない。そして最終的に進学を果たすことができたのは、わずか百十人である。

合格者として愛雪も名を連ねた。

入学したばかりではあったが、校則で愛雪はどこへ行くにも高等女学校のセーラー服を着なければならなかった。

ある日、証明写真を撮るべく、愛雪は白樺写真館に向かった。

「おばさん、よろしくね！」

写真師の呂は誇らしげだった。

「何日か前に、高雄の写真師の集まりがあったの。参加してた日本人の娘さんも高雄高女に合格したんですって。その人が言ってたんだけど……ちょっと待ってて」

壁際の机から、一枚のメモを取り出した。いくつかの数字が書かれていた。

「その人の話だと、今年、高雄高女には全校合わせて四百四十二人いて、日本籍が四百九人なんだけど、台湾籍はたった三十三人なんですって」

メモを置くと呂は愛雪の肩を叩いた。

「愛雪、あなたはとっても優秀なのね。頑張って将来は東京の大学に行きなさい」

「はい、頑張ります！」

しかしながら、大学への道は決して平坦なものではなかった。

30

愛雪が高雄高等女学校にいた四年間、ずっと戦争の土埃が舞っていた。

「母さん、つみれは買った?」

愛雪が上の階に向かって声をかけると、錦枝が飯盒《はんごう》を手に階下に降りてきた。

「朝早く市場で新鮮なのを買ってきたわよ。いってらっしゃい」

日曜日は、愛雪が入院中の兵隊に食べ物を届ける慰問の日だ。

先週は孫家で二人の海軍兵を受け入れ、できるだけ熱いお湯に入ってもらおうと、お風呂を貸した。

後方部隊の兵士たちは、すっかり高雄市民と化している。

この日は孫も軍の行事に参加する。苓雅寮公学校の日本人の同僚が赤紙を受け取ったのだ。彼は塩埕町六丁目に住んでいてご近所というだけでなく、人情からいっても送るべきと考えていた。

大きな白い旗の右側には、上下四か所に十五センチほど白い布が縫い付けてあって、建物の一階ほどの高さの竹にくくりつけてある。誰が書いたのか、旗のいちばん上に赤い丸が描かれ、大きな赤い円は日本国旗になっていた。国旗の赤い丸の下には小さくない文字で「祝徴兵」、下には大きな文字で「無敵一郎君」とある。別の人も似たような旗を持っていたが、「祝徴兵」が「祝従軍」に変わっただけだった。

年寄りから子どもまでが列をなし、小さな日の丸を振っている。とりわけ目を引くのはどうやら公学校の児童だ。中には中学生も何人かいて、一人はマーチングドラムを背負い、別の一人はラッパを吹いている。旗の波にドラムの音が加わり、さながら歓喜の歌を奏でているようだ。悲壮感はなく、涙もない。これから出征というよりは、まるで凱旋である。

そうなるのも無理はない。これまでのところ、中国では北から南まですべて勝戦と伝えられてきた。

この一、二年で日本軍は米国の真珠湾を攻撃し、英国領の香港を占領、さらにマニラに進み、シンガポールで勝利を収めていた。

孫は店の前で旗を振るミッキー写真館の童を見つけた。

「記念写真は頼まれてないないんですか」

「日本人は台湾人の写真師に頼まんよ」

「それもそうですね」

「日本人はどんどん兵に取られておらんなるなあ」

「ですね。戦争が終わるどころか、拡大していますからね」

「あの〝無敵一郎〟いう名前は、俺が軍部におったら絶対兵に取る名前よのう。そやけど、日本人の名前で〝無敵〟いうんは本当にあるんかいな。自分でつけたんやろか」

「無敵さんは上品な方ですよね。あれは福岡のほうの姓なんだそうです。うちの娘が通ってる高雄高女の先生にもいるのですよ」

「そうなん？　妙な名前があるもんよのう」

「ええ。高雄州の教育課には、日本人の役人で〝禿顕雄〟って人がいましたよ。ハゲなんて名前は強烈で忘れられません」

話しているうちに、二人は騎楼を過ぎ、兵士たちの姿が遠くなった。

店前の側溝の上に置かれた植木鉢の横の看板を見て、孫は突然、異変に気づいた。

「あれ？　店の名前、変えたんですか」

「屏東生まれの張いう巡査を知っとるやろ？　この間、あいつが『台湾日日新報』を持って店に来たんで。俺に見てみい言うて」。童は左手を新聞に見立て、右手の人差し指で手の平を指すと、見出しを読み上げた。

「『戦時を正しく認識しておれば、看板にローマ字などあり得ない』『おっしゃる通りです』。同じ台湾人やけん親切に忠告してくれたんてや。店のローマ字を失くしたらしまいやのうて、店の名前も変えたほうがええぞ言うてな。看板にあったミッキーもそうよ。台湾語で小声で言われたわい。『あれは米国から来たんやろが。はよ消しとけ』。ほんで、極め付きが『今年は日本の皇紀二六〇一年だと知っとるんか』と来た。いろいろ自粛せよ、いうことぞ」

「そうですね。『自粛』が流行っていますからね」

童は胸に手を当てながら言った。「自粛や言われたら縮み上がるわ。ヨーロッパ式やモダン、外来語やって使わんほうがええんやけ。ほんで急いで塩埕写真館いう名前に変えたのよ」

「そうだったんですか」

それからしばらくして、孫は苓雅寮にいる父方の伯父を訪ねた。少し先の二百六十番地には日本炭酸株式会社の工場がある。工場の大きな門をくぐると目の前は高い壁で、右側には「液化炭酸」と書かれている。つまりはこの会社の主力商品である。その「化」と「炭」の字の上には、以前は二酸化炭素の化学式が書いてあったが、いつの間にか消されていた。

時間の歯車は進む。

昭和十七（一九四二）年八月、南太平洋のガダルカナル島の戦いを機に、破竹の勢いだった日本軍の戦況が逆転する。十月、台北市の医院や診療所が連名で出した新聞広告には「X線」とあったが、翌十一月に突如として消え、「物理診療科」に変わった。

ローマ字は二十六種の毒草と化し、誰もが忌み嫌うものになっていた。

中学や高等女学校では、英語の授業がひっそりとお蔵入りした。高雄高女では、一人の教師が熱弁を振るった。

「日本は世界を征服する。そうなったら世界中で日本語を話すようになる。英語なんて勉強する必要はない。二十六個のローマ字さえ覚えておけばいい」

人々の暮らしからローマ字が綺麗さっぱり消された頃、日本は苦しい戦争の渦へ突入した。

31

戦況が悪化の一途をたどっていた頃、愛雪は卒業を間近に控えていた。

梅原先生は新聞記事を配った。「みんな、記事中の広告を見てください。高雄の会社から二件、求人が出ています。うちに帰ってご家族に相談し、許可を得られたら応募してみてください。この時代、全国民が闘っています。皆さんも才能を無駄にせず、役に立てるよう頑張ってください」

授業後、梅原が愛雪を個別に呼び出した。

「白石さん、卒業後はどうするつもり?」愛雪は、この前に台湾人の間で日本名への改名ブームが起きた際、無敵先生の勧めで白石登美子と名前を変えていた。

「もともと東京の女子大学から入学許可をもらっていました。ですが去年、高千穂丸が爆撃を受けて、内台航路（台湾と日本を繋ぐ連絡船）の危険が高まりました。最近でも東北角の海域でまた悲しい事故が起きましたし。それで心配した両親に、しばらく進学は見送るように言われたんです」

「確かにそれは考えたほうがいいわね。商船は動員で軍隊の輸送に持っていかれたから、定期便もままならないようだし。台湾に戻ってきた友人の話では、下関で何日も待たされた挙句、乗船したら今度は二日も海上で動かない。それが夜中に突然、なんの予告もなく出発して、二日後、夜が開けたら目の前は中国の黄河の河口だったそうよ。船は内台航路を運航していなかったの」

「黄河ですか」

「ええ。そうなよ。その友人は、海は青かったのに、黄河に着いたら本当に黄色だった、と言っていましたね」

「そんな遠くへ行くこともあるんですね」

「本当ね。それから潜水艦の攻撃を防ぐために、軍艦が周りを守っていることに気づいたそうよ。大変よね。客は万一、海に落ちた時に見つけやすくするために赤い帽子と笛を持たされていたとか。ともかく、今は内地への進学は大変だし危ないわ」

「はい、わかりました」

「白石さんは成績もいいし、三井物産高雄支店に応募してみてはどうかしら。三井物産は三井財閥に属していて、日本統治初期に台湾で始まった島内でも有名な歴史ある貿易商社よ。どんなものでも買い付けて国際的な商品として売る会社ね。大きなものでいうと、米、砂糖、石炭はもちろん、木材、機械、肥料、金物、麻袋、セメント、缶詰、乾物、布、建築や工業用の石灰石なんかまで、扱っていないものはないほどよ」

「梅原先生、お詳しいですね」

「主人の親しい同級生が江蘇《こうそ》省無錫《むしゃく》の三井に勤めているの」。そう言って少し言葉を詰まらせたが、また続けた。

「普通の大人なら皆、三井物産みたいな商社は地位が高いと知っているけれど、三井物産や三菱商事といった大手の商社の社員と普通の商社の社員をどこで見分けるか知っていて？」

「どうするんですか」

「ゴルフよ。趣味は何かと訊ねたら、決まってゴルフと答えるみたい」

梅原の話から、愛雪は三井財閥の社員たちが本当にゴルフ好きなのか確かめたくなり、履歴書を送った。

愛雪は合格。同期で採用されたのは二人だった。

出社初日、愛雪はセーラー服の襟の部分とリボンを外した高雄高女の制服で出かけた。営業課長の鷲尾は優しく「一目見て新卒だってわかったよ」と笑った。

三井物産高雄支店は湊町にあり、塩埕町より西側で鼓山と寿山に近い。事務所は独立した建物で、騎楼があるのは極東信託と同じだが、建物全体でいうと極東の三、四倍はある。愛雪は二階に通された。事務机は二つずつ向かい合っていて、二十ほど並んでいるが、空きが目立った。

その日、愛雪は紙幣の数え方を習った。一束で百枚、まず一度数える。二回目は十枚一束にして、交互に重ねていく。三回目は二回目同様に数えるが、十枚数え終わると、一枚で九枚を包むように挟んでいく。最後にもう一度九枚を折って、十枚一束にする。手に取ると、手鏡のように硬い。

同僚の三浦が愛雪に言った。「面倒くさがっちゃ駄目よ。こうやって確認して確認して、って数えていくと間違えないんだから」

「いえいえ。学校で先生方に、何事もやるとなったらしっかりやれと教わりましたから。そうしないと、ザルで水をすくうみたいに無駄になりますものね」

そう答えると、彼女は笑顔でうなずいた。


ほどなくして、愛雪は営業課に配属された。営業課は社内で最も責任の重い部署だったが、社員は皆社交的で明るい人ばかりだった。勤務から五か月後のある日、鷲尾課長が二階に来たが、いつもの笑顔が消えて、黙ったまま席についた。だだっ広い事務所の気分は一瞬にして凍りつき、そろばんの音も聞こえなくなった。

「赤紙」が来たと誰もが悟った。少し前に、日本男子の徴兵年齢が四十歳から四十五歳に引き上げられたばかりだ。四十二歳の鷲尾課長は心づもりがあったのだろう。

米国軍は初めて日本本土を襲撃し、B-29が八幡、小倉、門司など九州北部に空襲を仕掛けていた。この時期の徴兵は、皆の心に暗い影を落とした。

出征当日、鷲尾課長は同僚一人一人と握手して別れを告げた。列の最後にいた愛雪の手を取り、鷲尾は「白石さん、後は頼んだよ。しっかりやってほしい。私は必ず生きて戻ってくる」と涙ながらに言った。

愛雪はただうなずく他なかった。

鷲尾は最後にまた「頑張ってね！」と繰り返した。

愛雪は大きく心を揺さぶられていた。課長は、わずか十六歳の彼女をこんなにも気にかけてくれる。胸の内では即座に「頑張ります！」と答えたかったのだが、どうにも口が開かず、ただ身を固くしてうなずき、課長を見つめ返すことしかできなかった。

32

「荷物をお届けにあがりました」。三井物産の階下で、運送屋が大声を張った。

内台航路は危険になり、もともとあった物流も戦争で混乱していた。海を渡って届けられた日本製の布は、それまでよりもずっと希少になっていた。

小林支店長は愛雪を呼んだ。「この前は鷲尾課長が君と一緒に仕分けしたんだったね」

「はい」

「課長は不在だ。今回は君に頑張ってもらわないと」

「はい」愛雪は落ち着いて、躊躇いなく答えた。

「大丈夫だな？」

「大丈夫です」

日本製の布が入手しづらくなり、高雄にある十数軒の呉服店は、先を争うようになった。鷲尾課長はいい人ではあったが、ここ数回の仕分けは現場が大いに荒れた。勢いのあまり店主たちは殴り合いになりそうなほどで、課長は頭を痛めていた。本来であれば小林が鷲尾に代わって仕切るところだが、本人にそのつもりはない上に、争いに巻き込まれるのもごめんだと考え、なんと「若い女の子」に押し付けたのである。

愛雪が支店長に向かって「大丈夫です」と答えたのは、単に部下としての礼儀であって、内心では頭を抱えた。ただ、一日中、頭を抱え込むのではなく、まずは一分間、解決策を考えるのが彼女のやり方だ。そうして彼女はどうやって今回の荷を公平に分配するか、どうやって店主たちに喧嘩させずに済ませるかを考えていた。

分配日の前夜、愛雪は夜を徹して一枚の表を作った。

明かりの下で、孫と錦枝は彼女が徹夜する姿を見ていた。孫は「明日、そんなに大事な仕事があるんだったら、早く寝ないか!」と叱ったが、十六歳で三井に入った彼女はこの時、親への行儀作法に構っておれず、イライラしながら答えた。「本当に大事な仕事なの、お願いだから黙っていて」

朝早く、愛雪は直接、布の仕分け会場に向かった。布は専従スタッフの手で、高雄川のそばにある高雄州商工奨励会館に届けられていた。

会場に入ると、中央の長机に一本ずつ、布がきちんと置かれている。日本製の布は一本を一反と数え、和服が一着できる。愛雪は演台の前に立って告げた。「本日は鷲尾課長に代わり、私が取り仕切りを務めます」

大半の店主が一様に驚き、疑いの目になった。

歳の頃は五十あまりで濃い髭を蓄えた店主が立ち上がった。不躾《ぶしつけ》に「先月は俺の売った量がいちばん多かったんだ。うちが先に選ばせてもらう」と言った。

愛雪は、この店主が誰よりもうるさ型だとわかっている。

即座に真っ向から彼の言を否定した。「お宅ではありません」

髭の店主も黙ってはいない。「そんなことがあるか！」

別の六十代と見える店主は首を振って「わしはお前んとこより売ったんぞ」と名乗り出た。みるみるうちに怒号が会場にあふれた。

愛雪が手を上げると、皆の視線が集まった。「皆様、これまでは自由取引として、誰もが自由に荷の量を決めることができていました。しかし今は、配給制度が敷かれており、量にも限りがあります。皆でこの苦境を乗り越えましょう。今回、三井物産では、過去一年のお取引をもとに、優先順位を決めました。統計表はこちらに……」言い終わらぬうちに、足音が聞こえ、一人の若い店主が急ぎ足で近寄ろうとした。愛雪は手で彼を制しつつ「落ち着いてください。統計表は壁に張り出し、皆さんにご覧いただきますので」と言った。

巻いてあった用紙を壁に貼り、店主たちに向かって言った。「去年の仕入れが多かった方から順に、番号を振りました。それぞれの一月《ひとつき》ごとの仕入れ量は数字で示しております。そして、表の一番右に記したのが今回のお取引分です」

店主たちは急いで表を取り囲んだ。愛雪はさらに言った。「皆様はどなた様も紳士でいらっしゃいます。まず統計表で数字をご確認の上でお並びください」。こうして店主たちは、喧嘩もなければ文句を言うこともなく、大人しく荷を受け取ったのだった。

愛雪は「終わりました！」と支店長に報告の電話を入れた。

驚いたのは支店長だ。信じられずに訊き返した。「もう終わっただって？　本当かね。全部？」本当だとわかると大喜びである。「帰りは急がなくていい。社の人力車を向かわせよう」

三井物産高雄支店には社用車があったが、車は軍部に供出していた。ただし、三井の人力車は幸いにも残されている。座椅子の後ろは黒塗りで、蒔絵で数羽の飛び立つ鶴の様子が描かれている。人力車の車夫も一般のそれとは違い、制服制帽で帽子の真ん中には三井の社章が縫い込んである。

車夫の名は欧という。彼も喜んでくれたのだろう、我慢できずに笑って車を引きながら、愛雪にこう明かした。「支店長はね、朝早くからずっと心配して後ろ手に事務所の中をウロウロしよったのよ。それで『ああ、まだ子どもぞ。できるか。大丈夫やろうか』てブツブツ言いよったんやけえ！」

そうして走っていると、車のほとんどいなくなった道路で、偶然、父が反対側を歩く姿が目に入った。孫も愛雪と知って、急いで渡ってきた。孫が心配していたのは、昨夜の徹夜で体調を崩していないかということだ。支店長が寄越したと聞いて、車夫に頼んだ。「時間が許されるなら、あの先を右折したら我が家ですので、この子の母親に顔を見せてやってほしいんです。彼女が体調を崩してないか家内が心配してまして」。車夫は走りながら孫に言った。「支店長は娘さんを褒めよりましたよ。課長がおった時よりもきっちり、早く終わらせた、いうてね」

車が右に曲がると、孫は大声で錦枝を呼んだ。すると、上の階の窓が開いて、錦枝の目に人力車に座った愛雪の姿が飛び込んできた。「慌てないで！　ゆっくりね。お布団は準備してあるから」

それを聞いた誰もが微笑んだ。

錦枝はすっかり愛雪が体調を崩して帰宅したと勘違いしていたのだった。

33

支店長が迎えの車を出した話は、その日のうちに会社の隅々まで伝えられた。そして一階のひっそりとした静かな一角にある経理課の新しい職員、大野威徳の耳にも届いた。

二日後、大野は書類のようなものを持って上の階の愛雪の席まで来て、「白石さん、営業収支報告書の確認をお願いします」と言った。日本の会社で言う「経理課」の主要な業務は各種報告書を作成し、各部門の売上高や事務、人事の収支状況を把握することにある。

愛雪は急いで立ち上がり、腰を浮かせて受け取ろうとした。

すると大野はパッと身を翻して立ち去った。呆気に取られた愛雪は、白シャツの背中を見送った。

書類を開いてみると、間に白い手紙が挟まれていた。鉛筆箱ほどの厚手の用紙である。表には「白石さんへ」と書かれていて、裏を見ると下に活字で印刷された住所と名前が記されている。「上海ですって?」名前付きの専用封筒というだけで十分驚いたが、住所も上海とある。

「白石さん、突然驚かせて申し訳ない。この手紙で敬意をお伝えしたかったのです。先日のあなたの果たされた成果は非常に素晴らしく、同じ苓雅寮出身として、私まで誇りに思いました」

短いメッセージを読み終わると、愛雪はさらに困惑した。苓雅寮のどの大野か見当もつかない。

この件はこうして終わった。愛雪はこの話を誰にもしないでいた。

数日後、また大野から手紙が来た。今度は本の中に入れられていて、人力車の車夫が届けてきた。

「新刊の『甘味（お菓子随筆）』を贈ります。どのように読まれたのかご感想をお訊きしたいです。なお、お返事は塩埕町の清水書店の主人にお渡しください」

ページをめくると、芥川龍之介の「しるこ」、大学教授の菅原教造による「甘味考古学」、菊池寛「読書余話」、詩人の森三千代の「ハート型のビスケット」などが収められており、文化の名手によるデザートの書である。たったこれだけのことではあるが、この時代の手紙のやりとりは恋人同士のラブレターに等しい。

愛雪は他人に誤解されないか心配し、淑女が備えておくべき品性を損なうのではないかと悩み、焦ったが、どうにもならない。それから数日の間、事務所に着くと自分の視線があらぬ方向へ向かぬよう、前だけを見て急いで二階の自席へ向かった。

大野威徳なる人物は、しばらく前に関東軍の飛行機で上海から高雄に戻ってきた。一介の平民でしかも歳が若いのに、なぜにこのような特権があるかといえば、他でもない父である。大野の本名は王で、父はあの王逢源である。この間、上海で揉まれた逢源は、生まれ変わったと言っていい。高雄の政財界に伝わる話では、慶應大学卒業の身分を活かして、三井物産上海支店の慶應閥となり、軍部に食糧を供給する御用商人となった。そして父王景忠の昔の部下を捜し出し、長江沿岸の穀物を買い付けた。多く買ったとしても、軍部がすべて引き受けるため、価格は安定する。上海華都銀行の責任者が毎日「逢源洋行」までやってきて、逢源に向かって腰まで頭を下げながら、札束の入った柳行李を一つ、また一つと受け取るのだった。

台湾を離れる時には恨みを抱えた王家の坊ちゃんだったが、上海という地が彼の鬱積した怒りをすっかり吐き出させたのである。

第二次大戦後半のこの時期の上海は、競馬とダンスに明け暮れ、夜になるとネオンが輝いた。煌びやかな上海という街にとって戦争はよそ事だった。王逢源は両手に花で、立て続けに三人の妾を迎えた。一人は日本人の踊り子あがりで、陰では「日本妻」と呼ばれ、あとの二人は「無錫妻」と「蘇州妻」だった。高雄の本妻の産んだ長男が、件の大野である。上海の聖ヨハネ大学の理科に進学した大野は英語で授業を受けたため、英語に不自由はなかった。ところがある日、軍部が英語のできる人材を通訳としてフィリピンの戦場に送ると聞きつけた逢源が、大急ぎであたりをつけ、病弱な母親を世話する名目で大野を台湾に帰した。こうして大野は三井物産高雄支店に身を隠したのであった。

34

大野から三通目が届かないうちに、塩埕町の住民への疎開命令が出された。空襲を避けるためだったが、これで愛雪は出勤できなくなってしまった。

昭和二十（一九四五）年の元日直前、孫家は牛車を雇い、直線距離で北東へ三十キロ先の旗山《きざん》へ疎開することになった。全員が牛車に乗り、鞄、鍋や釜、碗、布団と柳行李が二つ、そして自転車一台が一緒だ。

牛車がガタゴトと揺られ、牛が一歩一歩、ゆるりと進む。「あー」錦枝の抱いていた恵子が突然、甲高い声で泣き出した。

その声に釣られたのか、牛車のスピードが少し速まった。

この頃、孫と妻の錦枝の間には二男六女がもうけられ、一家は十人家族へと膨らんでいた。一九四〇年以降の数年は、物資はすべて配給になり、金があったとて食べる物はおろか生活用品も買えない状態にある。だが、世帯人数が増えれば、その分だけ配給も増える。しかも子どもへの配給が大人を上回ることが後押ししたこともあって、一家に子ども八人という数字は、当時としてはごく一般的なものであった。

牛車の進むゆっくりとした速度に慣れてきたのか、恵子のまぶたが下がった。目を閉じる瞬間、孫家の子どもたちに共通するのは、この長いまつ毛だとよくわかる。

恵子を抱いていた錦枝がふと言い出した。「戦争だからって、優良乳児選奨会まで中止だなんて。恵子は幸子より身体つきがいいから、幸子が選ばれたなら、恵子だってきっともらえたわよね」

孫は恵子の小さな頰を撫でながら言った。「いつ米国が爆撃してくるかわからないんだぞ。空襲から逃れるためにこれまでの家を離れて新しく家まで借りたって時に、よくそんな呑気なことが言えるなあ」

「どうせなら、楽しいことを話すほうがいいでしょう」

「そうだな。ありがとう」

錦枝はすっかり寝入った恵子に向かって言った。「お母さんが優良乳児賞をあげる。山の上の花で優勝の花輪を作ってあげるわね」

牛がゼイゼイ言い始めたので、全員が下車して歩くことにした。

大嵩は堪え切れなくなったようで、「ねえ、あとどのくらいで旗山に着くの?」と訊いてきた。

孫は「牛にも休憩が必要だから、今日は鳥松に泊まるよ」と答えた。

疎開先までの道は遠く、二日経ってようやく旗山に到着した。

夕方、日も暮れ始めた頃、旗山駅から南に四、五キロ離れた場所で牛車が止まった。疎開先となったのは渓州《けいしゅう》という集落である。

その夜、突然の来客があった。

腕に赤十字を縫い付けた衛生兵だ。細身で背の高いその人は、玄関口で少し頭を下げながら、借家に入ってきた。

「すみません、白石登美子さんはいますか」。胸には「大西健五郎」と名札がある。

「私です」。愛雪が前に出た。

「お待ちしていました」

見たところ二十代の大西は、旗山郡の役所で訊ね回って、孫一家が渓洲に疎開してくると知り、早くから待ち構えていたという。「申し訳ない。看護婦資格のある人はほとんど徴用されてしまって、今、ここの衛戍《えいじゅ》病院〔日本陸軍の設置した病院。台湾全土で十一か所あった〕では極度に人が足りないんです。白石さん、お手伝いいただけないだろうか」

突然のことに少し躊躇いながら答えた。「私は三井物産高雄支店営業課の社員として、三井からお給金をいただいています。別のお仕事をしてもよいのでしょうか」

カッとしたのか、大西は命令口調になった。「今は戦時で、軍の命令は絶対だ。従ってもらう」。一呼吸置いて語気を弱めて続けた。「給与の部分は病院から別に支払う。それならよかろう?」

愛雪にとっては扱いに困る話だった。「支店長に確認してからでないと、お答えできません」

社員として許可なしに動けないというだけでなく、疎開してからも三井は給与を出してくれている。愛雪は、二か所から給与を受け取っていることが誰かに知られ、欲深いなどと思われたら目も当てられないと危惧したのだった。

その夜、病院から支店長に連絡があったようで、小林から電話があった。「白石さん、今は非常時だ。君も出社できないんだし、しっかり手伝ってくれればいい」

こうして、愛雪は思いがけず衛戍病院の看護師となった。


一日目、大西が愛雪を案内した。大西の後ろから山の上に向かって細い道を歩く。バナナの木と低木があるだけで、すれ違う人もない。ようやく傾斜のない場所に出ると、そこには洞穴があった。広々とした明るい光が穴の向こう側から差し込んでいる。それほど長くはなく、暗闇に入るような恐ろしさはなかった。

穴に入ると、ひんやりして愛雪は腕をさすった。

明るいほうへ歩いていくと、さらに別の大きなトンネルが見える。

トンネルの中は戦場だった。兵士たちは横になり、消毒液に混じった血の臭いが鼻をつく。

不意にガジュマルから葉が落ちて愛雪の顔にあたり、ハッと驚いて身構えた。

すると大西が「いい時期に来たよ。これが冬じゃなかったら、今ごろ君の首に蛇が這ってるかもしれん。虫がわんさか降ってきたり、カラスが頭めがけてつついてくることだってある。卒倒するだろうな」と笑った。

不愉快になった愛雪は「私は海辺育ちで、海でだって泳げます。虫や獣なんて巨大な波に比べたらちっとも怖くありません」と返した。

大西は女子がこれほど威勢よく返したことに驚いて「やや、これは失敬」と謝った。同時に、田舎の瀬戸内の海岸を思い出し、「全く同感だ。平地や高山で育った子は海に飛び込む勇気はないだろうな」と付け加えた。


しかし、愛雪は単に見下されてカチンと来ただけで、怖いものはやっぱり怖いのだ。

数日もしないうちに、高雄港で下船した負傷兵が渓洲に送られてきた。包帯で半身をぐるぐる巻きにされていて、出ているのは右肩だけ。

「先に包帯を外しますね。その後で軍医が検査して、どのように治療するか決めますから」

「はい、頼みます」

愛雪が用心しながら包帯を切って剥がしていく。

途端に腐敗臭が漂った。

最後の一枚をめくると、左肩から肩甲骨にかけての傷口があらわになった。その瞬間、自分が震えていることに気づいた。両手で抑えようとしても止まらない。傷口には何十匹ものウジがわいていた。白く肥えた大量のウジは血を吸い、肉を食いちぎり、固まっていたのだった。

兵士には何も言わず、急いで鉗子《かんし》を手にしたが、手が言うことを聞かない。ウジに手を近づけると、弱々しい木の葉のように震えてしまう。

ようよう深呼吸をして気持ちを落ち着かせ、ウジをつまみ出すと、相手が叫び声を上げた。その声に驚いた愛雪は後退りし、衛生兵に助けを求めた。「何か間違ってましたか」と聞くと傷口を見て言った。「よく見なさい。ウジと一緒に細い赤い線があるでしょう。神経の線です。ウジが神経まで食べていたってことです」

思わず顔をゆがめたが、とにかくウジを取り除くしかない。件の兵士もまた、愛雪がウジを取ってくれている間中、叫ぶしかないのだった。

軍医の二瓶一鉄は、負傷兵の叫び声を我慢強く聞く医師ではなかった。「痛いなんて言うやつは出直してこい！」

洞穴の反響は大きく、二瓶の怒鳴り声は余計に響く。

そう聞いただけで愛雪はつらくなるのだが、これで最後尾に回ると、今度はいつ順番が回ってくるか知れたものではない。「兵隊さん、我慢してください。でないともっと大変ですから」

兵士はあまりの痛みに目をしばたたかせ、目尻には涙が浮かんでいる。

愛雪は次の一匹を取り除こうとすると、兵士は耐えられずに叫び声を上げた。

「いーーーたたたたたっ！」

二瓶が振り返って怒鳴り声を上げようとした瞬間、今度は大声で慌てて付け加えた。

「――くありません！」

こうして語尾に否定形を加えることで「痛い」を「痛くない」に変えてみせた。

一月《ひとつき》ほど経つと、大西が新しい看護師を見つけ、愛雪は包帯をほどく仕事から注射の担当に変わった。

注射器に黄色い薬剤を入れるまではよいのだが、人の身体に針を刺すと考えるだけで、寒気がした。実際、注射器を持って正確に打とうとするのだが、針の先が震えてしまう。

二瓶が重苦しい靴音をさせて近寄ってきた。

愛雪は下を向いて顔をしかめて歯を食いしばった。「駄目だ！」と思ったら、二瓶がだんだんと近づきながら大声で言った。

「豆腐と思え！」

「人だと思うな！」

「痛みを考えるな！」

言い終わる頃には愛雪のそばに立っていた。そして命令を下した。「しっかり持って、正確な位置に打て！」

愛雪は針先の照準を合わせた。

それより早く二瓶が愛雪の手を押し、「豆腐、豆腐、豆腐」と言いながら、注射針を刺し入れた。

なるほど、これが注射か。

幾度も繰り返すうちに、愛雪自身も兵を豆腐と思って注射が打てるようになっていた。

なんだか、強くなった気がした。

35

渓洲の夜は実に静かだった。空襲警報もなければ車の音もなく、ただ虫の音が聞こえる。
愛雪は鉛筆を削り終わると、鼻の前に持ってきて「父さんが削った鉛筆の香りがするかな？」と嗅いでみた。

孫は家族の疎開には付き添ったが、諸々が落ち着くと会社の留守を守るため家に戻った。去り際、愛雪に「父さんの代わりに弟や妹を頼んだぞ」と言い置いた。その言葉に真剣にうなずいた愛雪だが、昼間は看護師の仕事がある。父に代わって何かできることはないか考えた末、思いついたのが鉛筆削りだ。高等女学校に入る前、父はいつも鉛筆を削ってくれた。夜になると父の書斎に行き、先の丸くなった鉛筆を机の上に置き、木の箱から父の削った美しい鉛筆を取り出すのが常だった。

一方、弟妹たちは、終わりのない春休みに入ったようなものだった。学校にも行かなくていいし、宿題もないのだから、鉛筆を使う機会もめっきり減り、毎日が理科の授業も同然である。愛雪が仕事を終えて帰るなり、大嵩が「煮干しみたいな葉っぱの木があるんだよ。母さんが相思樹だって教えてくれた。枝はね、真っ黒の炭になるんだって」と言うと、今度は悠雲が鳥の巣の観察結果を話し出す。「姉さん、メジロの巣はあんなに軽くて小さいのに、風が吹いても落ちないのはどうしてか知ってる？　私たち、木に登って見たんだけど、メジロは巣を作る時、枝分かれしている枝を選ぶんだって。それなら安定してるものね。それを細い枝でくくりつけるから、そう簡単には落ちないってわけ」。大嵩も付け加えた。「隣の彰《しょう》おじさんが言ってたんだけど、鳥の巣は卵を産んで子どもを育てるもので、子どもが巣立ったら、巣は捨てちゃうんだってね。人の家とは違って、寝るためのものじゃないんだってよ」

あっと言う間にセミの声が四方八方から聞こえてくる季節になった。

薪の代わりにバナナの葉を焼く匂いがする。そしてまた、終わりの見えない夏休みがやってきた。

この年の七月は、雨続きだった。

いつまでも続くように思われたが、玉音放送という名の音声がラジオから流れ、天皇が降伏を告げ、夏休みは終わった。

翌日、愛雪はいつも通り、洞穴の病院に向かった。

一つめの洞穴の奥に、大西の姿を見つけた。

「大西さん、落ち葉掃除ですか」

大西は振り向きもしない。一日中、黙ったままぐるぐると掃除をしていた。

二瓶の怒鳴り声は明らかに小さくなり、指示もあからさまに短くなった。

愛雪は透明なガラスの向こうから、真空管の中にいる彼らを見ているようだった。

36

戦争が終結し、孫家は市内に戻ってきた。

孫は愛雪たちに言った。「塩埕町は街が爆撃されて、すっかり見る影もなくなってしまったよ。爆弾でできた穴は、雨が降ると水牛が三頭水浴びできるくらい大きいんだ。爆撃を受けて倒れた家もあれば、粉々になった家もあって、しばらくは住めない。極東信託は私たちの建物ではないから、ひとまず大港埔《たいこうほ》で暮らそう」

大港埔は今のMRT美麗島駅のあたりで、塩埕町と比べると高雄港からさらに離れる。

終戦後も、総督府に各州庁、市役所は引き続き業務を行っていたが、気の抜けたボールのようだった。連合軍に引き継ぐ準備をするくらいで、何事も見ているだけなのである。

苓雅寮公学校の同僚だった林媽勇《りんまゆう》が孫に声をかけ、他の教師や記者たちとの集まりに誘った。

林は言う。「日本が降伏して何日もしないうちに、日本籍の校長にこれからどうするのか訊いたんだ。校長は両手を広げて『どうぞ。あなたたちで決めてください』と言ったよ。数日経つとその校長は学校に来なくなった。高雄の子どもたちはもう丸一年、勉強してないんだ。できるだけ早く復学させないと」

続いて、参加者で連れ立って高雄商工会に向かった。市内いくつかの国民学校の校長を協議して推挙しよう、というのである。運送会社の何《か》社長が提案した。「中国政府が引き継ぐなら、将来的には中国の本を読み、中国の言葉で話すことになるよな。だとしたら、漢文の先生に校長になってもらうのはどうだ。それなら中国の役人たちともやりとりできるし、話し合えるってもんだ」。この案に数人が賛成したが、孫は静かに目を閉じていた。何社長は続けて言う。「うちの店には、漢文のできる人間がいる。中国の会社との取引に関する連絡は彼がやっていて、手紙の草案から何から、彼が全部書いている。筆遣いも見事だ。校長にぴったりだと思う」

別の参加者が隣に耳打ちした。「日本語が流暢《りゅうちょう》に話せるやつらなんざ、中国の役人の前じゃ話にならん。なんも言えんやろ」「そうやな。完全に風向きが変わった、いうことよ」

その後、南濱国民小学校の責任者になった林が孫家にやってきて、孫に教師として復職してほしいと頼んだ。孫は首を振った。「もう何年も教壇に立っていないんです。それに時代が違いますよ」

「それなら、娘さんに頼めないか。高雄高等女学校の成績もよかったそうだし、三井でも働いたんだから、学校の先生なんて余裕だろう」

日本籍の教師は学校に来たが、教室に入ることはなくなり、代わりに校内の植栽の手入れ、防空壕の穴埋め、落ち葉掃除など、校務員のようだ。教員の補充が急がれて、愛雪は教師になった。

ほどなくして、南濱国小に女性教師がやってきた。なんでも重慶から戻ってきたところで台南人の何某から予備職員として採用され、高雄に派遣された人物の妻だという。中国の広西人で、名を姚《よう》といい、国語の授業は彼女に任された。そして彼女はイスタンブール製の紺色の旗袍を着て、出勤した。この紺の旗袍が奇妙なハレーションを起こす。ある日、林校長が愛雪を呼び出した。「来週の金曜日は光復〔台湾が中国に接収されたことを記念した語〕後、初めてとなる国慶節の式典で、高雄の各界から来賓がいらっしゃる。君ももう少しマシな服装でお願いしたい」

"マシ" ですか」。愛雪はそれまで、自分で縫ったワンピースか上下のスーツを代わる代わる着ていて、これまで不適当だと思ったことはない。

「あの半分の先生みたいな紺色の旗袍が、マシというやつだ」

「〝半分の先生〟とはどなたです？」

「戦前に中国にいた台湾人は、百パーセントの中国人ではないよな。だがまあ、中国の水を飲んで、雨に降られたり、川を渡ったこともあるという意味では、半分は中国人といっていい。つまり姚先生のご主人は〝半分〟ってことだよ」

「あ、そういうことでしたか。わかりました」

錦枝は大急ぎで愛雪に付き添い、堀江町にいる叔母、阿快のもとへ向かった。つまりは叔父である福生の裁縫店である。

日中戦争が始まった年、福生は自分が台湾にいると中国華僑という身分が判明して捕まる恐れがある、と言って福州に駆け戻った。ところが、一年もしないうちに厦門はとっくに日本人に制圧され、日本人が商売までしているではないか。昭和十六（一九四一）年、日本が福州を制圧したことで、福生の目にはそこもかしこも日本人の天下だと映ったようだ。それならいっそ、と妻子のいる高雄に戻ってきていた。店の名は以前、中華色の薄い「福生裁縫店」だったのだが、錦枝たちは遠くからでも変化に気づいた。「あら！　福生さんの店、『興富華』に戻したのね」。漆塗りの赤い字はまるきり中華風である。

無理もない。魚を焼いているのと同じで、片面を焼き終えたらひっくり返す。それも時代のなせる業《わざ》だった。

　寸法を計り終えると、錦枝が訊いた。「来週の木曜日までにお願いしたいのだけど、間に合うかしら？」

　福生は頭を掻いた。「ちょっと難しいな。最近、女性の間で長衫《チャンシャン》〔いわゆるチャイナドレス〕が流行っていて、みんなに急いでくれって言われるんだ」

「十年前は台湾の女性は長衫さえ着てればモダンだったけど、五年前には愛国婦人会の人に批判されたのよね。日本の警察官には『非国民』とまで言われた服装が今また流行するんですもの」

　阿快が取りなすように答えた。「任せて。うちの愛雪が先生になって着る服やけん、絶対に間に合わせちゃるけん！　ちゃんとうちがせっつくけん、心配いらんよ。ハハハ」

　福生は小さく笑って、視線を手元に戻した。左手には布が握られ、右手で針を動かしている。その手つきは、海底のサンゴの間を器用に泳いでゆく小魚のようで、愛雪は見惚れながら訊ねた。「おじさんは何を縫ってるの？」

　阿快が代わりに答えた。「国民政府の国旗よ。この先の学校の主任さんの注文でね。大講堂に飾るんと。主任に『どこにでも使えるように』言われたけん、どこでも使えるようにせんとね」

　錦枝と愛雪が店を出ようとした時、入り口に白いシャツの若い男性が立っていた。愛雪にはすぐにわかった。「剛基兄さん！」

　錦枝はにわかには信じられず、口をあんぐり開けて彼の昔の名を呼んだ。「阿河！」

簡阿河も二人を見て大喜びだ。店に入ってくると錦枝に抱きついた。「おばさん、お久しぶりです！」。抱きつかれた錦枝のほうが驚いた。目の前に立っているのは本当に夫が苦心して育てた教え子だろうか、まるで西洋人みたいだ。錦枝は息子を見るようにして言った。「二年ばかり連絡がないから、みんなで心配してたのよ。こうして元気で会えるなんて、本当によかった」

「ご心配おかけして申し訳ありません」

「どうしてたの？」

阿河が連絡を絶った裏には、これまた驚くような出来事があった。

37

元は互いに連絡を取り合う間柄だった。阿河が高雄に毎年年賀状を送れば、孫家のほうでも写真を送る。もはや家族同然だったのである。

阿河が香港の中学を卒業する際、孫と野鶴に長年の資金援助への礼を述べ、まずは自立し、折を見て進学するつもりだと伝えた。すると野鶴は「長距離走で言えば道半ばやないか。もったいない。どうにかできんのか」と思いとどまるように言った。

「孫先生のお子さんたちもいることですし、援助を受けるのが心苦しいんです。まずは社会に出て蓄えてから、進学を考えようと思います」

「私には親も子もおらん。大海原に漂う寄る方無しや。孫と私はお前を実の子や思うとるし、力になれるんやったら、こんな素晴らしいことはないわ。あんまり負担に思わんでくれ」

「野鶴さんにはどんなふうに感謝を伝えればいいのかわかりません」

「ほんなら、将来君が医者になって開業する時にやな、名前を〝野鶴医院〟とでもしてくれればええわい。ハハハ」

野鶴の温かな励ましで、阿河は大学に進学することを決めたのだった。まず香港に二年ほどいただろうか。その間、日本は南方へと進撃し、香港も安全とは言えなくなると、野鶴は阿河を上海の聖ヨハネ大学の医学科に転入させた。正式な医師になって半日もせぬうちに、軍医として昭南（昭和十七（一九四二）年春、日本がシンガポールを占領した後、昭南と改称された）に派遣された。ここで孫家への音信が途絶えたのである。

シンガポールに着いて初めて、阿河は自分には日本軍と自由インド臨時政府（インド独立運動の活動家によって昭和十八（一九四三）年に建てられた政府）の間の通訳というもう一つ別の任務があると知る。

十七世紀から英国の殖民地となっていたインドでは、第二次大戦を前に英国の支配下から逃れるべく独立運動が起きていた。英国と米国が同盟を組み、日独同盟と対立したことで、インド独立派は日独同盟側につく。そしてシンガポールに臨時政府を立てて、インド国民軍をつくった。国民軍の最高司令官であるチャンドラ・ボースは同盟国の戦友として、日本統治末期の台湾の新聞や映像に頻繁に登場した。アジアでは当時の人たちにとって、最も見慣れた人物だったと言っていい。

ボースと日本軍の間の通訳は一人や二人ではなく、ボースの秘書は阿河が自分たちと同じく殖民地の側の人間だと知り、ぐっと親しみを覚えたようだった。腹痛や風邪など、体調を崩すと阿河に診てもらいたがる。秘書は阿河を「River」と呼び、阿河は秘書を英語の secretary から取って「Secret」

と呼ぶようになった。

昭和二十（一九四五）年八月十五日、昭和天皇が降伏を宣言すると、シンガポールの宗主国であった英国が再び勢力を増した。ボースは身の危険を感じ、ソ連行きを希望した。ソ連に協力を求め、満洲の大連で準備してから、改めてインドを独立させたいというのである。ソ連出発の前の晩、Secretは阿河のところにやってきた。沈痛の面持ちながらも端的に別れを告げ、「ソ連に向かう途中、おそらく君の故郷で給油する」と言った。

「君と一緒に飛行機に乗ってそのまま帰りたいよ」。阿河はこれまで別れを告げてきた兵士たちに言ったのと同じように、故郷への切なる思いを吐露した。

翌朝早く、Secretはなんの予告もなく、阿河を連れて飛行機に乗った。

機内には十数人の男がいたが、明日をも知れぬ空気で誰も口をきかない。道中はずっと、エンジンの轟音が響くばかりだった。互いの素性もわからない。

飛行機が台北松山空港に降り立った。すかさずSecretが阿河に声をかけた。

「行け！　あの白い雲の記憶が、ぼくたちの友情の証しだぞ」。阿河はSecretを抱きしめた。

Secretは、八ミリカメラの持ち手を握り、胸の高さまで持ち上げた。

長方形で黒い革張りのカメラは、全体が角張っていた。

「この間、熱を下げてくれた礼だ。これで診療代は払ったからな」

言い終わると、阿河にカメラを渡し、飛行機から離れるように促した。

一瞬、方角がわからなくなった阿河が台北盆地の山々をぐるっと見回し、総督府の尖った建物を見つけた。きっと、あっちが市内だ。その方向に向かって歩きながら、何度もSecretたちの乗る飛行機を振り返った。しばらく行くと飛行場の端にアカギの木を見つけ、根元に座って飛行機を見送ることにした。

滑走路を走り出し、加速していく。そして、飛んだ——。

阿河は立ち上がって飛行機に向かって手を振った。「さようなら、Secret」

阿河の視線は飛行機を追っていた。すると高度何百メートルだろう、突然、機体が傾いて下降し始めた。機体を持ち上げることもできず、翼も元に戻らない。ついに、地面に激突し、機体は真っ二つに割れると、黒煙と火の海が覆った。

しばらく呆然としていた阿河は、気を取り戻して現場へ走った。片方の手で鞄を押さえ、もう片方の手で胸の前のカメラを抱えた。かぶっていた帽子はどこかへ行ったが、それどころではない。

ボースは重傷を負い、台北衛戍病院に緊急搬送されたが、夜までもたなかった。インドの英雄たる歴史的人物が台湾島で命を落としたのである。病院内にあった敗戦の空気の上に、さらに重苦しさが漂った。

Secretのけがは比較的軽く、意識もあった。阿河が病院内で付き添っていると、医師で通訳もできるとあって、医師や看護師から声をかけられる。

壁の時計の短針が三を指した頃、夜の帳も手伝い、ようやく静けさを取り戻した。

阿河が診察室を出ると、長い廊下の向こうの椰子の木の下で、さっきまで救急対応をしていた若い医師が月を見上げていた。

「あと何日かで満月か」。一緒に戦い抜いた戦友のようだった。相手もそうだったのだろう。

「そうだね」

「ボース司令官は、台北の月を見られなかったんだな」

「うん？」

「シンガポールの海上に見える月は、もっと大きいんだ」

「すまない。さっきは慌てていて、まだ名前を訊いてなかったな」

「簡剛基だ」

「あ、台湾人かい？」

「ああ、高雄人だ」

そう答えると、相手は笑顔になって、台湾語で言った。「俺もや。台南の麻豆《まとう》出身で、郭英吉《かくえいきつ》」

「どこの医科行ったんぞ。なんで衛戍病院におるんや」

「久留米の九州医専や。隠すほどのことやないが、ここの病院とはなんちゃ関係ない。たまたまや。医専を二年前に出て、麻豆で開業したんよ。何日か前に降伏やって言われたけど、田舎はなんの情報も入ってこん。それで急いで台北に来て、自分の目で世の中が変わるんを見よう思うてな。十七日の晩には鳥羽いう医専の同級生に会うたんやけど、意気消沈しとるのにびっくりよ。在学中にラグビーの試合で見せた強気な姿は影も形もなかったわ。一晩中飲み明かして、酒で麻痺させようとしたのよ。自殺しようとか思わせんためにな。ほんで次の日、まあ、今日やけど、ここの病院の人が飛行機事故やけ手伝えってことで鳥羽の宿舎に来たんやけど、起きんのっちゃ。仕方ないけん、あいつの名札借りて制服着て、ここへ来た——というわけや」

「俺がここにおるんも、事故みたいなもんや」。阿河は思いがけない形でインド人秘書に飛行機に乗せられて台北に来た経緯を一通り説明した。

「台湾に戻れたのも、事故に遭わなんだのも、運がええっちゅうことや」

「そうやな。あっと言う間過ぎて、何が起きとるんかよう考える暇もなかった」

「これからどないするん？　俺は夜が明けたら身代わりは終わりや。一緒に世の中の変わりっぷりを見ていくか？」

「郭さん、そんなに社会の変化に興味があるのに、なんで片田舎の医者になったんぞ？」

「医科に進んだのはええが、人の痛みにもいろいろある中で、身体にできた痛みだけ解決するんは、ちょっと弱い気がしよんて。そんなんより、もっと大きなこと、未来を変えるようなことをしてみたい、とずうっと思いよるのよ」。正面からの答えではなかったが、郭はどこか気の急いた抱負を口にした。

「そうか」

「どうする？　一緒に見ていかんか。政府が変わるて、人生でそうそう見られるもんやないぞ」

「確かにな。やけど、急いでやりたいことがあるんよ」

「まさか好きな女が嫁にでも行くんか」

図星だったが、かろうじてなんでもないふりをした。

郭は郭で、この話にはちょっとした裏があった。ここ数年、娘を持つ親は、看護師として戦場に送られることを恐れて、見合いを急ぐ風潮があった。郭の一つ上で満洲で開業した先輩は、そんな事情で嫁をもらっていた。

阿河の事情を察した郭は話題を変えた。「救急で医療用語をなんの躊躇もなく通訳しとったな」

「そりゃ、上海の聖ヨハネ大学の医科やったからな」

「道理でうまいわけや。それにしても俺ら、縁があるなあ」

そうこうするうちに、南部に戻る前に台北で飯でも食おう、ということになった。

翌日、身代わり役の郭が姿を見せることはなかった。だが、阿河のほうは病院を離れられずにいた。亡くなったボースを火葬し、遺骨を東京に送ることになったのだ。阿河は東京まで付き添おうとしたが、それを諫《いさ》めたのがSecretだった。「やっと台湾に戻ってきたんだぞ。戦争は終わったんだ。これからだ。まずは故郷に戻るのが先だ」

Secretが足を引きずり、杖をつきながら去っていく様子を、なんとも言えない気持ちで見送った。インドの英雄との奇縁は、ここで終わりを告げたようだった。

38

「ボースですって?!」

錦枝と愛雪は裁縫店で思わず大声を上げてしまった。錦枝は阿河の手を取った。

「とにかく早く帰りましょう。先生もきっと喜ぶわ」

「どこに引っ越したんです？　塩埕町の前の家に行ったのですが、どこも瓦礫だらけだったので、ここへ来たんです」

「きっと傷つくからって、先生は子どもたちに前の家を見せないでいるの」


阿河と一家は大港埔の新居で夕食を食べることになった。

「教師になって、次はどうするんだい？」阿河は遠回しに愛雪に訊ねた。

「今は教師だけど、学生になりたいの」。愛雪はつらそうな顔になった。

「相変わらず愛雪の言うことはおもしろいな。どうして学生になりたいんだ？」

「新しい政権になった今、中国語を注音符号〔台湾で用いられる発音記号〕を覚えるところから学ばなきゃいけない。十八歳になって学校では先生として十一歳の児童に教えているのに、自分の弟妹と同じ六つ、七つの子たちと同じ教科書で中国語を学ぶなんて、悔しいわ」

「そうか。じゃ、教職は辞めようと思ってるのか」。自分がいちばん訊きたかった質問にじわりと近づいた。

「教師になって自分が学んできたことで役に立てるのは有り難いわ。だけど、やっぱり日本の大学に行ってみたい。高雄高女を卒業した時、本来なら東京の大学に入学することになっていたのに、危ないからって駄目になったの」

「結婚は考えてないのか」。家の長男がごく当然の関心事のようなふりをして訊ねた。

「結婚したら、大学には行けなくなっちゃうもの」

がっかりしたが、そこは気持ちを奮い立たせて、質問を孫に向けた。「先生、愛雪はそろそろ適齢期を越えますが、結婚しなくていいんですか」

「すべて愛雪次第だよ。十数年前のことだが、欧州女性の平均結婚年齢は二十五、六歳だったしね。愛雪はまだ二十歳になってないからなあ」

これまた予想外の回答だった。このルートが駄目なら、行き止まりだ。

逆に錦枝が阿河に興味を持ち始めたようだった。「阿河、あなたこそどうなの？　若い医者なんて、名家の娘さんたちがいちばん喜ぶお相手なのよ。おばさんが捜してきてあげましょうか」

心では泣き叫んでいた――おばさんまでぼくの気持ちがわからないのか。十歳の時に愛雪に思いを寄せていると伝えたんだから、先生も承知のはずだ。あの時、ぼくが努力したら愛雪と結婚してもいいと言ったじゃないか。あれは一人勝手な思い込みだったのか――。

39

阿河との再会からほどない日のことである。

林校長が赤い紙を握りしめて教師室に入ってきた。そしてその用紙を高々と掲げて皆に伝えた。

「皆さん、市内の壁や電柱にこのチラシを貼ってください。台湾南部では、国民政府の軍隊は高雄から上陸することになりました。ちょうど日曜日でもありますし、一緒に出迎えましょう」

台湾籍の教師たちは大いに喜び、拍手が沸いた。

何人かの教師が集まって協議していると、周《しゅう》という名の年配の教師が言った。「中国ってのは、台湾を産むだけ産んで家が大変だからと台湾を捨てた。育てずに五十年経った。今、育てられるようになったから親子と認めろと言ってきている。台湾にすまなかったと一言くらいあれば、これから仲よくできるんだけどな」。周は、清朝末期の中国が衰退の一途をたどり、列強に圧され、日清戦争に負けると台湾を割譲したことを家族の悲劇に見立てた。シンプルでわかりやすい。愛雪はこの話をよく覚えておこうと思った。

すると今度は、戴《たい》という教師が賞賛の体で言う。「日本の軍隊はすごい、勝利続きだ、そういって七、八年か。シンガポールやフィリピンまで行ったが、最後は中国に降伏だ。中国軍のほうこそ強かった、ということだ」

国民政府の軍隊を迎えるその日、南濱国小の教師たちは早々と港で待ち構えていた。愛雪は紺色の旗袍を着て、青天白日満地紅旗を描いた紙を手にしていた。

グレーの米国軍艦が港に着き、中華系の顔つきをした人が次々と下船してくる。大勢の出迎える中、誰かが北京語で「萬歳《ワンスイ》!」と叫ぶと、他の人たちも一緒に叫んだ。もうすぐ十八歳になる愛雪も叫んでいた。

だが、その後に彼女が目にしたのは、何も考えず当然のように歓迎できる様子ではなく、むしろ首を傾げるものだった。下船してくる人たちは、大きな黒い中華鍋に加え、丸めた赤い布団を背負っており、鍋と布団は藁でくくりつけてある。「この人たちはきっと、調理を担当する兵士の人たちで、本当の中国軍の人たちはまだ降りてこないんだわ」。愛雪はそう解釈したが、その〝本当の中国軍〟の兵士たちは、ついに現れることはなかった。

愛雪は新しい世の中に、大きな疑惑や困惑、さらに衝撃を受ける一方で、それまでのどうしても捨て難い思い出や涙で見送る時期を迎えていた。

日曜日、愛雪は教師の森を訪ねた。

日本式の引き戸の玄関が開けられるのを待つ間、愛雪がふと上を見上げると、玄関の上に何もないことに気づいた。いつもなら、ここには新年らしくしめ縄が飾られていた。

「先生、いかがですか」

「どう言えばいいのかしら。海で遭難して漆黒の波間を漂いながら、手には一本の流木以外になにもない、という感じね。高雄の家も土地も持っていけないし、家具や本も持っていけない。ただただ、引き揚げを待つだけよ」

「それで引き揚げの日取りは？」

「わからないの。みんな同じ質問してるわ。ただわかってるのは、引き揚げは逃れられない事実だ、ということだけ。それなら早いところ日本へ帰って、すぐにでもやり直したいわ。止まったまま、前にも進めないし、後ろにも下がれないなんて、窒息しそうだもの」

「大変ですね」

「台湾にいる九州や四国、あと東北出身の人たちは、街角で家具に本や絵、それに器まで叩き売りしているのよ。警官が街で豆腐を売ってた、なんて話も聞いたくらい。私には、皆さんや父兄の方々が手伝ってくださって、持って帰れないものを買ってもらえたし、しばらくこの家で息を潜めていればいいだけだから、まだマシね」

愛雪は畳んだ服をそっと取り出した。「先生、これは私が自分で縫ったコートです。引き揚げ先の佐賀の冬は、高雄とは比べ物にならないことでしょう。暖かくしてお過ごしください」

受け取りながら目を赤くする森に、愛雪は言葉を添えた。

「合いますかしら。ちゃんとできているかわかりませんが」

コートを試着した森が言った。

「ぴったりよ。ありがとう。白石さんは洋裁の成績はいつも優だったものね。寸法が合わないわけないわ」

「二階の教室から一階に向かう階段の脇に、ガラスの棚がありましたよね。中には裁縫店みたいに、半身のマネキンがあって、私たち生徒が洋裁の授業で作品を提出すると、森先生は週末に採点して、提出した生徒の名前をつけてマネキンに着せていましたよね。月曜日に学校へ行くと、みんながそれを見るんです。学校でのいろいろな出来事が本当に懐かしいです」

森は愛雪の手を取りながら言った。「日本の冬がどれほど寒くても、白石さんのことを思い出せば、ちっとも寒くないわ」


あっと言う間に日本人が引き揚げる船の日程が決まり、春の間中、港の周りで別れが続いた。

そんな中、愛雪は担任だった無敵の家へ向かった。独り身の彼女と見送りにきた愛雪は二人で荷車の後ろをついて歩いた。

「白石さん、何年か前、私たち高雄高女で新高山《にいたかやま》（今の玉山）に登ったのを覚えていて？」

「もちろん、先生がお連れくださいました」

「登山の前、学校で砂袋を背負って体力をつける練習をしたけれど、私から見ても白石さんはおしとやかで、身体つきもそれほど丈夫そうではないから心配してたの。『三千九百五十メートルなんて富士山よりも高いのに、この子は大丈夫かしら?』って。でも登り始めると白石さんは歯を食いしばって愚痴一つこぼさない。私のほうが息が上がって支えてもらったわね。あの時は助かったわ」

「先生が教えてくださったんです。高山への登山は、体格の良し悪しで決まるのではなく、意志によるものだ、って」

「覚えててくれたのね」無敵は在学の頃よりもずっと優しい笑顔を見せた。

「頂上に登った瞬間、先生のおっしゃる通りだと思ったんです」

「白石さん、いつかまた一緒に新高山に登りましょう」

「はい、先生」

「海を隔てた遠くで、私たちはそれぞれの新高山に登るのよ。二人とも負けないようにね」

「お約束します」

「きっとよ」


気づかぬうちに、高雄埠頭の受付に到着した。無敵は自分の行李二つを背負い、検査場に向かった。台湾に来て十七年、こんな形で離れることになるとは思いもよらぬことだ。足を引きずるようにして歩を進めた。愛雪は無敵の背中を見送りながら、行李の外側をくるんだ白い布の上に黒い字で、無敵の名前と本籍地が書かれているのを眺めていた。無敵が振り向いて笑顔で手を振ると、愛雪は深々とお辞儀した。無敵がもう一度手を振り、うなずいたのが見えた。手を振り返したが、なかなか離れられずに手を振り続けた。無敵が船のある倉庫に入っていくのを見届けると、涙がこぼれた。

また会えるのだろうか。再会の日は来るだろうか。

港の両端で、二人は自問していた。

40

孫家の子どもたちの言うデブおじさんこと、呉桶が最近よく姿を見せる。まじめな話をしているようだが、だいたいが外のニュースに邪魔されて、尻切れトンボになってしまう。

十一歳になる長男の大嶽《たいがく》が飛び跳ねながら「おじさん、こんにちは！」とあいさつした。この家は今も日本語を使う習慣が抜けない。

「なんや、えらい元気やのう。ええことでもあったんか」。呉が訊くと、大嶽が答えた。

「今日も米国人に英語を習うんだ！」

「そりゃすごい」。大嶽の頭を撫でて褒めた。「ほんで、高雄に米国人がおるんか」

「港の外に停泊してる米国船に兵隊さんがいるんだ」

大嶽が言うのは、日本へと引き揚げる日本人を運ぶ米国の船のことだ。この年の二月から四月にかけて、毎日のように引き揚げ船が高雄に到着した。日本の商船が来ることもあったが、それよりも米国の「リバティ船」という貨物船が多かった。高雄港は戦争末期に爆撃を受けて百隻以上の船が沈み、一度は死の港になった。戦後はそれを復興しようにも負担が大きく、この頃は三百トン以下の比較的小さな船だけが入港を許されていた。そのため、船体が一万トンを越えるリバティ船は港の外に停める以外になかったのである。

大嶽や男の子たちの間で、珍しい米国船の話はあっと言う間に広まった。彼らが真っ先に虜になったのは船首だ。船首の両側には丸い穴が開いている。魚に見立てると、丸い穴はつまり魚の目にあたる。太い鉄の鎖で錨を止め、魚の目を覆っているみたいに見えるのが心憎い。この錨こそリバティ船の特徴で、形は注音符号の「ㄩ」に似ている。他のスコップ型の錨とは形が違うのだった。

大嶽は遠くに金髪で鼻の高い米国兵たちが甲板で煙草を吸うのを見つけると、大声で「米軍水兵さん、米軍水兵さん！」と声をかけた。大嶽に気づいた彼らは笑顔だ。すると、縄梯子を垂らし、上がってこいと手振りで言ってきた。

それが悪戯だったのか、遊びのつもりなのか、はたまた本気で歓迎していたのかはわからない。ただ、大嶽は何も言わず海に飛び込んだ。梯子のところまで泳いでいると、兵たちは頑張れと声をかけた。そして本当に梯子を伝って船の上にたどり着き、しばらく船上で時を過ごした。この日、大嶽は米国式のあいさつ「Hello」を覚え、さらにship、sea、Americanという単語を教わった。

以来、大嶽は毎日、家でアルファベットを練習し、英語の辞書を引くようになった。そして毎日のように港まで行き、船に上がるかどうかにかかわらず、日本語や英語、身振り手振りを駆使して兵士たちと話すようになった。

ある日、ポールという茶色い髪の兵士が大嶽に分厚い軍用のチョコレートを渡した。「chocolate bar」が読めるようになったのはこの時だ。そして包み紙に「HERSHEY'S Tropical CHOCOLATE」

と書かれたチョコレートを片手で持ち上げたまま、岸まで後生大事に持ち帰った。水で濡れちゃいけないと思ったのだ。

「それからというもの、子どもたちが米国船の近くまで泳いでいって『チョコレート！　チョコレート！』と言うので、米軍がチョコレートを投げて寄越すようになったんだそうだ」

孫はそんなふうに呉に話して聞かせると、呉はため息混じりに言った。「今は米を買うよりチョコレートを手に入れるほうが簡単やな！」

まったくだというふうに孫もため息をつくと、呉が訊いた。

「米の値段は上がりっぱなしや。今日までに何倍になったか知っとるか」

「四倍だろう？　一斗が二百四十円する」

「まったく！　総督府の時はちゃんと配給してくれた。一斗六十円もせんかったんぞ。陳儀《ちんぎ》の政府はなんも考えんと、自由に売り買いしろやと。自由に売り買いなんかして値段は上がるばっかりや。今度の政府が頭に来るんは、その米を買い占めて軍隊に渡すけん、街で米が買えんようになった。考えてみい。国民政府が来てから、何かこりゃようやってくれた、そんな件が一つでもあるか。なんもないんぞ。最悪やが」。そう言いながらも、呉はひねり出したようだ。

「あったわ。一つだけええことしとった。日本の頃は車が『左』側通行やったけど、国民政府が来てからは『右』側通行になった」。左と右をわざと強調してみせた。車の進行方向の変更など、大した話ではない。表面上は褒めていたが、つまりは皮肉を言ってみせたのだった。

「いつもはニコニコしてるが、今は笑えないようだな」

孫がからかったおかげで、先週の一件を思い出したようだ。「隣の阿洲《あしゅう》の家に娘が生まれた。仲のいいやつらとお祝いに行って『米貴』って名前にしたらどうぞ、言うて笑うたんよ。そしたら阿洲が『米の字はそのまんますぎる』言うて『美貴』にする、言うんぞ。わははは」。言い終えたはずが、堪えきれずに一言加えた。「笑いすぎて、わしゃ、涙が出たわ!」

そしてまたすぐに文句を続けた。

「今じゃ、台湾人の友達に会うと、みんな首を振ってため息よ。中国兵の文句が始まる。軍が上陸した時もそうや。日本人の国民動員課長が台湾人の女学生を連れて歓迎に行った。その課長がたまげたそうや。銃は五人に一丁しかない、変な帽子をかぶっとるのもおれば、かぶっとらんのもおる。両足に靴履いとるのも少ないし、片方だけとか裸足のもおる。担いどる棍棒には、鍋やら雨傘やら布団まで下げとる。これが軍隊なんか、言うてね。女学生も呆れとった。固まって旗を振るのも忘れてしもうた。課長が気づいて北京語で『萬歳!』て大きな声出して正気を取り戻したんと」

孫はやりきれない光景を想像して気落ちしながらも、誰に向かうともなく説明した。

「日本に勝ったのは米国で、国民政府ではない。中国軍は軍とは言えないというのも想像がつくな」「長崎と広島に原爆を落としたのは米国だし、焼夷弾で爆撃して東京を焼いたのも米国だ。塩埕町も爆撃されて工事現場みたいになったし、高雄港に止まっていた船を沈めたのも米軍だからな。米国は太平洋を越えて撃ってきたけど、中国軍は長江さえ越えられないということだろう」「商売も話にならない。最初は弱々しい猫のように後ろに隠れておきながら、金をもらう段になったらしゃしゃり出てきてトラになる。今や国民政府が台湾を接収したが、台湾人なんてまな板の上の鯉だよ」

珍しく孫が新しい統治者についてこぼした。

「どないするんや?」。呉はまた不満を口にしようとしたが、気を取り直して言った。

「どないするかといえば、まじめにどうするんぞ。大衆企業会社の陳辛《ちんしん》社長から、何度もお前は参加せんのか、て訊かれるんやが」。呉が孫家にやってくる本当の理由はこれだった。

「陳さんが立て直すさ。極東を大衆に変えるだけで、あとは何も変えなくていい。極東にいた社員が手伝うのは筋だろう。ただ、政府が変わってしまった。まじめな話、あんまり信じられないんだ。先週も陳さんは釈放されたが、長官公署は闇雲に捕まえては、気づいたら一月《ひとつき》以上、出してもらえないこともある」

そう言いながら、孫は激しく首を振った。

「ほしたら、これからどうするつもりや?」

「高雄市内は壊滅的で、再建が必要だ。極東にいた頃、金を貸したり、土地を売買したりした経験があるから、土木業に投資をしようと思っている。だが、政府が過渡期でどうにもならない。何かいい案を思いついても、粉々になされて空を舞うだけだ」

41

六月のある日、孫は塩埕町を歩いていた。

しばらくぼんやりとしていた。いったい、ここはどこだ? 明らかに自分の知る塩埕町市場の近くのはずなのに、看板には「樓外樓的旅社」とある。それに「飯店」だの「菜館」だのばかりで、前にあった「ホテル」や「カフェー」「喫茶店」は消えてしまった。

日本人は一人もいなくなったんだ。変わったんだな――

そんな感慨に耽《ふけ》っていたら、今晩、台南師範学校の同窓会が行われる会場に到着した。入り口には「茶室　銀河」とある。

「茶室」とはこれまた中国風の新しい名詞だ。孫が扉を押すと、狙ったように貼られた手書きのポスターが目に入った。「爽やかな茶室　果物　洋食　喫茶　名曲」

今日は貸切なのだろう。同窓生十二人が二人掛けに向き合い、両側にはそれぞれ一人ずつ座って、ぐるりとテーブルを囲んでいた。他に客はない。

黄萬《こうまん》が音頭を取ってグラスで乾杯すると、立ち上がってあいさつを始めた。

「今、我々は台南師範の旭寮（今の台南市南区）に戻ってきました！」

誰かが寮歌を歌い始めた。中年のしゃがれ声だが、最後の一節は、とりわけはっきり歌い上げた。

旭ヶ丘の上　雄々し我等が旭寮

歌い終わると、黄萬が口元に笑みを浮かべながら、声を張った。

「それではここで申し上げます。我らの黄祈徒《こうきと》先輩が高雄市長に就任することになりました」

皆は立ち上がって万歳三唱した。

「市長の先輩と姓を同じくする私は、三世に渡る幸せ者です。何か必要なことがありましたら、いつでもお呼びだてください。馬車馬のように働く所存です」

そういって、四つん這いの真似をした。

会場は笑いに包まれた。

誰もが黄萬を楽しいやつだと思ったが、そばで見ていた銀河の店主はどうやら違う見解のようだった。振り向いて横にいた妻に囁いた。

「よくやるよ。しばらく中国にいたから、こういう芸当もお手のものなんだろう」

次は黄祈徒があいさつする番だった。

「同姓の黄君、ご紹介並びに今晩の同窓会の手配をしてくれてありがとう。このたび、市長就任の命を受けました。まだ混乱していて、何から話せばいいかわかりません。私は高雄の出身ではなく、台湾を離れて二十年近くになりますから、高雄のことはよくわかりません。今日は旭寮の皆さんに補講をしていただき、高雄への理解を深めたいと思っています。なお、この場には我々しかおりません。皆さんにはどうか本音で語っていただきたい」

そう言われた途端に、高雄の資産家家族の栄枯を話す者もあれば、誰が国民政府軍事委員会調査統計局〔軍統。特務の情報機関。のちに国防部保密局に改編〕に繋がっているか、また誰が三民主義青年団〔三青団。一九三八年に中国で設立された抗日反共の青年組織で、初代団長は蒋介石〕の者かを話す者が出てきた。別の者は、隣に住む高雄中学の生徒の話を持ち出した。浙江省出身の教師が国語の授業で「我們都是中國人〔私たちは皆中国人です〕」と読み上げさせた。ところがこの「是《shi》」がうまく発音できずに「西《xi》」になってしまう。「都是《dōushi》」をわざと台湾語読みに近づけて「賭西《dǔxi》」と読むと「戳死《chuōsi》」〔刺し殺す〕の意味になるから気をつけるように、という話だった。

どれも刺激的な内容だったが、孫にとっては黄萬の話が際立った。

高雄港の開港にあたっては、港の内側にある砂州の掘り出しが必須であった。砂州には地主がいて、その名を洪知頭《こうちとう》という。日本政府は砂州を取り除くよう洪に言ったが、洪は同意書にサインもせず、補償金の受け取りも拒絶。すると、日本政府は洪には構わず砂州を掘り進め、一帯が海になってしまった。黄萬は「日本は台湾人を馬鹿にしてやがる。好き勝手やって、人様の財産まで奪う。匪賊《ひぞく》と同じじゃないか」と語っていた。

洪の話は、高雄の人間なら誰もが知ることだ。ただ、孫は黄萬が前にも同じ話をしていたのをはっきりと覚えている。ただし、怒りの矛先が違っていた。あれは確か日本統治時代のことだ。黄萬は洪の名前の「知頭」をもじって「知頭は石頭だ」、石頭で物事を知らない、それに私利私欲で社会のことを考えない。結局、砂州は掘り起こされた挙句、一銭の金ももらえなかったなんて、いい気味だ。馳走になるはずが、とんだ罰当たりだ――明らかに同じ出来事だが、世の中が変わって評価をも変えてしまっていた。

孫は黄萬の二枚舌を前に言葉を失い、じっと彼を見つめた。

それから一週間ほど経った頃、一台の黒塗りの車が大港埔の孫家の玄関先に止まった。運転手が降りてきて、台湾語で声をかけた。「孫先生はおられますか」

錦枝が「はーい」と答えた。「阿電じゃないの！　どうしたの？　紅圓は元気？」

「子どもが三人になって、バタバタ走り回りよります。時々、裁判官のように詰問されるんです。『孫先生のとこの子は言うことよう聞いてくれたのに、なんであんたの子らはそうやないん？』。それで私が『申し訳ありません。すべて私のせいです。明日はタウナギの麺を買ってくるから、お許しください』て言うんですよ。ハハハ」

「阿電は本当に優しいわね。紅圓はあなたに嫁いでよかったわ」

阿電は笑ったが、その笑みは数年前の天真爛漫なものとは違っていた。そして錦枝に「大人しうなるよう、紅圓にしつけられたんですよ」と返した。

「それで、孫先生はおいでですか」

「なんだか最近、よく苓雅寮に行ってるんだけども、もうすぐ戻るわ。どうかした?」

錦枝は時計を見ながらそう答えた。

「今日は市政府の公用車で来たんです。先生を市政府までお連れするように、と」

「え?」

「新市長がお呼びのようです」


市長室に到着し、木の椅子に座って待っている間、孫は気もそぞろだった。黄祈徒が扉を開けて部屋の中に招き入れた際、彼の表情に緊張した様子はないと見て取り、ようやく胸を撫で下ろした。座った途端、黄がいきなり本題を口にした。

「教育局長になってもらえんか」

孫は心底、飛び上がるほど驚いた。「教育局長だって?」

「あの日、黄萬を見るお前を見て、手伝ってほしいと思ったんだ」

「黄萬は口が達者だからな」

「口がうまいだけで、心はないぞ。今、国民政府は本気で台湾を三民主義の模範省にするつもりだ。となると、腰の軽い政治屋を頼るわけにいかん。私が中国帰りだからといって、甘く見てもらっちゃ困る。日本の大学を出た身として、日本の教育を受けた者の性格もわかるし、わかった上で言っている」

新市長のこの言葉に、孫は悪い気はしなかった。

黄はさらに続けた。「台南師範の神藤教授が言ってた近藤商会の話を覚えているか」

「ああ。先生がよく話していたな」

台南の安平にいた英国人が近藤商会で瀬戸物を買い、しばらくしてまたやってきた。その英国人は「釣り銭を間違えてるよ。定価は八円で、私は十円紙幣を渡した。だから、一円札二枚になるはずだ。だけど、家に戻って確認したら、一枚は一円札、もう一枚は五円札だった。だから、四円戻しにきたんだ」と言う。店員は「いやいや、私どもに間違いなどございません」と言って金を受け取らない。仕方がないので、後日、二十六円を足し、三十円を児童施設に寄付した――

神藤教授は「利益より道義を重んじる。どちらも素晴らしい」と結論づけていた。

だが、この授業が終わり、教室を出た台湾の学生たちは、廊下で毎回、ぼやくのだ。

「客を大事にするなら受け取るはずだろう？」

「俺が店員なら、間違いを認めて四円受け取るぞ」

孫と黄は神藤教授の話に、互いの気持ちに通じるものを感じていた。

だが、教育局長になるともならないとも言わず、とにかく二日後に返事する、と言って孫は市長室を後にした。

うちまで高雄川沿いに帰ることにした。

川上にあたる一帯には、どこも小さな船が置かれている。周知の事実だが、この頃、船頭は羽振りのいい仕事となっていた。終戦直後、海岸のあたりまで法の目は行き届かず、対岸から密輸された闇煙草を運ぶ船が往来した。港や高雄川沿いには、そうした事情をよく知る行商人が仕入れに来るのである。

夕陽が薄いオレンジ色の線になり、そろそろ暗闇が海を包もうとしている。

孫が見回すと、船頭が本のページを裂いているところだった。どうやら煙草の包み紙にするらしい。目を凝らすと、見慣れた日本の教科書である。自分が二十歳やそこらの頃には、非常に高価だった一冊が、一枚ずつ切り裂かれている。孫はため息をついた。

家に着いて錦枝に教育局長の人事だったと伝えた。

「黄市長は、国民学校は教育の根幹にあたるから、高雄の教育経験者を教育局長にしたいそうだ」

「でも、局長なんて教室で教える仕事じゃないわ」

「そうさ。役所仕事だからね」

「今の役所のやり方は本当に横暴よ。この間だって呉さんが言ってたじゃない。蔡《さい》とかいう少将が三十人くらいの兵を連れて、銃を片手にトラックで霧峰に向かった。霧峰の農会〔農協に相当〕の倉庫を無理やり開けさせて、二千袋の米を持ち去ったって」

「戦時は乱世だと思ってたが、わからんもんだな。いわゆる『光復』後のほうがよっぽど乱世だ」

「お断りしたら市長に失礼なの？」

「いや、役人になりたい人はいくらでもいる。見つからないなんてことはないよ」

結局、孫は丁寧な断りを入れた。

「今、長官公署におかれましては、国語教育に力を入れておられます。私は中国語の『可愛《コーアイ》』と日本語の『怖い』も聞き分けられないので、教育局長には不適当と考えた次第です」

42

その夜、『中華日報』の記者が突然、やってきた。

「孫先生はいるかな?」

「どの孫先生ですか」。八歳になる大嵩が元気よく答えた。

「こちらは孫さんのお宅だよね?」

「そうですけど、孫先生は一人じゃないんです」

「あ、孫愛雪先生にお話を伺いたい」

愛雪が台所から顔を出し、孫は削っていた鉛筆と小刀の手を止め、筆入れにしまった。記者による取材など、そうあるものではない。一家全員、客間に集まってきた。孫と愛雪が記者の向かいに座り、弟妹たちは後ろを囲むように座った。

手早く紙とペンを取り出す若い男性記者の一挙手一投足を皆がじっと固唾を飲んで見つめるものだ

から、彼は顔を上げてニコリと笑顔を見せた。「孫先生のご家族は仲がいいんですね」。申し合わせたわけではないが、皆が大きくうなずいた。

翌日、新聞が発刊されると、たちまち誰もが愛雪の「輝かしい実績」を知るところとなる。大嵩は興奮を抑えきれない様子で、新聞を高々と持ち上げて読み上げた。見出しには「五年生が飛び級受験　同じ学級九人が高雄女子高級中学に合格」「十九歳の女性担任の秘訣」とあり、本文には「担任の孫愛雪は、子どもたちのためにどうしたらいいか考えただけです、と話した」とある。

この前年、林媽勇《りんまゆう》校長の指示で、愛雪は南濱国小に配属され、五年生の女子学級を担当していた。愛雪には一つ、考えがあった。そしてすぐに日本統治時代のやり方を覆すことを思いつき、同僚を集めて言った。

「これまで先生がそれぞれ学級を受け持ち、全科目を教えるために、全科目の準備が必要でした。大変ですよね。それでですね、皆さん、壁を壊しませんか」

「どういうことですか」。その場にいた五年生の教師たちは目を見合わせた。

「つまり、自分の教室だけにいなくていいようにするんです。先生の専攻によって科目を一つ選び、それに特化していく。たとえば顔先生は数学がご専門ですから、全学級の数学を受け持つ。そうすれば、授業準備の負担は軽減でき、集中して準備すればよくなるのではないでしょうか」

「全学級に行くから、『壁を壊す』というわけね？」

「その通りです！」

愛雪は案を捻り出したものの、効果のほどはやってみないとわからない。だが、与えられた仕事が楽になるのであれば喜んでやろうと、かえって教師たちは結束した。教師の一人である顔《がん》は思わず

「孫先生は頭がいいわ。やっぱり台湾人は日本人に負けてないね」と口にしていた。

一般に、子どもの学習進度はまちまちだ。そこで愛雪は児童を分けて、場合によっては放課後も居残り指導するようにした。これは逆に日本統治時代のやり方を取り入れた。そして、愛雪が高雄女子高級中学の生徒募集を見ると、ピンと来た。成績優秀な九人を呼んでこう言った。

「あなたたちは六年生ではないけれども、たいていのことは準備してあるし、早めに練習もしてきたわ。本番に向けた模擬試験だと思って今年、受験なさい」

さらに児童たちに自らの分析を伝えた。

「六年生が国語を勉強し始めたのは、あなたたちと同じ時期なのだから、大して差はないはずよ。遅れているものがあるとすれば、数学だけね」。そうして毎日、放課後に居残り授業で数学の練習問題を解かせた。

これが効いたのか、試験後の合格発表で九人全員が合格したのだ。

発表から数日、祝いの声は途切れなかった。


全く予想外の方面からも、祝いの手紙が届いた。

手紙は日本式で、裏返すと下に差出人の名前が記されていた。「王（大野）威徳」。三井物産で同僚だった、あの大野である。

「新聞を読んで、改めて孫さんの素晴らしさに触れました。どこにいても星のように輝き、光が途絶えることはありませんね。三井の事務所の片隅で、孫さんの背中を遠くから眺め、密かにお慕いしていました。記事は丁寧に畳んで、私のいちばん好きな本の間に挟みました。そして、自分は孫さんを守るに値する人間だろうかと自らに問うています」

知らぬ間に鼓動が激しくなり、顔がカッと熱くなった。あれから愛雪は二つ歳を取ろうとしていた。以前は気づかなかったが、王の書いた日本語は美しく、万年筆の字は整っていて、ゆっくりと、心を込めて書いたことが読み取れる。

返事すべきかどうか、五日ほど迷った挙句、諦めてしまった。目の前には教師の仕事があり、これから日本の大学に行くのだ。気を散らすわけにいかない。そう思った。

43

教え子の合格は、愛雪の心に束の間、明かりを灯した。そして夏休みが終わり、新学期が始まった。十月になると国民党政府が日本語禁止に乗り出し、それまであった新聞の日本語欄が廃止された。ほんの数年前には、市役所の日本人の役人が孫家にやってきて、極東信託高雄支店の入り口には一家全員がいつも日本語を話す、標準的な「国語家庭」を表す札が掛けられた。進んだ家庭として公的に認められることは栄誉だ。しかしたった数年で、日本語の価値は一文にもならなくなった。

夕食の席で、愛雪はこぼした。

「お父さん。私、何もできなくなっちゃった。家の外で中国語を話すにも、幼稚園児みたいにぽつぽつしか言えない。家で中国語の新聞や雑誌を読んでも、大半は推測になってしまうんだもの」

これには友竹も同意だった。

三年生になった大嵩が言った。「ぼくが教えるよ！」

よかれと思って発せられた弟の一言だったが、愛雪は頭から押さえつけられ、自尊心が海の底の底まで沈み込んだ。孫は愛雪たちに諭すように言った。「困難に出会った時、まずは解決策がないか考えることじゃないかな」

そう言われた愛雪は、さらにこぼした。

「街で外省人を見かけると、シャツのポケットに歯ブラシが挿してあって、違和感があるのよね。それに、台湾に来た外省人は、『この人はナントカ学校を卒業しました』と三人が言えば学歴があることになって、教師や公務員になれるんだもの。同僚からこっそり恐ろしい話を聞いたわ。彼の台中の親戚が外省人に部屋を貸したんだけど、その借主はツケの代わりとして、その部屋を外省籍の屋台商に渡したんですって。家主が部屋を返してほしいと言ったら、屋台商は自分がもらったんだから永住する権利があると突っぱねたそうよ」

錦枝が割って入った。

「愛雪たちが言っているのは、自分の力ではどうにもならないことよね。台南の従兄弟が言ってた。外省人と日本人はまるで違う、って。台南では今、もっぱらの笑い話があるそうよ。なんでも、新しい役人が市長から糖業試験場を接収する際、受け渡し台帳に『金槌　二本』とあるのを見つけて、すぐにその金槌を官舎に持ってくるよう命じたんですって。漢字を見て、すっかり金でできていると思ったのね。日本語の金槌は鉄製なのに」

孫は急に身の危険を感じた。「そういう話は、絶対に外で口にしてはいけないよ」

こうして一九四七年の元旦を迎えた。年が明けたというのに活気はなく、楽しいこともない。窒息しそうなほどに息の詰まる雰囲気が漂っていた。国民政府が台湾を接収してから今まで、米価は十倍にまで高騰していた。一年の間、上がりっぱなしで、抑制する術はもはやなくなっていた。

二月末のある夜、紅圓が孫家の近くまでやってきた。前後を気にしながらの小走りで、どこか慌てた様子だ。玄関前に着くと、もう一度、あたりを見回してから扉を開けて中に入った。中に入ってからは、そばに高いびきで眠る悪魔を起こさぬように、とでも言わんばかりに、音を立てないようにそおっと扉を閉めた。

「よかった。一階には先生お一人でしたか」

暗闇から紅圓が出てきたのを見た錦枝は「旧暦二月の初めで、まだ七月でもないのにどこからお越しの霊かしら？」となんの気なしに冗談を口にした。

「あら、息なんか切らして、どうしたの？」

紅圓は深呼吸して、ようやく話し始めた。

「市政府に勤めていた阿電が、あれから要塞司令部の応援に回されたんです。ナントカ警備総司令部の運転をしろ、ということで。今日、軍からの命令で幹部を茶室へ連れていったのですが、その人が戻ってくるなり、『清書して曹《そう》副司令に渡せ』と紙の束を投げて寄越したのです。その一言で相手は酔っ払っているとわかったそうです」

「阿電は大丈夫なの？」

「阿電じゃないんです、孫先生が……」紅圓はそう言って、泣き出した。

「落ち着いて話して」錦枝は紅圓の背中をさすった。

「投げられた文書を阿電が一枚ずつ拾っていたら、最後の一枚に孫先生の名前があった言うんです。真っ青でした。その紙の束は、反乱分子の嫌疑がかけられた人たちの名簿です。『孫先生の名前の上には、赤い筆でバツが三つもついてた』って」。言い終わると紅圓はガタガタと震え出した。

「それで？」錦枝は平静を保とうとしたが、声に力はなくなっていた。

「阿電は『危ないから、早く逃げてくれ』と。名簿にある人は必ず捕まります。『捕まったら痛めつけられて、命はない』って」

「教えてくれてありがとう。代わりに阿電にお礼を言ってね。まずあなたは早くここから離れなさい。孫先生には私から話すから」


二階では、子どもたちが寝入っていた。

カエルの声もセミの声もない春先の夜はひどく静かで、危急を告げる錦枝の声は震えていた。

錦枝が話し終わると、孫は机の上に肘をつき、両手で頭を抱えた。削り終わっていない鉛筆が一本、目の前にあった。誰が通報したのか、なぜ反乱分子とされたのか、誰かとトラブルでもあったのか、何か尻尾をつかまれるようなことでも言ったのか、教育局長を断ったのが当局の怒りに触れたのか、極東信託が誰かの利を邪魔したのか――次々と疑問が頭の中を駆け巡る。

額の汗を拭い、深呼吸でもして頭に空気を送ろうと立ち上がったが、両足がしびれて動かない。

錦枝が口を開いた。「どうします？」

「そうだな。まずは、どうするか考えなきゃな」。孫はそう言って、これ以上、あれこれ疑うのはやめることにした。

「どこに隠れたらいいのかしら。燕巣はどう？」

「駄目だ。あそこも高雄のうちだ」

「屏東は？」

「誰か知り合いはいるかい？」

少し間を置いて言った。「いや、それじゃ知り合いを巻き込むことになる。どうせ逃げるなら、警備総部に捕まらない場所だな」

「どこかしら？」

「香港だ。阿河のところへ行くよ。ちょうど野鶴の行方を捜している。台湾が落ち着いたら戻ってこよう」

「そうね。まずは香港がいいわ。じゃあ、船を手配してくるわね」。錦枝は考える間もなく、出かけていった。


深夜三時になって、錦枝がようやく戻ってきた。

「旗後にいる園児のお父さんが船を出してくれることになったわ。明日、夜になったら苓雅寮の天主堂の脇にある高雄川口から港を出て、別の船に乗り換えて香港まで連れていってくれるそうよ」

断崖に流れ着いた小舟は、滝を落下するしかない。オールを漕ごうが、舵を切ろうが、無駄なのだ。

一睡もできないまま、翌日の昼間も孫は書斎に閉じこもっていた。早く夜になってくれ、いや、夜よ来ないでくれ、という思いが入り混じる。自動車の近づく音がするたびに、「もしや兵隊の乗った車ではないか。うちの前に停まったのではないか」と要らぬ想像をしてしまう。一日中、孫は気を抜けずに過ごした。

錦枝はというと、ヘビに睨《にら》まれたカエルのようだった。焦るばかりで、後ろを振り返ったり、足を止めたりする勇気はない。まず簞笥《たんす》を開けて、金の指輪や腕輪を取り出した。それから餅米を蒸して餅菓子にし、中に金目のものを詰めていく。大きな袋には砂糖を入れた。砂糖なら、どこでだって役に立つ。さらに、白い布地を取り出して細長く裁断して持たせることにした。戦時下では、船に乗る際には白い布を持つのが当たり前だった。というのも、サメは自分よりも大きな魚を恐れる習性がある。万が一、人が海に落ちても白い布があれば大きな魚だと思われて襲われない、と言うのである。

夜になり、まず孫が子どもたちに「友達に会いに行ってくる」と家を出た。そして餅菓子と砂糖を持った錦枝も「お友達に会いに行くから」と同じ理由で出かけた。

川辺に着き、沈んだ顔つきで何か言いたげな孫に代わって、錦枝が励ますように言った。「そんなに長くはならないわよ。嵐が過ぎれば、戻ってこられるわ」

孫はうなずいた。船に乗る直前、振り返った。「愛雪宛の手紙を書斎の引き出しに入れた。読むように言ってくれ」。そして、闇夜に消えていった。

「父さんは遠くに行き、いつ帰ってくることができるかわかりません。あなたは長女なのだから、父さんに代わって弟や妹の面倒を見てください。そして父さんの代わりに鉛筆を削ってやってください。

もしも心が弱ることがあったら、書斎で父さんを思い出してください」

44

孫が高雄を離れた日の夜七時過ぎのことである。台北で名の知れた弁護士の陳逸松《ちんいちしょう》の自宅に、友人の劉明《りゅうめい》がいつもの道を通って台北の大稲埕太平町《たいへいちょう》へ訪ねてきた。戦前は石炭商だった劉は、この前年に台湾人のための大学の必要性を呼びかけ、永豊余グループ創業者の一人である何義《かぎ》の寄付を受けて延平《えんへい》学院を設立した。延平学院は、のちに日本でお金の神様として知られる邱永漢《きゅうえいかん》や、元総統の李登輝《りとうき》らが教壇に立った教育施設である。

突然、家の外から言い争う声が聞こえてきた。日本統治時代に台北市会議員を務めていた陳にとって、市民の間の話に口を挟むのは職業病と言っていい。即座に劉と表に出た。すると、六人組の闇煙草の取締官たちがいた。この日、トラックに積んでいた銃を持ち出し、当時四十歳になる女性、林江邁《りんこうばい》の売っていた闇煙草を、売上もろとも取り上げようとしていた。劉は「煙草は持っていってもいいが、金はいかんだろう」と阻止しようとした。取締官は、金もまとめて闇取引だといわんばかりに、わざとらしく煙草入れに投げ入れ、すべて持ち去ろうとした。諦めきれない林が懇願するように後ろから引っ張ると、取締官が身を翻した。すると銃身が彼女の頭を打ちつけ、血が飛び散った。さらに短刀で切りつけようとしたので、劉がそれを防ごうと手を出し、人差し指の先を切られてしまった。

取締官を乗せたトラックが走り出し、騒ぎを見ていた群衆がそこから北にある第一劇場のあたりまで車を追いかけた。そして隣の永楽町《えいらくちょう》へ曲がる際、取締官は群衆に向けて発砲した。今で言う永楽市場近くの路地で、玄関先で野次馬をしていた陳石渓《ちんせきけい》なる無関係の若者が流れ弾で亡くなった。

これが引き金となって、あっと言う間に小さな弾は騒ぎの中心へ燃え移り、天を揺るがすほどの大爆発を起こした。

翌二月二十八日、台湾全土に一年半の間、積もりに積もった怒りと恨みが台北から中南部へと燃え広がった。

一九四七年は閏年《うるうどし》ではなく二月は二十八日までだったが、最終日に起きた血しぶきは三月に飛び散った。

北部と南部を問わず、車は焼かれ、ラジオ局や飛行場は占拠され、警察局に押し入る者もあれば、街中で外省人を殴る者もあった。

三月三日、制御の効かなくなった民衆の怒りは高雄に到達し、似たような経過をたどった。政府側も反撃に転じ、市政府、駅前、高雄中学は血に染まった。惨劇は、高雄中学につらなる地域「三塊厝《さんかいせき》」に及んだ。兵士たちは家々を捜し回り、老若男女かかわらず全員を駅前に連行すると、女性と子どもを釈放し、残された男たちは逮捕され、鉄線で縛られた。

高雄川の河原では、血だまりの中に若い男性が苦しみの表情で事切れていた。そんな遺体は一つではない。川底に沈められた者たちが、どのような最期を迎えたのか知る者はない。ただ、川を流れる赤い血が最後の声を知らせていた。

高雄で沸き起こった激しい抵抗は、軍隊の向けた銃によって一週間も経たずに急速に静けさを取り戻した。その後、高雄の人間はまるで舌を抜かれたように、この動乱について問う者もなければ、語る者もいなくなった。

ところが、孫家のある大港埔は、北に駅、高雄中学、三塊厝があり、西には市政府があって、どれも一キロ圏内だったが、孫一家はこんな悲劇が起こっていたことには、まるで気づかなかった。というのも、この数日前に孫が高雄を離れ、愛雪たちは恐れ慄きながら毎日を過ごしていた。外出を控えただけでなく、出かけても長居などしない。加えて学校は暫時休校中だった。そこへ錦枝が体調を崩し、家族で自宅に閉じこもっていた。そのため、この街でかつてない政府と市民の対立が起きていたことを知らずにいたのである。

三月七日は満月だった。大嶽はもうすぐ小学校卒業で、背丈も伸び盛りだ。愛雪は二階にあるミシンで、大嶽の新しい長ズボンを作っていた。ミシンを止め、布の向きを変えようとした時、かすかに悲痛な女の泣き声が聞こえた。その声はだんだんと近づき、はっきりしてきた。泣き終わったかと思うと、また聞こえる。愛雪は窓から通りをのぞいた。すると、月明かりに照らされ、リヤカーに付き添い、涙に濡れた女性がいた。リヤカーを引くのは年老いた男性だ。二人の間柄はわからない。ただ、リヤカーの板の上には誰かが横たわっている。裸足で靴は履いておらず、血と泥のあとがある。頭からロングコートが掛けられ、コートの端から両足が突き出ていた。その脚は青白く、マネキン人形のようだ。

縮み上がるほど驚き、同時に悲しみに胸を突かれた。「息子に死なれた母親かしら？　それとも夫を亡くした妻？」

だんだんと泣き声が遠のいていく中で、愛雪は隣の母の部屋をのぞいた。錦枝は窓のそばに椅子を置き、黙ったまま窓の外の夜空を眺めている。横顔には、つたったばかりであろう涙の跡が見えた。

それからずいぶん長い時間が経過し、ようやく事の全貌がつかめてきた。当時の写真や映像には、たくさんの遺体が街中や川辺に横たわる姿が写る。あの夜の泣き声は、亡くなった息子か夫を連れて帰る人の声だったに違いない。

45

三月末の朝早く、孫家の全員は出かける準備をしていた。体格のいい男たちがトラックから飛び降り、三人は肩から銃を掛けた兵士で、一人は警官のような格好の男、もう一人は判別がつかない。一人が前を行き、怒り狂ったように銃で玄関のドアを叩くので、ガラスが今にも割れそうだ。内側にいる皆が呆気に取られた。錦枝は気持ちを落ち着かせると「いい？　子どもは黙ってなさい。何を訊かれても『知りません』と答えるのよ」と言った。

玄関を開けると、男が五人立っていた。手慣れた様子で目配せすると、上の階と一階の部屋の二手に分かれ、棚や箱をひっくり返した。そして警官でも兵士でもないあの男が錦枝に訊いた。

「孫仁貴は？」

「おりません」

「こんな早くからどこに行った？」標準的な北京語とは違う、クセのある語調だ。

錦枝は答えに詰まりそうだったので「聽不懂《ティンブードン》〔わかりません〕」と答えた。

すると今度は、愛雪を指して中国語で訊いてきた。「孫仁貴との関係は？」

「父です」

「どこに行った？」

「知りません」

「昨日はどこにいた」

「知りません」

「先週は？」

「わかりません」

「箇阿河を知ってるか？」突然、質問が変わった。

外省訛《なま》りの「箇阿河」が聞き取れないでいると、男は名簿の名前を指してみせた。

「あ、知り合いです」。愛雪は直感的にそう答えると、錦枝に向かって小声で告げた。

「阿河兄さんのことを訊かれているわ」

まさかあの人が反乱分子とされたのは、阿河のせいってこと？——錦枝は内心、驚愕した。

男は続けて愛雪に訊いた。「やつはよく来るそうだな」

「ずいぶん昔の話です」

「この一、二か月の間に来たことは？」

「ありません」

「どこにいるか知ってるか」

「いいえ」

「知ってて黙ってたことがわかったら、しょっぴくからな！」

「本当に知らないんです」

愛雪が初めてついた嘘だった。この人たちは香港までは追いかけないだろうけれど、「香港」の二文字さえも言うつもりはなかった。

突然、男が向きを変え、大嵩の前に立った。「小僧、いくつだ？」口調は妙に穏やかだ。

「十一歳です」

「俺にも同じくらいの息子がいる。なかなか品がある」。そう言いながら、大嵩の頭を撫でた。

「息子は嫁と田舎に住んでいて、台湾にいない。寂しいもんだ」。そう言って笑った。どうやら他意はないらしい。去り際に大嵩に向けて言った。

「ちゃんと食べて、大きくなれよ」

五人の男たちがいなくなった後、友竹が言った。「ずっと震えが止まらなかった」

弟二人も「ぼくも」と声を揃え、大嵩は「あの人に頭を撫でられた時、ほんと怖かった〜」とこぼした。

銃を持った男たちが入ってきた時、誰の胸にも恐怖が襲った。ただ、四歳、六歳、八歳の下の妹たちは、眠そうに目をこすり、あくびをしたのだった。

46

「どうして父さんは帰ってこないの？」孫家の下の弟妹たちが毎日訊ねるようになって数か月が経った。

訊かれるたびに、愛雪は「この子たちを育てるのは私の責任だ」と心の中でつぶやいた。

錦枝の考え事はそれ以上だ。毎朝、日めくりを破り、新しい日付の左下に夫が家を離れてからの日数を書き記す。六月六日は「１００」と書いた。夫が無事に香港に着いたのであれば、知らせがあるはずだ。しかし、三か月が過ぎても音沙汰はない。

そうして、「２００」も「３６５」も書いてしまった。

錦枝はよいほうにも悪いほうにも考えたが、こう思うことにした。「彼はただ遠くにいるだけで、きっと無事でいる。今の私は一家の主なのだから、『覚悟』しなくちゃ。胸を張って、一家の主がすべきことをするのよ」

子の結婚は、まさに一家の主の務めである。この時代は、一般に父の言うことが絶対で、子はただそれに従うものだった。錦枝は、数えで二十歳になった愛雪を早く嫁がせようと考えた。当時の台湾社会では、二十歳というと女性の適齢期の上限で、それを過ぎると周囲からあれこれ小言を言われるものだった。愛雪と同級生の王燦燦は終戦前に、台南新営の大地主のもとに嫁いでいる。夫が追われたことで、錦枝は警戒心が働き、しがらみの多い高雄人に嫁げば余計なことに巻き込まれる可能性が高くなるため、愛雪は高雄人に嫁がせるべきではないと考えた。加えて、錦枝は台南の出身なので、台南に目を向けることにした。

錦枝の公学校の頃の同級生が仲人をしている。彼女は食料雑貨を扱う卸商の陳喜獅《ちんきし》という男に嫁いでおり、友人たちの間では「喜獅の嫁さん」「喜獅姉さん」などと呼ばれていた。そんなふうに呼ぶことで、なんだか福がやってきそうではないか。さっそく彼女は愛雪の写真を持って台南麻豆の郭家にやってきた。


喜獅の姉さんはまず郭家を持ち上げるところから始めた。「お宅の門庭には旗杆〔科挙の合格者を出した証しとして建てることのできた石柱〕があるって、このあたりじゃ皆さんご存じですのね」

郭家の主人は、謙遜する。「あれは先祖が科挙で文官や武官になった時のもんです。台座は花崗岩でできとります。日差しにも強風にも負けんし、千年は保つそうで。何も言わんとあそこで、私らを照らしてくれよるんです」

姉さんはさらにおだてた。「息子さんは日本に留学して麻豆でお医者さんをなさっているとか。ご先祖様同様、素晴らしいことですわ」

六十歳になる主人は破顔した。

前振りのあいさつを終わらせると、郭が口火を切った。「うちのは一人息子で、二十六、七になりますが、まだ結婚しとりません。相手に文句ばっかりつけるんですらい」

隣にいた郭の妻が付け加えた。「首は振るわ、しかめ面するわでして。よそ様が見合い写真を持ってきてくれても、全部いけん言うんです。私らもどんな娘さんならええんか、わからんのです」

そこは喜獅姉さん、さすが仲人である。「これまでは縁がなかったのでしょう。だけどもね、こちらの高雄の孫さんのお嬢さん、いいお話だと思いますよ。まあ、ご覧ください」。サラリと写真を取り出した。

夜の診療時間が終わると、郭医師は本を片手に診療所から自宅のほうに戻ってきた。世界は狭いものである。この医師こそ、インドの英雄ボースが救急に運び込まれた際、友人の代わりを務めて、簡阿河に遭遇した郭英吉である。

「母さん、まだ寝とらんのか」

「話があって、あんたを待ちよったのよ。今日、台南市にある三元商会の喜獅姉さんが、高雄の孫さんいうお嬢さんを紹介したい、言うて来なさったのよ。お父さんは香港に逃れられたんと」

「えっ?」

この数年、台湾から逃げた人は皆、彼にとっては仲間も同然だった。

「その方はご長女で、下に弟さんと妹さんが七人おるんと。別に結婚は急いでないけど、兄弟を育てたら、自分は修道女になるつもりやったらしいわ。それを聞いたお婆ちゃんが、『あんたが嫁がんと、妹らはよう結婚せんで』言うて諌めたんと」

母の話を聞いた郭は、「責任感と奉仕の心があるな」と好感を持った。テーブルの上の写真をしげしげと眺めて言った。

「ご家族に会いに行ってもええんやろか?」

母の目尻が一気に下がった。「喜獅姉さんに言うとく」

日曜日、郭は高雄にいた。

「上に二歳上の姉が一人いますが、嫁に行っちゃいましてね。兄弟がこんなにたくさんいたら、楽しいだろうな」。郭は、大嶽、大嵩と一緒に新聞紙を丸めてキャッチボールをし、小学生の妹たちと歌を歌い、すぐに打ち解けた。弟妹たちは彼を「兄さん」と呼び、「郭先生」とは呼ばなかった。

昔からの友達のように、日曜日が来ると、郭は高雄を訪ねた。ある時などは皆を連れて屏東の四重渓にある温泉にも行った。兄弟たちは畳の上で象棋を指し、転げ回り、ぜんざいを食べ、我先に「兄さん」「兄さん」と呼んだ。

愛雪だけは、特に何も話さなかった。

冬が過ぎて春が来ると、郭家から孫家に結婚が申し込まれた。すべてが、最初からそうなると決まっていたかのようだった。

47

高雄で愛雪の目に映っていたのは、海と街だった。台南の麻豆に嫁いでから海は消え、青々とした田んぼと赤茶けた土に変わった。だが、愛雪は海が見えなくても大して寂しくはなく、ホームシックとは無縁だった。

それというのも、愛雪はあっけなく若い医者の妻となり、やることがあって忙しくしているのが好きだった。妻になるとまず洗濯婦を辞めさせ、自ら家族全員の洗濯を買って出た。台湾では一九六〇年代まで各家庭に洗濯機はなく、裕福な家では洗濯婦を雇い、毎日、家事を手伝わせるのが常だった。郭は「洗濯婦まで辞めさせることはないだろう」と言ったが、愛雪は「それで私が暇になるんじゃ、意味がないわ」と譲らなかった。

事は洗濯で終わらない。郭は複数の小学校の校医を掛け持ち、往診に回っている。そこで愛雪が「旗山に疎開していた時、軍医から注射の打ち方、傷口の処置の仕方、包帯の巻き方を教わったの。手伝ってもいいかしら?」と申し出ると、郭は「願ったり叶《かな》ったりだ」と言い、すんなりと診療所で薬剤師兼看護師として薬の調合から注射までをこなし、あっと言う間に典型的な診療所の医師の妻となった。

セミの鳴き声が街中に響き渡るある日の午後、菅笠《すげがさ》をかぶった農夫が日差しの強い通りを横切り、診療所にやってきた。その農夫は、十歳ほどの男の子の腕をつかんでいた。

「こんなに顔が腫れるなんて、どうしたんです?」愛雪がかがんで男の子を見ると、異様に黒ずんでいる。

農夫は男の子の父親で、「顔をちゃんと洗わんのですらい」と言うと、男の子はすぐに痛みに顔をゆがませた。「おたふく風邪や言うんで、童乩《タンキー》〔霊媒師〕に見せたんよ。そしたら童乩が『画符や』言うて、筆で『虎』っちゅう字を顔に書いて、その字を丸で囲んだんて。虎が病気を食うて、翌日には腫れがひく、言うてね。ところがよ、二日経っても腫れが引くどころか、もっと腫れてきたんちゃ。みんなが早よう郭先生に診てもらえ言うので、連れてきた」

愛雪は物申したい気持ちを抑え、うんうんとうなずいた。「いったい何が問題なのか、先生に検査してもらいましょうね」

「ありゃ、郭先生はおらんのか。往診か」

愛雪はそれに直接は答えず、「もうすぐ戻りますので、しばらくお待ちください」とだけ言った。

なんとなく、愛雪は郭が時折、府城や麻豆の医師や教師たちと一緒に本を読んだり、世の中を論じたりしていることに気づいていた。だが、郭は愛雪に政治の話はしなかったし、愛雪もまた機転を利かせて訊ねずにいた。

台湾ではこの一、二年で自分の身を守るため、誰もが、とりわけエリートほど余計なことを口にしない術を身につけていた。「関与」の二文字に際限などなく、誰もそれを定義できない。パン職人、自転車修理工から麺屋まで、誰もが逮捕された。何が具体的な罪に当たるのかではなく、単に名前が上がっただけで「有罪」になり、とにかく軍警に捕まった。無罪になるには、命がけで証明する必要があった。たいていの場合、家族が大金をはたいて「無罪を証明」し、ようやく命拾いした。郭は本来、快活で議論好きだったが、愛雪とは政治経済の話をしないようにしていた。愛雪が知らなければ、「関与」から遠くなり、安全になるからだ。

愛雪が「郭の妻」になって二年目の春、二人の間に第一子が生まれた。

一般には、産褥《さんじょく》期の女性は冷たい水に触れてはならず、洗濯婦が「月内衫」と呼ばれる産褥期の産婦の着物や新生児のおくるみを洗う。慣習からすれば、産褥期の間に水に触れてはならないし、風呂にも入れない。そこで、砂糖工場の祖父の家にいる阿聘《あとう》が洗濯物を洗いに来ることになった。初日、おむつを取りにきた阿聘は、その子の頬をつつきながら、「今年は丑年やけん、女の子でよかったんよ。来年は男の子を呼んで来んさい。その二年後に、辰年の子がええね」と言った。

五日目になると阿聘は好意だったのだろう、うちから楊桃《スターフルーツ》をもいで持ってきた。古新聞に包まれた楊桃は、食卓の窓際に置かれた腰掛けの上にある。夕飯時、郭はチラリと見やると、何事もなさそうに「これは？」と母に訊ねた。「洗濯婦の彼女が持ってきた楊桃よ」

郭は「そう」とだけ返した。食事を終え、郭はその新聞紙を開いた。見出しには大きな文字で「天亮報」と書いてある。すると郭は他の包みも開け、六、七つあった楊桃を台所に持っていき「楊桃の砂糖漬けを食べたくなったから、漬けようよ」と言い、腕まくりして洗い始めた。母は「果物は誰かが切ってくれるまで食べんのに。麻豆に雪が降るんやない？」と笑いが止まらない様子だ。

楊桃を洗い終わると、郭は振り返って「母さん、塩と砂糖で漬けるのは頼んだよ」と言って、さっさと新聞紙を片づけ、家の前の診療室に持っていった。

郭は座って新聞を開いた。新聞名の『天亮報』はつまり、反国民党派への隠れたメッセージだ。一九四六年、国民党と共産党は内戦を始めた。東北から南下してきた国民党は一路、制圧され続け、政権は腐敗し、民心が離れてしまった。そのため、たとえ共産党のスローガンがどれほど空虚でも、人々にとっては新たな希望となっていた。国民党の抑圧を受けた地域では、人々の間で「間もなく夜明けだ」は暗号となり、共産党がやってきて国民党を倒す、という意味があった。

『天亮報』の一面の右上には曲線の小窓があり、「新民主主義は工業農業に携わる誰もが主役である。中国全土の人民は、帝国主義に反対し、官僚資本主義に反対することを建国方針とする」というスローガンが書かれていた。一目で郭にも同紙が共産党の宣伝用に作られた刊行物と見て取れる。「新民主主義」は、共産党の首脳である毛沢東が一九四〇年に提唱した、当時としては新しい考え方である。今となってはそれもまた、空虚な言葉を並べただけのプロパガンダに過ぎない。

国民党は台湾が共産党の手に落ちることを恐れ、共産党に少しでも近づいたとあらば、即逮捕し、銃殺した。たとえば麻豆街にある四車線の交差点に、三角形の平屋がある。家主の梁阿旺《りょうあおう》はそこで雑貨店を営んでいる。店は西向きで、店前にある二本の長椅子は、夕陽が射す時刻になると、梁が決まって帆布を張り、日差しを遮るのが常だった。そして店前では毎日、菅笠をかぶった農民たちが、田んぼから上がったばかりで裸足になり、泥のついたままでその椅子に座って石将棋を指した。だが、しばらく前に雑貨店は突然、静かになった。梁の息子、梁久木《きゅうぼく》が銃殺された。近所では、息子が共産思想の本を叔父の果樹園のバナナの木の下に隠していたからだ、と囁《ささや》かれた。

郭はその息子の悲運を思った。なぜ猜疑《さいぎ》心の嵐が吹き荒れる中、書物を燃やしてしまわなかったのだろう。燃やすのが惜しかったんだろうか。それとも、さらに広めたかったのか。あるいは誰かに読ませたかったのかもしれない――そう考えながら、郭は新聞を丸めて台所に持っていき、薪《まき》に火をつけ、竈《かまど》に放り込んだ。燃える音はすぐに消えた。さらに郭は用心して、灰になった新聞を薪で叩き、一字たりとも読み取れなくなるまで粉々にした。

郭の父は、古びた籐《とう》椅子の上で、四か月になる孫娘と遊んでいた。まるで彼女が言葉を理解しているかのように、「爺ちゃんがどうしてお前に『郭玥《かくげつ》』と付けたかわかるか。玥の字はな、神様が手にする綺麗な明珠のことよ。見てみい。阿玥の目は大きいて光りよる。お前は郭家の明珠ぞ」と話しかけた。そこへ郭がやってきた。父と娘のうれしそうな様子には目もくれず、眉間に皺を寄せている。

ただならぬ様子で座り込むと、深呼吸を一つした。父は息子の顔を見て、悟ったようだった。「なんか相談事か」

「午後の往診の帰りに、衛生所のマラリア処理の問題を話し合おうと江流《こうりゅう》の家に寄ったんです。そしたら、診療所の入り口が閉められ、午前中に連れていかれたと聞きました」

「江流いうんは、お前の南二中の同級生か後輩やなかったか」

「一個下の後輩です」

「おい、産婆をやりよった邱さんが若くして夫に先立たれて、苦労して育てた二人の息子ぞ。日本にも進学させたくらい、どっちも優秀やっちゅうのは、みんな知っとることやが」

「江流の兄貴もすぐに捕まったそうです。息子が二人とも連れていかれて、邱のおばさんは腰抜かして倒れたとか」

「おい、台湾にはもうおれんぞ」

「空から大きな真っ黒い網を掛けられたみたいですよ。網がだんだん近づいて、動きも速い。麻豆ももうすぐでしょう」

「英吉、お前はやっぱり深謀《しんぼう》おじさんの言うことを聞いたほうがええ。若いもんが台湾をなんとかしたいいう気持ちはわかるが、台湾におったら殺されるだけであとがないわ」

「一人息子が、親を残して自分だけ離れるのは……」

「子と離れたい親なんかおらん。やけど、今は乱世や。一緒におっても埒があかん」

「それに妻とまだおくるみにいる娘が……」

「わしらが二人の面倒見るけん。心配せんでええ」

郭の胸に哀しみが込み上げてきた。

「そうせえ。命あっての物種ぞ」父は語気を強めた。

「わかりました」

「深謀おじさんと相談して、手を考えてみよう。やけど、戒厳令が敷かれて一月以上経っとる。台湾から出るのは小鳥が鳥籠から出るくらい難しいかもしれんぞ」

48

李深謀《りしんぼう》といえば麻豆でもとりわけ特別な立場にあったが、ちょうどこの頃、李を安全に台湾から離れさせることのできる「アメリカとのパイプ」を得たところだった。

もともと李は、郭の父と同年代の清朝末期に生まれ、幼い頃に郭の父と義兄弟の契りを交わした間柄だ。二人は漢文の素養があった上に、日本が台湾統治を開始してからは日本語も学んでいた。郭の父は公学校で数年、教鞭を取ったが、李は違った。日本人の権力者に近づき、まず台南州知事の知事室で通訳を務めた後、台南師範で長く教壇に立った。そして二十年が過ぎ、一九四〇年代に入ると、台南州の州議会議員に上り詰めた。議員が三十四、五人いたうち、台湾籍は七、八人という時代のことである。

一九四五年、昭和天皇が敗戦と、一時代の終焉《しゅうえん》を告げたあの日、人々はそれぞれに違うことを考えていた。南洋のジャングルの戦場にいた青年は家に帰ることだけを望んでいたし、台北城内で菓子店を営む日本人の店主は商売の先行きを心配した。醤油工場の台湾人社長は倉庫を襲って大豆を奪いたいと思っていたし、東京に暮らしていたエリートは、台湾に帰って台湾人のための大学を作ろうと考えた。そして麻豆で五十八歳を迎えた李は、台北の画商である小芝虎四郎の元へ急いだ。

若い頃に州知事の通訳だった李は、台湾在住で漢詩を嗜む日本人と知り合った。一緒に漢詩の会を開き、詩を書いては酒を酌み交わす仲だ。彼らは古風な日本人で、皆、毛筆を使い、明治維新以後に流行った西洋画や油絵は邪道だと考え、江戸時代から続く儒学を学び、江戸時代各派の絵画を好んだ。そんな彼らに啓発を受け、李が始めたのが日本画の収集である。

李は台北の南門《なんもん》千歳町《ちとせちょう》にある小芝の古美術店「小古齋」にいた。

「小芝さん、国民政府が台湾を接収する方向で間違いないようですね。となると、在台日本人のこれからは見通しが立たないようですが、書画収集の命運も楽観できないのでしょうか」

「おっしゃる通りです。この先、社会が混乱して人々が困窮すれば、美術品もさまようことになる恐れがあります」

「小芝さんの見立てでは、台湾各地で所蔵されている日本画は日本に持って帰ることができないんでしたね。収集家はどうすべきです?」

「大半は捨てる以外ないでしょうな」

「ならば、買いたいと言う台湾人がいた場合、何から手をつければいいので?」

「清朝が倒れる際、山中定次郎なる男は親王府から大量に美術品を買い付け、一躍、世界レベルの骨董商になりました。この例から言えるのは、骨董商にとっては乱世こそ狙い目ということです」。小芝は近代日本の骨董商にとって最高の時を思い返していた。

小芝の語った山中定次郎なる人物は、十九世紀末に渡米し、ニューヨークの五番街に山中商会を設立した大阪の商人である。一九一二年、大清帝国が崩壊したが、愛新覚羅溥儀《あいしんかくらふぎ》は国の再建を目指していた。親王府が美術品を売りに出す話を聞きつけた山中は資金を調達し、すぐさま親王府へ赴いた。府内にはすでに皇族はおらず、執事が残されただけだった。山中は宝の山を前に、大枚はたいて買取を決断。翌年にはニューヨークとロンドンでオークションにかけ、一夜にして成功を収めたのである。

山中の話を聞いた李の心は決まった。「私は以前、本町《ほんまち》の朝陽号に泊まったことがあります。あそこの床の間にある円山応挙の山水画から手をつけます」

「いいお考えです。一番の名品を手に入れれば、あとは問題ないでしょう」

「小芝さん、よろしく頼みます」


一九四五年十一月から翌年二月にかけての三、四か月の間に引き揚げが始まった。李は砂糖と米を手配し、毛筆で手紙を書くと、台北城内の日本旅館や北投の温泉宿、さらには名の知れた邸宅に向かう小芝に持たせた。結果は、何もかも順調で、訪問を受けた人々から大いに感謝された。というのも、台湾の名士の中に日本の伝統的絵画を解する人物がいた上に、引き揚げには現金で千円までしか持参できないのである。金がどれほどあっても役に立たない。むしろ目先の食糧をどうするかが先決であった。身も心も満たされたと言っていい。

いよいよ基隆の港で小芝を見送る際、李は非常に満足げに語った。「こたびは小芝さんのおかげで、百件近く買い付けることができました。これぞまさに『思う念力岩をも徹す』ですね」

小芝はため息混じりに返した。「追い込まれた人間にとって、美術品は二束三文で、風流なんて気取っていられませんよ。台湾に三十年いて、この仕事も長いことやってきましたが、こんな状況になるなんて、私でさえため息が出ます」

故郷の千葉に戻った小芝は、縁あって連合国軍の最高総司令部（GHQ）の軍官ハリーと知り合う。小芝と同様、ハリーもシカゴの建設業を営む富豪から日本画の収集を頼まれていた。狩野派、琳派、円山派など流派は問わず、しかも掛け軸でも屏風でもいいと言う。本土が焼け落ち、自信が谷底へ落ちていた当時の日本にあって、古い美術品を気にかける者などない。有名な作品も同様に二束三文で、名もなき歴代の画家に至ってはその価値はさらに目も当てられない状態だった。たとえば伊藤若冲《じゃくちゅう》。彼の作品は、一九五〇年代にアメリカ人に買い占められ、日本人が伊藤の芸術性を認めて買い戻すようになるまで、それから数十年という時間が必要だった。

小芝から李の手元に大量の作品があると聞いたハリーは、台北総領事館の副領事スミスへと接触を試みた。スミスなる人物は、芸術を学ぶため日本に留学したこともあり、喜んで東京に荷物を運ぼうと約束してくれた。この時まさに、郭が太平洋を越えるための橋がかかった。この時代、アメリカ人の一言は台湾にいる千百の外省人官僚に勝る。連合国軍の統治下にあった日本へは、ハリーの書いた一枚の証明書さえあれば郭を合法的に入国させることができたのだ。

49

夜になり、飯炊き担当の使用人が声をかけた。郭の父と母はゆっくりした足取りで丸い食卓についた。郭の父は片手に杖を持ち、いったんは食卓のふちに手を掛けたが、向き直って使用人に「先生に夕飯や言うてきてくれ」と言った。

診察室には、郭が中学生の患者に懇々と言い聞かせていた。

「いいかい、青春ってのはいちばんいい時期なんだ。君たちは台湾の希望なんだから、病気やけがで終わらせてほしくない。今度の風邪が治ったら、海で泳ぐなりマラソンするなりして、太陽の光をしっかり浴びるんだ。そして、簡単に風邪を引かない丈夫な身体になるんだぞ」

待合室には、もう一人、農夫らしき男が控えていた。郭は彼を待たせたまま食事室に向かった。愛雪は薬局から出てきて男に頭を下げた。「すみませんが、先生に夕飯の時間をください」。そう告げて、愛雪も後を追った。

郭の母が「五柳枝羹《ごりゅうしかん》」を郭によそっているところだった。黒キクラゲ、細切りにした豚肉、白いマツタケ、淡い黄色のタケノコ、青々とした花ニラが入り、とろみのついた汁物だ。台南の郷土色があふれた一品が、たっぷりと碗に注がれた。

郭は箸をつけず、黙ったままで二、三回、うなずいた。

父が代わりに口を開いた。「準備できたんやな？」

またうなずいたと思うと突然、郭が立ち上がって後ろに下がり、両膝をつき、背筋を伸ばして父と母を見つめながら、涙を流した。そして深々と、三度、叩頭《こうとう》した。

郭の母は手を握りしめ、唇を噛んで、両目いっぱいに涙をためている。

愛雪は泣かなかった。睨みつけるような目つきで、この瞬間に六尺の大男が現れても倒せるほどの強い眼差しだった。


この夜、郭は一人で高雄に向けて出発した。日本画を携えた李深謀が高雄で到着を待っている。

夜汽車に揺られながら、郭は窓の外に広がる漆黒の嘉南平原を眺めていた。

真っ暗な窓から入ってくる風に吹かれながら、郭は愛雪に日本へ行くと告げた夜のことを思い出していた。

鏡台の前で洗い髪を梳かす愛雪を、郭は背後からぎゅっと抱きしめた。耳の下から少し湿り気のある色白の首すじへと口づけをすると、肩の上に頭をそっと載せた。何も言わず、小さな男の子が母親に甘えているかのようだった。

愛雪は微笑み、静かに彼の頭を撫でた。

しばらく経つと今度は郭が頭をもう片方の肩に乗せ、愛雪の首元から頬、そして唇へと口づけし、また耳元へと戻ってきた。そっと首すじへ口づけをしながら、愛雪に訊ねた。

「明日、私は家を出て遠くへ行く。次に会えるのは三年後か、十年後か、いつになるかわからない。

愛雪はどうする？」

「泣かせようとしているかもしれないけど、私は泣かないわよ」

「どうして？」

「そうせざるを得ない事情があるとわかっているから。他に手がないなら、私が泣いても無駄でしょう」

「君一人で娘を育て、義父母に仕えることを恨まないか」

「もともと私のやるべきことだもの、主人がいるかいないかは関係ないわ」

「腹が立たない？」

「私が怒ったところで、あなたがいなくなることに変わりはないもの」

郭はうろうろしながら、「うーん……」とうめいた。

「これで私への試験は終わり？」愛雪が座り直すと、郭は笑った。そして愛雪の前に立った。

「今のは模擬試験だよ。本当の試験はこれから答案用紙が配られるところだ」

「私、試験にはいつも余裕で合格してきたの」

郭の笑顔が苦渋の顔に変わった。椅子を持ち出して座り、産婆の息子二人が捕まり、麻豆が恐怖に包まれていることを話した。

愛雪に驚いた様子はなく、こう答えた。「私には目も耳もある。見ればわかるし、聞こえてもくる。台湾がどんどん暗闇になっていることも知ってる。口先だけで、白を黒にできるってこともね」

郭は、李の支援で台湾から脱出することになった経緯を話した。

黙って聞いていた愛雪は言った。「私の夫には力がある。台湾を離れても、外からどうにかして台湾を救ってくれる。だから私は何があっても彼を応援するわ」

郭は愛雪の前に跪き、彼女の胸に頭をうずめて抱きしめた。

愛雪は、彼のふさふさとした黒髪と厚い背中を撫でながら、「私なら大丈夫。阿玥もお義父さんもお義母さんもいる。あなたのほうこそ、しっかりね」と言った。


郭の眺めていた窓の景色は、嘉南平原を過ぎ、高雄に入っていた。だが、外は真っ暗なままだった。


翌朝早く、愛雪は阿玥をおぶって、シンプルな女性用の鞄を持って外に出た。バスを二度乗り継ぎ、高雄の埠頭に着く頃には、とっくに昼を過ぎていた。

海に面した巡視船の見える小高い丘を登り、両脇を平屋に挟まれた細い坂道を突き当たりまで行くと、対岸の山の上に旗後の灯台が見える。湾内から高雄川の河口まで、大小の船が停泊し、行き交っている。

「阿玥、お父さんはどの船に乗っているのかしらね」

愛雪は阿玥を胸の前に抱きかかえ、独りごちた。湾内を見渡し、幼い手を取って阿玥に言った。

「どの船かわからなくてもいいわ。お父さんに手を振って、さようならを言いましょう」

愛雪は阿玥の小さな手を持ち上げ、海に向かってぎこちなく手を振った。

その瞬間だった。理性で悲しみを抑えられると思っていた愛雪だが、突然、洪水のような悲しみが押し寄せてきた。

即座に空を見上げると、青空に向かって叫んだ。

「泣いては駄目！　泣いたら負けよ」。涙をこぼさないと決めていた。

愛雪は、自分でもそれと気づかぬまま、鬱屈した気持ちを抱えて麻豆に戻った。

50

診察室は何も変わらない。聴診器は相変わらず檜木の机の上にあったし、医師が患者を診るときに座る革の丸椅子には太陽の光が差していた。小ぶりの木箱には十数種類の小瓶が丸いガラスのふたをされて、可愛らしく並んでいる。

愛雪がいつものように診療所の門を開けると、細面で体調の悪そうな農夫が待ち構えていた。

「先生はいないんですよ」

「いつ帰ってくるんかいの？」

「しばらく戻らない予定です」

「去年の九月にマラリアにかかった時に、郭先生に出してもろうた薬がよう効いたんて。また同じように具合悪うなっての。熱出たか思うと悪寒がしていけん」

「カルテを見てみますので、お待ちください」

愛雪はカルテの束から取り出して確認した。「確かに去年の九月にマラリアと診断されてますね。

先生から熱が上がる三十分前に薬飲めば楽になると言われました？」

「そうやった、そうやった。ほいたら、今回もそうやって飲めばええかな？」

愛雪は薬を渡しながら言った。「毎日、熱の出る時間を覚えておいてくださいね。言われた通りに飲めば、楽になるはずですから」

「わかっとる。前に先生に教わったけん」

そうやって話しながら思案した愛雪が「先生がいないので、半額で構いませんよ」と伝えた途端、具合悪そうにしていた農夫が目をまん丸にした。

この話はすぐに伝わり、薬を求める人たちが押し寄せてきた。

水養仔《すいようし》と呼ばれる農夫など、まるで愛雪の宣伝部長である。待合室の長椅子で「うちの麻豆には診療所が十五あるけんど、麻豆には十四人と半分の先生がおるってみんなが言いよるもんなあ」と隣り合わせた患者に決まって言うのだった。

医者見習いになったくらいで愛雪の鬱屈した気持ちは消えず、次は教職に就くことにした。

夏が過ぎ、新学期が始まった。日本統治時代から麻豆にある曾文家政女学校は、何度か校名を変えて、曾文初級家事職業学校となった。その頃、田舎では教員資格をもった人間が極端に不足していた。李深謀の紹介を経て、校長は愛雪に洋裁、刺繍、家事を教えてほしいと頼み込んできた。どれも高雄高等女学校で基礎を習っていたし、教壇に立つスキルはもはや遺伝といっていい。

一方の郭はというと、米国の役人の庇護を受け、無事に日本に入国して八か月が過ぎた。この間、愛雪は毎朝、「どうか英吉が無事に日本で過ごせますように」と先祖に線香を上げ続けた。

遠距離だったが、郵便のやりとりは頻繁で、二人はまるで国際協力企業かビジネスパートナーを思わせるほどだった。郭は愛雪が家政科の教師になったと知ると、雑誌『婦人之友』を送って寄越した。当時、日本の家庭雑誌や婦人雑誌が戦前のような輝きを取り戻し、立て続けに刊行されていた。送られてきた『婦人之友』で愛雪は新しい機械を見つけた。素早くセーターを編める織り機で、編み針を使うのに比べれば、効率は恐ろしくいい。家政学校には四学級あったので、郭に頼んで一学級一台、計四台を麻豆に送ってもらった。

初日、機械を持って教室に向かった。

「先生、こんな長い段ボール、どうしたんです？」

「何が入ってると思う？」

「琴ですか」

琴を知っていたのは、林妙桜《りんみょうおう》という名の生徒だった。「わ、琴を知ってるなんて、すごいわね」

「母が彰化の高等女学校にいた頃、日本の先生から琴を習っていたんです」

「そうだったの！　でも残念ながら琴じゃないわ」

段ボールを開けると、中から平らな長方形の金属製の箱が出てきた。生徒たちが愛雪を取り囲む中、愛雪はまるで音楽バンドのキーボード担当だ。箱を開けて机の上に取り出した。だが、あるはずの場所に白と黒の鍵盤はなく、歯の多い鉄の櫛《くし》のような形をしている。

驚きの声が上がった。

「日本で発売されたばかりの機械でね、『家庭用編み機』と言うそうよ。単に『編み機』と呼ぶ人もいるみたい。この取手をつかんで、左、右、と動かすだけで一段編み上がるんですって。不思議よね。これでセーターがあっと言う間に編めるんだから」

聞いていた生徒たちから歓声が上がった。

当時、愛雪は予測もしていなかったが、編み機はその後、徐々に火がつき、昭和三十年代に大ブームになった。そしてミシンと並んで花嫁の必需品となり、「嫁入り道具」の座についたほどだ。昭和四十年代半ばにピークを迎えると、その後は仕立て服より既製品が安くなったこともあって、日本の家庭から追い出されてしまった。

「説明書はあるけれど、新しい機械だから操作については、先生もまだ手探りなの。みんなも一緒に研究してね」

林が近づいてきて、説明書を見た。「私が習ったのは注音符号で、日本語はあいうえおしかわかりません。日本語は読めないんです」

「先生が読んでみんなに教えるから大丈夫よ」

一台の編み機が、愛雪に別の道を開いていく。

生徒と一緒になって研究し、しばらくすると図案を変えたセーターが編めるようになった。編みながら新しい模様を考えることに皆が夢中だ。中でも林は、卒業したら自分で購入したいと言い出すほどで、愛雪は郭に頼んで新たに一台、麻豆まで届けてもらった。

こうして愛雪は、頻繁に台南の市内に足を運ぶようになった。向かうのは決まって、台南駅の近くにある裁縫用品店である。

ある時、呉《ご》という店の主人が愛雪に聞いた。「奥さん、最近よう来て、いつもいろいろな毛糸を結構な量で買うていかれるけど、何に使いよるんですか」

「曾文初級家事職業学校で裁縫を教えていまして」

「先生やったんですか。それは失礼しました」。そう言って呉は深々と頭を下げた。

「お恥ずかしいですわ」

「こんなに大量に買うんやと、そんだけ学生さんが多いんですね」

「正確に言うと少し違うんです。実は日本から、セーターを一日で編めてしまう機械を購入しましてね。生徒たちが一生懸命なので、私も素敵な柄を開発しようと頑張っている、という次第です」

「先生、生徒さんが編んだセーターをうちで売るのはどうですやろか」。頭の回転が速い呉は、すぐさま商売気を見せた。

「いいですね！」そう答えたものの、しばし考えてこう伝えた。

「作った品は、お店で見本として飾っておいてもらうのはどうですか。もし気に入ってくださるお客様がいたら、採寸して新しく織ったものをお届けします」

それから三日もしないうちに、愛雪が店に着くなり呉が言った。

「一枚、売れてしもうたんですよ！」

「先に予約するというお話では？」

「すまなんだね。お客さんのサイズにぴったりで、あんまり気に入ったけん持って帰る言うて耳を貸さなんだんですよ」

「よかった！　お店も私たちも持ちつ持たれつですね。たとえ作っても売れなければ、お店にあろうが、うちにあろうが、おもしろくないですものね」

麻豆に来て初めて、愛雪は輝くような笑顔を見せた。

51

三月のある日曜日、愛雪は高雄に戻り、同窓会に出席した。高雄高等女学校を卒業したのは一九四四（昭和十九）年だから、十年ぶりの、初めての集まりに胸が高鳴った。

日本統治時代の高雄高女といっても、台湾籍の生徒は毎年十人前後とごくわずかだ。そのため、第十七期の同窓会に集まったのは八人。在籍学級は違っても廊下ですれ違ったことはあるし、日本籍の同級生がいなくなったこともあって、距離はぐっと縮まっていた。

蕭文子《しょうぶんし》という名の同級生が駅裏の医者に嫁ぎ、会は彼女の家の診療所の二階で開かれることになった。誰もが懐かしさでいっぱいになり、まるで校舎に戻ってきたようだ。

「うちは橋の近くの砂糖工場のあたりだったから、毎日、汽車で通学していたの。女子生徒は最後尾、男子生徒は先頭車両に乗る決まりでね。汽車から降りてホームを歩く時には、男子と目を合わせるのが怖くて、顔を上げられなかったわ。あの頃の男子は鬼より怖かったものね。ハハハ」

林綿綿《りんめんめん》が言うと、文子が笑いながら返した。

「あら、そんな怖い思いをしていたなんて、羨ましいくらいよ。私なんてうちが塩埕町で橋を渡るとすぐ学校だったから、なんの刺激もなかったわ」

何かを思い出したように綿綿が訊ねた。

「怖いっていえば、王燦燦のこと、みんな覚えている？」

「小学校で同じ学級だったわ。三、四歳の頃、一緒に遊んだこともあるの」

愛雪が答えると、文子が言った。

「彼女、最初は淑徳女学校に通っていたのよね。だけど、二年生の時に、お父さんの力で高雄高女に転校してきたの。受験したわけじゃないから、あまり親しくなかったかもしれないわね」

綿綿が話し始めた。

「王燦燦は王景忠の家のお嬢様なのよ。王家といえばお金も力もあるから、彼女が高女を卒業すると、すぐに台南の新営の大地主に嫁がせたの。いい話だってね。御曹司だった夫は二百ヘクタールの畑を継いでいたから、土地の賃料で暮らしていけるはずだったのに、手にした土地がことごとく使い物にならなかったとかで、土地を売って上海の投資に回したそう。最初は調子がよくて喜んでいたけれど、騙されて半分を失ったんですって。その上、去年、政府の農地改革で畑を手放さなきゃいけなくなったでしょう？　残せたのは各戸三ヘクタールだけ。それで旦那はすっからかん」

「燦燦は？　実家は助けなかったの？」

「そこよ。彼女、子どもができなくてお姑さんから役立たずだっていびられて、何かといえば用を言いつけて使用人扱いされていたそう。お姑さんの口癖が『でなきゃ、あんたみたいな役立たず、なんも受け取る資格はないけんね』。落ちぶれて使用人も減らしたから、さらにキツくあたられたのね……話すのもつらいわ」

綿綿は少し言葉を詰まらせた。

「お姑さんはそんなにひどかったの？」

「毎日、一、二時間、髪を梳《す》いたらお姑さんのおかわの始末よ。燦燦は嫁の務めだからって我慢してたらしいけど、そのうち尻を拭けと言い始めたんですって。お嬢様だった彼女が、人を使う側から使われる側になった上に、他人のお尻を拭くだなんて、耐えられるわけないわ。顔を真っ赤にして泣いたそうよ。そしたらお姑さんは追い討ちをかけるように『ええ嫁になる機会をあげたんやないの。評判がようならんでええの？』って。それで燦燦、正気を失ったそうよ」

「それから？」

「嫁ぎ先は面子を気にして、最初は王家に言わなかったみたい。旦那さんが自分で治すって訊かなかったんですって」

「治療ですって?! どうするっていうのよ」

「まったくよ。燦燦がおかしな言動すると、怒り狂って手を上げたそうよ。殴ったら正気に戻るとか言って」

「ひどすぎる。王家の人たちは知らずにいるの？」

「高雄と新営は結構距離もあるし、別の世界だものね……」

綿綿の話は終わっていなかったが、気が急いたのか文子が訊ねた。「それで燦燦、どうしてるの？」

「正気に戻ったのかどうかは知らないけど、正月二日に顔を出さないのを不審に思った王家が迎えを出して初めて、ひどい事態だってことに気づいたみたい。それで、お父さんが燦燦を連れて帰るって言い張って、高雄に連れ戻したそうよ」

「なんてこと！」皆が深いため息をついた。

同窓会が終わると、愛雪はそのまま実家に顔を出した。母と一緒にL字型のテーブルにつき、落花生の殻を剥きながら、今度は母から王家に嫁いだ者たちの過酷な運命を聞くことになった。

二十数年前、王景忠は第三夫人の息子である和源に事業を継がせたが、その彼が交通事故で急逝し、まだ幼かった一人息子が跡を継いだ。ところが、この和源の妻涼子が日本人で、なおかつ商家の娘だったのが災いした。涼子の兄が実権を握ると、立て続けに増資して持ち株の比率を下げ、親戚や知人など日本人に株を売却したものだから、いつの間にか王家のものだった事業は日本資本の会社に代わっていた。

しかし、涼子の家族が歓喜の祝杯を上げたのも束の間、数年で情勢は一転、日本の敗戦と降伏によって日本資本の私企業は政府に没収され、国民政府の国庫に入れられた。

まるで寒空の下、世界最高のビッグウェーブで知られるポルトガルのナザレ灯台の上から、足元に打ち付ける波のような激動である。波は、巨大な壁のような姿を見せたかと思えば、次の瞬間にはビールの泡のように小さくなり、寄り引きを繰り返す。それほど激しい変化だ。

当初は失脚した王家第二夫人の息子で、とりわけ強い恨みを抱えたのが王逢源である。怒りを抱えて渡った上海で、三井財閥を通じて関東軍と取引を始めて大いに稼ぎ、戦争が終わると身を翻して台湾に戻ってきた。手元の資金は潤沢で、何しろ中国での事業経験もあるいわゆる「半山」である。どちらも生かさぬ手はない。名目は「貸出用」として、庭付きの邸宅を六軒、市街地にはビル十棟を所有した。高雄地区の国民党には、政府直下の軍事委員会調査統計局、三民主義青年団、党本部など、さまざまな機関があった。それぞれ派閥があって、他人の言うことなど聞くわけがない。そこへいくと逢源は、どこでも顔を出し、皆と握手を交わして肩を組める。どの組織からも歓迎される存在だった。そのためこの数年、誰かが逮捕されたり、通報されたりすると、逢源を頼るようになった。そして逢源が話をつければ、逮捕されていても救い出すことができるまでになっていた。

「去年の清明節ではね、王家の第二夫人が第三夫人を懲らしめたと言っていいと思うわ」。ゆっくり話していた母だったが、話が終わりかけたところで語気を強めた。

「どういう意味？」

「第三夫人に旦那様の墓参りをさせなかったそうよ」

「そんなことまで？」

「まったくよ。二人とも息子なんだから墓参りは権利でもあり、義務でもあるはずでしょう？　夫や父を奪われた恨みがあるからって、仇みたいな仕打ちよ。逢源さんは軍官と銃を持った兵士二人を第三夫人のところに行かせて『司令官が墓地周辺の視察のため、三年間は近づかないように』と言わせたそうよ。それで墓参りできる自分たちは正統な血筋だと言い張って、母親の恨みを晴らしたのね」

「逢源さんはそんなこともできるのね」

「しばらく前に、長男の威徳さんを国民党の党本部にいる外省人の主任の娘と結婚させたからね」

「威徳さんって？」

「息子さんよ。王威徳さん」

内心では大いに驚いた愛雪だったが、母には悟られないように訊ねた。「王さんのところって、日本統治時代の終わりに改名してた？」

「してたに決まってるじゃない。発音から『大野』に変えてたわよ」

そういえば「王」は日本語で「おう」と読むため「大野」は「王の」と聞こえる。こうして愛雪は三井物産で同僚だった大野威徳の素姓を知ったのだった。

彼の話を続けたくない愛雪は話を逸《そ》らした。「燦燦は王家では第三夫人のところの人よね？」

「そうよ。清源さんの娘さんだからね」

「お母さん、彼女がどうしてるか知ってる？」

「清源さんのお母さんの親戚の人から聞いた話では、清源さんは燦燦を療養させるために苓雅寮に連れ戻したんですって。だけど、燦燦は正気を失ったまま外をうろつくから大変よ。ある時はどうやって登ったのか、教会の屋根の上から落ちそうになったこともあるんですって。そうかと思えば、高雄川の河口で地べたに座って、海に向かって大泣きしてるのを見たって人もいるの。清源さんの面子を考えて、今は一日中部屋に閉じ込めてるって話よ」

52

「今日はどれを朗読しようか。女の人の詩がええやろか。これを書いた人は、爺ちゃんの詩の仲間ぞ」麻豆の家で郭の父について、五歳になる阿玥が詩吟を始めていた。

「山因縁」

「山因縁」

「水因縁」

「水因縁」

日本統治時代の嘉義に生まれた女性詩人、張李徳和《ちょうりとくわ》が台湾を旅する早川軍医に贈った詩である。台湾語で吟ずると韻が弧を描くように連なり、音に酔いしれる一首である。

山因縁　水因縁　領略東寧大自然　地行仙
老當益壯堪欽仰
精神爽　樂得逍遙養性天　享遐年

〔山あり水ありの大自然に恵まれた台湾の地を旅人がゆく。

歳をとったというが、その血気あふれる様子には頭が下がる。

爽やかな心でそぞろ歩けば英気も養われ、長寿を得るであろう。〕

「阿玥の声は綺麗やな。朗読やのに、歌を歌いよるみたいや。この詩を覚えて、今度は爺ちゃんの詩社で朗読してくれんか」

「いいよ」。阿玥の声は気持ちの昂《たかぶ》りは感じられないものの、わずかな照れの中にも品があった。

「爺ちゃんの詩社の仲間は、みんな年寄りやけん、阿玥が『老いてはますます盛んなるべく欽仰に堪ふ。精神は爽やかにして』言うたら、きっと元気が出てくるわいの。ハハハ」

阿玥はコクコクとうなずいた。「もう一度、読むね」

「ほんまに、ええ子やのお」


いつものように昔ながらの台湾服を着た愛雪の姑が近寄り、阿玥の頭を撫でた。

「阿玥のお父さんはね、爺ちゃんが何度も詩を朗読せよ言うても、覚えれんかったし、とうとう読まんかったのよ」

吹き抜けの中庭で壁越しに聞いていた愛雪は、吹き出してしまった。六年前、結婚したばかりの頃に歌を教えたのだが、郭は音感が鈍く、日本語の童謡「赤とんぼ」もうまく歌えなかった。

「『精神は爽やかにして』で思い出したけど、最近、愛雪の顔色がようない。それに、いっつも身体を掻《か》きよるが、大丈夫やろか」

刺繍の柄にしようと庭の花をスケッチしていた愛雪は、姑の言葉に「しまった！　気づかれてる」と思った。

ずっと言えずにいたことだった。一年ほど前のある日の夕方、突然、蕁麻疹《じんましん》の症状が現れたのである。最初は身体の節々の柔らかい部分が赤くなった。膝の裏、脇の下、首と次第に全身に広がり、赤い湿疹は通電と同じで、電流が流れるように発作が起きる。それは夜中まで続いて治まらず、痒《かゆ》くて眠れない。朝日が昇る頃に電流が途絶え、ようやくホッとするのである。それも束の間、太陽が西に傾くのに合わせて、赤い悪魔が再びやってくるのだった。

当時はそれが「アレルギー」だと知る由もない。病気だと知らず、病名もわからなければ、手の施しようがなかった。吹き出物や水虫と一緒で、病院へ行こうとも思わなかったし、普通の診療所では治療法もない。

夫は遠く離れているから、いい報告はしても、心配させる話はしなかった。愛雪も郭に湿疹に悩まされていると言うつもりはなかったが、姑が気づいたと書いてみたところ、何度か薬を送ってきた。見たことのないアメリカの薬も試してみたが、一向に改善する気配がない。ついに郭は「日本できちんと検査してみたらどうかな?」と言ってきた。

「極端にひどいというわけではないし、命の危険はなさそうだもの。日本まで行くなんて、お義父さんやお義母さんに言えないわ」

「ぼくから言うよ」

そんなやりとりを重ねて二月が過ぎた頃、姑が愛雪に言った。

「日本のお医者様に診てもらいなはい。身体は一つしかないんやけん。英吉は日本で無事にやりよるんやし、一人でおっても仕方ないやろ。家族は一緒やないと。そうせんと、阿玥が父親を忘れてしまうで」

「写真があれば、大丈夫ですよ」

「一緒に暮らさんと、家族とは言えんで」

嫁も姑も、相手を慮《おもんぱか》っての言葉である。

「わかりました。日本へ治療に行って参ります。治ったらすぐに戻りますから」

どちらも折れることで、ようやく着地点を見出したのだった。

53

日本への出発は、元宵節の次の週の月曜日に決まった。前日の日曜、郭の両親が阿玥の手を、愛雪が荷物を引いて台北に到着し、翌日の便を待つことになった。

台北市内は車の音に人の声であふれかえっていた。姑が「どこへ行っても外省訛りが聞こえてきて、麻豆とは大違いやね」と言えば、舅は「まるで喧嘩やないか。日本統治時代の騎楼は綺麗やったけんど、今は露天商ばっかりで、わややのう」とため息をついた。

一九五五年、台北から東京へは、米国のノースウエスト航空の便が飛んでいた。タイ航空もあったが、それはまずインドからバンコク、香港を経て台北で乗り継いで東京に向かうルートだ。愛雪と阿玥は、台湾の「民航空運隊（CAT）」の直行便で東京に向かった。

まず、台北の青島西路にある民航空運隊で手続きをする。台北駅に近いので、皆で適当に街をぶらぶらして、重慶南路の路地にある日本料理店で食事を済ませた。中華路には映画の大きな看板が並ぶ。英国映画の『ロミオとジュリエット』が上映中で、『風と共に去りぬ』は上映終了間際だった。尤敏《ゆうびん》が主演を務めた『好女兒』は好評で、新聞で「一〇六館で満員御礼」と伝えられ、香港映画『一鳴驚人』主演の李麗華《りれいか》は「銀幕の恋人」と呼ばれた。

愛雪はちらりと見て、すぐに目を逸らした。愛雪にしてみれば、銀幕に映し出される、ハイヒールにぴったりした旗袍を身にまとい、身体を揺らしながら巻き舌で話す外省人の女優は、『風と共に去りぬ』のスカーレットと同じ外国人である。香港女優なのか、台湾の女優なのか知りたいとも思わなかった。

翌日、台北飛行場〔今の台北松山空港〕のターミナルに向かうと、欧米系の人たちは別として、大陸の言葉か台湾語を話す人たちはどうやら家族旅行のようだった。十人から二十人ほどがグループになっている。チケットを持った乗客よりも、見送りにやってきた人のほうがよほど多い。日本へ向かう愛雪も、麻豆の舅と姑の他、実家の母と兄弟全員に加え、紅圓と夫の沈電までが見送りに来ていた。麻豆の郭家の真裏に住んでいる李深謀はちょうど仕事で台北にいるから見送ると言い張った。李は今の『聯合報』の前身である『全民日報、民族報、経済日報聯合版』を手に、上はスーツのジャケット、下は幅広のスラックス、紺色のネクタイを締め、ウールの黒いコートという服装である。台南の人間にとって二月の台北は寒いだけでなく、凍りそうだ。

見送りに来た人たちは皆、着飾っていた。一九五〇年代の台北飛行場は、ウィーンのオペラ座か米国アカデミー賞の舞台さながらにクローゼットでいちばんの一張羅を着てくる。出国が容易でない分、ターミナルは晴れ舞台となった。

李は郭の父に言った。

「今、台湾を出るのも楽やないのお。わしらが若い頃は、船の切符を買うてズボン履いたらそのまんま日本や厦門に行ったのに」

「そやけど、それを言うなら、今は日本人も台湾人と一緒で自由に外国には行けんけえの」

郭の父の言う通り、日本は戦後一九六四年まで、台湾は一九七九年まで海外渡航は禁止されていた。ビジネス、家族訪問、留学は認められたが、ビジネスも会社の経営陣や管理職だけが対象で、農家、工場労働者、商店店主などに海外渡航の自由はなかった。

それで思い出したように、李が声を低めた。

「去年、善化街の開運の息子が米国に留学する言うので申請したけんど、一向に警総から許可が降りんのよ。台湾大学時代の外省人の同級生が共産党やいうて引っかかっとったらしい。わしが口きいてようやく出国許可証が出たんて」

留学もまた、審査が行われていた。

出国が容易でないのには、旅費の問題もあった。台北東京間の往復チケットは二千五百四元。当時、小学校の教員の月給が四百元前後、学校の保健師が二百六十元ほどであったから、東京に行くとなると八、九か月分の給与がいる。今なら、三か月間の世界一周旅行に出られる金額である。

東京にどのくらいの滞在になるかはわからないが、郭の両親を安心させるため、愛雪は往復のチケットを買っていた。


タラップが外された。ステップの鉄板には頭文字のCATとあり、三文字にまたがる線が風に吹かれ、空に駆け上がる様を表していた。

四つのプロペラが、大きな音を立てて回り始めた。

プロペラの羽の回転が早くなり、形が見えなくなった。

人工の大きな鳥が飛び立つ。さようなら、台湾。さようなら、南の友よ。

愛雪は窓の外いっぱいに広がる雲を眺めながら、雲の向こうにどんな世界が待っているかに思いを馳《は》せた。

54

少なくとも東京は、家族の揃う場所だった。

空港は五年ぶりの再会場所となった。手を振る英吉を見つけて駆け寄った阿玥を、英吉が抱き上げた。愛雪は目を細めて「やっと阿玥はお父さんに『高い高い』してもらえる」と二人を見つめた。

ちょっと恥ずかしそうに阿玥が左手を広げた。手には小さなリンゴが握られている。

「お父さん、これあげる」

機内でもらった貴重なリンゴで、英吉に食べさせると言って阿玥は口をつけずに大事に持ってきたことを説明しようとした瞬間、英吉が言った。

「リンゴなんてどこにでもあるさ。これよりずっと大きいのを阿玥のために買っておいたぞ」

そう言うと抱いていた阿玥を下ろし、荷物を受け取って身を返した。

阿玥は小さな手を引っ込め、小さなリンゴをぎゅっと握った。前をゆく父は後ろ姿で、母と手を繋ぐ自分はいつも追いつけない。

それは、会えなかった五年の間の距離だった。

二年もすれば阿玥は小学校に上がる。英吉は、大田区田園調布の家を探し出していた。ここなら学区も問題ないし、高級住宅街で周囲は庭付きの邸宅ばかり。さすがに買うことはできないので、藤田という家の庭にある離れを借りた。玄関は独立していたが、藤田家の敷地内にあった。

四月の新学期を前に、無事に阿玥の幼稚園が決まり、愛雪の病院通いの日々が始まった。

国立東京第二病院の内科の待合室は、外科にかかるべきはずの患者がたくさんいた。大半は男性で、足の悪い人もいれば、松葉杖をついた人もいる。また腕の変形した人や、ズボンの片側がスカスカの人もいた。

愛雪が診察室に入ると、還暦近い医師が少し怪訝《けげん》な目になり、首をすくめた。愛雪が座ると、問診票を眺めた。

「中華民国の人なの?」

「台湾から来ました」

「なんとお呼びすればいいのかな? 郭孫さん?」当時、日本では結婚すると女性は旧姓を捨て、夫の姓に変えるのが常だった。一方台湾は、結婚後も実家の姓を残し、その上に夫の姓を冠した。

「私の姓は孫で、郭は夫の姓なんです」

「そうか。じゃ、郭さんの奥さんってことか」

「はい」

「それで、今日は？」

「夕方になると、身体の柔らかい部分に赤い発疹が現れて、猛烈に痒くなるんです。この状態が二年続いておりまして」

「一回の発作はどのくらい？」

「夜まで続いて、ぐっすり眠れません」

「眠れないだけ？」

「起きている間、痒くてじっとしていられなくて」

「普段の生活に支障はないのかい？」

「家事くらいはできます」

「それなら病気だとは言えないな」

「そうなんですか」

「外にいる手足のない人たちを見ただろう。戦場で傷口が腐ったり、細菌に感染したりして初めて病気と言う」

医師にそう言われては反論できない。確かに手足は無事なので、少し下手に出て「では、どうすれば症状を抑えられるでしょうか」と訊くのが精一杯だった。

「卵を食べるのを控えてみたらどうだね」

医師に言われて一月《ひとつき》様子を見たものの、症状は少しも改善しない。また病院に行くと今度は「エビとカニを控えなさい」と言われた。

それからエビとカニを控えて一か月しても、愛雪の身体は全身からセミの声が聞こえたままで、その姿が見つからない。

たまりかねた愛雪は訊いた。「何か検査はしなくていいのでしょうか」。師はカルテに記入しながら答えた。

「今度は大豆製品を控えるように」

医師に言われるがまま、食べるなと言われたものを食べないでいた。診察のたびに一つずつ減らしていき、半年もすると愛雪の食べられるものが減ってしまい、食事もどんどんシンプルになった。体重は下降の一途をたどり、四十七キロあった体重が三十八キロまで落ちたところで、ようやく医師が気づいた。「いやいや、生まじめすぎるよ」

「先生、私は治療のために台湾から来たんです。先生に『こうしなさい』と言われたら、そうするに決まっています」

努力型の学生は試験範囲を間違えたようだ。

「駄目だよ。奥さんは妊娠しているんだから、栄養はちゃんと摂らないと。卵を食べても発疹が出ないのなら、食べて構わない」

東京に来て二年目の秋、愛雪と英吉は息子を授かった。その前後も、愛雪は医者捜しを続けていた。いくつもの国立の病院、さらには横浜の病院にまで行って診てもらったがなんの効果もない。

早くも二年が過ぎようとしているのに、愛雪の身体の発疹に病名はなく、医者にかかっても徒労に終わった。だが、この二年で愛雪は英吉への理解を深めていた。田園調布の家で、英吉はついに自分の胸に秘めた夢を愛雪に話したのである。

「そもそも結婚するつもりはなかったんだ。親から結婚しろと言われてはいたけれどね。二十八とか二十九で結婚なら遅いほうだろう？　台南二中に通っていた時、自分は反殖民の革命を起こして、苦しむ農民や統治に圧迫される人を救う、という誓いを立てたんだ。革命家として自分の命を度外視するくらいだから、家庭を持つなんてあり得ないだろう？」

愛雪は自分を可哀想がることなく英吉に訊ねた。

「妻が革命家の夫に協力したとしても？」

英吉は一瞬、言葉に詰まった。彼にとって女性は解放を待つ弱者で、負担でしかなく、「妻が革命家の協力者」という発想がなかった。

家での英吉は、いつも本や新聞、雑誌を読んでいたが、それよりも家にいないことのほうが多かった。福岡にいたかと思えば、沖縄や香港にまで出かける。英吉は日本に来て半年も経たぬうちに医師ではなくなっていた。医師という仕事の枠はあまりに狭く、革命には到底、合わない。そして英吉は、革命には資金が必要であることに気づく。理想の蜜を求めるには、不慣れで命さえ奪いかねない過酷な砂漠を渡らねばならない。こうして英吉は日本で商売を始めた。

英吉の話を聞いた愛雪は、子どもたちを連れて帰って麻豆の義父母を喜ばせるべきかもしれないが、このまま何も言わずに日常を送り、発疹で彼の理想を邪魔するのではなく、夫の理想に協力したいと思うようになった。

55

八歳になった阿玥の小学校の新学期に合わせて、台湾へ戻る航空券は八月に予約していた。七月はじめの日曜日、近所に住む片山の家に別れのあいさつに行き、愛雪の症状の話になった。

「竹内先生に診てもらうのはどうかしら。先生の治療法は結構、特殊だけれども、うちの伯父の重い肝臓病がかなりよくなったの」

持病のある人というのは、今回は大丈夫かもしれない、この先生は神の手かもしれない、といった具合にどこか賭けに似た思いを持つ。愛雪は片山の提案を聞き入れ、竹内なる医師の診察を予約した。

その日、愛雪は新宿にある古い洋館の二階にいた。外には看板もなく、磨りガラスのはめ込まれた木のドアから中に入ったが、ちっとも診療所らしい様子はない。それでも、あたりに漂う薬の臭いだけは、この場所で医療行為が行われていることを伝えている。

目の前の椅子に座っている人物は、片山の言った通り「らしくない」医者だった。まるで江戸時代の脱藩浪人のような格好をしている。股を開いて足元は下駄履き。無精髭をたくわえ、伸びた髪は後頭部で結んである。着物の上半身は閉じているが、袴のひもは腹の上で止めてある。それでもはだけて白い下着が見える。今月に入ってからの猛暑が竹内を汗だくにしたのだろう。少しだけ臭った。

敗戦を境に、散り散りになっていた海外の軍人、官僚、市民など六百万人が、場所も時期もバラバラに日本へ引き揚げてきた。愛雪が竹内の診療所にやってきたのは一九五七年。シベリアに抑留されていた兵士はその前年末まで引き揚げが行われた。光り輝く姿で日本に戻った人はおらず、街は帰る家を持たず、薄汚れた人であふれかえっていた。竹内はそうした人たちと同じで、大して驚く姿ではない。ただ、医師とは思えない格好だった。

診察室の壁には、昭和二十九（一九五四）年に出された厚生大臣認可の医師免許が掲げられていた。五十路の坂は越えた竹内の顔つきからすれば、おかしな話である。あるいは五十になって医師免許を取得したなら、その経歴もどこか疑わしい。

愛雪は中年の女性の手を借り、白い布の掛かった診察台の上に横になった。

竹内は丁寧に断ってから始めた。「恐れ入ります。まず足に麻酔を打ってから、注射という手順になります」

麻酔が効き始めると、竹内はベタベタした液体の入った点滴を持ってきた。小指の先ほどもある針が右尻に射し込まれた。点滴が終わると「二週間は風呂に入らないように。あと、掻かないでください」と告げられた。

診察室から出てきた愛雪を見た片山が「無免許医のようでしょ？」と言うので、愛雪は笑いながらうなずいた。

新宿から渋谷に出て、渋谷で東急東横線に乗り換えて家路に向かう途中、車窓から夕陽が差し込んできた。そろそろあの赤い発疹の悪魔が襲ってくる。田園調布で電車から降りると、放射状に銀杏の並木道が伸びている。駅前の小さな公園のベンチは夕暮れに包まれていた。公園を囲む真っ白な柵だけが、暗闇の訪れに立ち向かうようだ。腕時計を見た愛雪は「遅くなっちゃった！」と小走りになった。麻酔の痛みになど構っていられない。

夕飯の準備をしながら、二歳になる息子の泰一が寄ってこないことに気づいた。いつもなら、料理している愛雪の足の痒みを察した泰一が小さな手で掻いてくれるのに。今日は赤い発疹も出なければ、たまらずに掻いてしまうこともない。だが、しばらくはいつ悪魔が来るかもしれないと喜べずにいた。

案の定、翌日は全身に痒みがやってきた。

初診から三週間後、今度は左の尻に点滴が打たれた。

「完治するのでしょうか」

「気楽にしていてください」

「どのくらいかかります？」

「だいぶ落ち着いてきていますが、通常なら十回以上、打つんです」

三回目の点滴が終わる頃、妊娠四か月と同じくらい落ち着いてきた。大声で世の中に知らせたい衝動に駆られていたある日、九州から英吉が戻ってきた。

「今日は一日中、発疹も出なかったし、痒くないの！」

「やっと帰ってきたぼくを喜ばせたくて言ってる？」

本気にしない英吉を、今度は夜中に揺り起こして、もう一度言った。

「本当に痒くならないの」

「何を食べて治ったんだい？」英吉は寝ぼけ眼で、気の抜けた会話になってしまう。

「食べ物じゃないわ」

「じゃ、何か塗ったんだろう」。英吉は目を閉じたまま返事をしている。

「そんなことじゃないんだってば。それに、私は美人になりたいわけでも、資生堂の美容部員になりたいわけでもないのよ。何を塗るの」

日本の資生堂が「ミス・シセイドウ」として、初めて客に化粧の仕方を教えるスタッフを置いたのは一九三四年だ。戦時に中断したものの、一九四八年に再開する際、千三百人が応募して、採用されたのはたった十五人だった。

英吉はようやく起き上がって明かりを点けた。医者の魂が戻ったのか、丁寧に診察を始めた。診ながら首を振っている。

「信じられない。まるで奇跡だ」。信じられないのだろう、しげしげと眺めている。

「お医者様、あの赤い発疹はどこに行ってしまったのですか。食器棚でしょうか。それとも米びつの中かしら？」うれしさのあまり、ユーモアまで飛び出してきた。

「いったい何があったんだい？」英吉は冗談を流して、率直に訊いてきた。

愛雪が竹内の治療法を説明すると英吉は興奮したように言った。「その先生に会ってみたい」

56

畳の上の扇風機が回っていた。背の低いテーブルには、台湾式の料理がずらりと並んでいる。昔は台湾でも日本でもそうだったように、女性は客のいる席に同席しない。愛雪は台所に戻った。

「長年家内が悩まされていた病でしたが、先生のおかげでよくなりました。心から感謝しております」。英吉は正座し、深々と頭を下げた。

「郭さんも医師だそうですね」

「はい。残念ながら、家内の症状はどうにもなりませんでした」

「そんな言い方をしないでください。病気の治癒の謎は、田園調布の緑より多いんですから」

「私の言い訳まで考えてくださるんですね」

「郭さんはどこの医学校出身ですか」

「久留米の九州医専です。戦時中に卒業しました」

「奇遇ですね。九州医専は今、私の勤めている久留米大学医学部の前身ですよ」

「縁がありますね」

二人はビールで勢いよく乾杯した。

カニのおこわ、骨つき肉と筍のスープ、揚げ肉巻き、干しヒラメ入った白菜煮――英吉はテーブルに並ぶ料理を一つずつ紹介していく。最後の一皿「五柳枝羹」を指差すと一層、力を込めた。

「私の故郷の料理です。故郷を思うと、この五柳枝羹を食べて紛らわすんです」

竹内は「こりゃ旨い。なんだか懐かしい味ですな」と言いながら、次々と箸を運ぶ。

おいしいものがあることで話も弾んだ。

「久留米にいた頃、どうして校内で竹内先生に会わなかったんですかね。私があんまり熱心ではなかったからかな」

「いえ。私の出身は長崎の対馬ですが、朝鮮半島が近かったので両親は朝鮮に渡りましてね。その後、満洲医科大学の前身の南満医学堂に入りました。そこで教授になろうというところで、敗戦を迎えました。郭さんはどうして久留米から東京に来たんです？」

「先生は恩人ですから、正直にお話しします。医専を卒業した後、台湾南部の故郷で診療所を開設しました。ですが、国民党が台湾を接収してからというもの、不当な政治状況になりました。人がむやみに逮捕され、やたらに殺されていく。恐怖政治ですよ。それで致し方なく日本に逃れてきました」

「そうでしたか。戦後すぐに、私は中国で国民党と接触していました」

「専門職だから中国に留用されて、引き揚げなかったんですね」

「ご存じですか」。竹内は驚いたようだ。

「台湾でも、大学の先生をはじめ、電気、化学、工業などの技術者は少なくない数が留用されて、戦後も何年か台湾にいらしたんです」

「ああ、そうでしたか」

「国民党とはどのような？」

「終戦前、私は医学院という象牙の塔にいたんですよ。単純に、日本は強い国と信じて、戦争に負けるなんて思いもよらなかった。無敵の帝国で最後の一人まで戦うと言っていたのに、天皇の降伏宣言で帝国が崩壊したという。何がなんだかわからなくなって、数か月間、抜け殻のようでした。日本を離れてかなり経っていましたから、引き揚げる気になれなかったんです。当時は国民党も共産党も医療人材が不足していて、まず国民党から声がかかりました。数十万法幣を私の秘書に渡した挙句、

『中国娘もいますよ』なんて言われて」

「なんと。共産党からは何も言われなかったんですか」

「共産党はまるで違っていました。贅沢《ぜいたく》をさせられないのは申し訳ないが、どうしても私が必要だと言うんです。まずは状況を見てそれから決めてもらえないか、と。それで私は共産党のほうに行くことにしました」

「日本に来た後、香港で米国の通信社の中国人記者が書いた『竹幕八月記〔竹のカーテンの向こうで過ごした八か月〕』という本を買いました。一九四九年に南京で過ごした八か月の話で、竹内先生と似たようなものでした。当時は、共産党に対する印象は国民党よりもずっとよかった。その記者が書いてました。南京の共産党軍の兵士は『どうぞ』『すみません』と言う。露天商の屋台を移動させるのも、『申し訳ないが、ちょっと移動してください。そうすれば自動車が行き来しやすくなって、安全になるんです』と断る。けれども、国民党の憲兵は何も言わずに蹴り飛ばす、と」

「北京から三百キロ以上離れた太行山で、共産党の若い学生たちと七、八年、一緒に過ごしましたが、彼らは純粋で素朴だったし、理想を持っていました」

「国民党が清朝を倒した当初、若者たちは純粋に国のため、人のために命を犠牲にしてもいいと言っていました。誰も、国民党が人から唾棄《だき》される存在になるなんて思ってもいなかった。どんな悪党も生まれた時から悪党だったわけではありません。共産党だって、このまま腐敗せずにいられるかどうか」

竹内は黙っていた。

英吉は竹内の沈黙の意味を理解しないまま、自説を続けた。

「毛沢東は新民主主義を掲げ、『政治は人民の手にある』から民主だというが、人民ではない者には権力を渡さない。それは独裁ですよね。一見、聞こえはいいが、問題は人民を決めるのは誰か、という点です」

話を続ける気はないのだろう。黙った竹内に英吉はようやく気づき、急ブレーキを踏んだ。竹内のほうも、日本で声高に共産党の話はまずいと感じながら、思い出していたのは中国で一緒だった医師の津沢のことだった。

津沢は、共産党八路軍で有名なカメラマンである沙飛《さひ》の肺結核を治療していた。沙飛は精神に異常を来し、津沢が彼を殺そうとしていると誤解し、拳銃で津沢を射殺した。悲劇はそれで終わらない。妻と子どもたちが津沢の遺骨を持ち帰ったが、津沢の父は、息子が手を貸した共産党に殺害されたのは一族の恥だとして、墓への埋葬を拒絶したのである。

英吉と竹内の気まずい空気を察した愛雪が台所から出てきた。

「お話の途中にすみません。竹内先生、この大根餅、お味見くださいね」

竹内は料理を前に気が緩んだのだろう。細切り大根の入った大根餅を口いっぱいに頬張り、「台湾で食べたことがあるんですよ」と言うではないか。

「台湾にいらしたことがあるんですか」

「ええ。南満医学堂を卒業した後、台湾総督府の医学校を訪問して、先生方にお目にかかったんです」

再び医学の話に戻された。

「先生は久留米大学で教えておられるのに、なぜまた東京にいらしてるんです？」

ビールを一口飲むと、竹内は笑った。「実は医者が嫌いでしてね」

学生だった竹内は、夏休みで親のいる朝鮮に滞在し、病院で予防注射の手伝いをしたことがある。

ある日、戸板に載せられて負傷者が運ばれてきた。玄関前で日本籍の病院長が「おい、君は金を持ってるか」と患者に訊ねた。患者が「突然のことで持っていませんが、後でお支払いします」と言うと、院長は手をひらひらさせ「金を持ってない相手は診ない主義だ」と追い返した。開業医の冷徹な対応と拝金主義を目の当たりにして、竹内はたまらなく嫌になり、研究へと傾倒した。それで、満洲医科大学で病理学を研究するようになったという。

「日本に戻って数年は、久留米大学で研究を続けていました。そこへソ連の学者が胎盤を使った治療の効果を研究していると聞いて閃《ひらめ》き、それを追究したいと思いました。ところが戦後はどこも大変で大学の研究費では足りず、学外で独自の研究所を作りました。そうして診察で症例を重ねて、医師免許を申請しました」

「なるほど。ということは、妻が受けた治療も、胎盤に関係するのですか」

「ええ、胎盤漿《しょう》です」

「そうでしたか。台湾の民間療法にも、胎盤を乾かして粉末にしたもので栄養をつける手法がありました」

「日本も同じです。母胎はとても大事にされます。昔の産婆は臍《へそ》の緒を切って、神龕《かみだな》に保存しました。大きな病気をした人がいると、それを煮て飲ませていたんです」

「先生の研究に、心から敬意を表します。私もお手伝いできないでしょうか。資金面での必要があれば、お力になれると思います」

「非常に有り難いです」

受け止めてもらった喜びが竹内に湧き上がった。終戦以来、祖国日本では、中国の太行山で受けた尊敬も理解も得られず、幾度となく底知れぬ猜疑心に悩まされていたのである。

愛雪が赤い白玉入りの汁を運んできた。台湾の宴席ではたいてい甘味が最後に出る。

「湯圓《タンユエン》は円満に終わることを表します。何もかもが円満に運ぶといいですね」

「円満ですか。皆で一緒に円満といきましょう」。竹内は盃を持ち上げると、一気に飲み干した。

57

「私も商売がしたい」

愛雪が興奮気味に言った内容は、普段は聞かないものだった。英吉は「体調が良くなったから、何か始めたいってことかい?」と苦笑いだ。

「あら、本気で言ってるのよ」

「四年も投資してきたインスタントラーメン工場は失敗だったけど、ナイロン靴下とパイン缶はうまくいっている。生活に困ってはいないし、心配もいらない」

「わかってる。心配で言ってるんじゃないのよ。男の人は、いろいろな可能性を試すことができるのに、女は家で料理洗濯ってちょっと……」

愛雪は台所のガラス窓の向こうの庭を見つめながら、どう言えばいいのか考えた。

「ちょっと、何だい？」

「雨が降った後、庭のくぼみには水が溜まるわよね。溜まったら動かない」

ストレートに感情を表すのではなく、具体的な現象でたとえた。

「動かないってことは、安定しているからじゃないかい？」

「私に言わせれば、それは静まり返っているだけよ。水は、山のてっぺんから降りてきて谷を切り裂き、平野を通り抜けて草花を慰め、光を駆け抜けてトンボに寄り添い、街中を通って、最後には海に飛び込んで波になる。水は生き生きと過ごすのに、どうして庭のくぼみでじっとしていなくちゃいけないの？」

「確かに。やっぱり愛雪は普通の女性じゃないね」

「そう言ってくれてよかった。でなきゃ、頭痛くなっちゃう」

「商売ならちゃんと考えなきゃならないな。たいていの人は他人が稼ぐのを見て、真似をする。ぼくなら朝鮮人みたいにパチンコ屋はやらない。法律を勉強して、日本にいる台湾人ならではの場所で、なおかつ誰も入れない隙間を見つける。それが商売の切り口になる」

英吉は唾を飛ばしながらそう言った。

「競争しましょう！」愛雪はそう切り出した。

「は？　競争？」

「商売でどっちがすごいか競争するのよ」

「こっちは男だぞ。こういう時に断る余地はないさ。受けて立とう！」

英吉は遊び半分に答えたが、愛雪が本気で戦いを挑んでいると知らずにいた。

愛雪が働きたいと言い出した裏には、麻豆の舅から届いた手紙があった。

「麻豆に戻らなくていい。私と義母さんのことは心配いらない。そんなことより、しっかり家族を世話して、阿玥と泰一にきちんとした教育を受けさせるほうがずっと大事だ」。自分は恵まれていると感じると同時に、責任感が湧いてきた。石炭をたっぷり積んで、水を足した蒸気機関車のように、愛雪は力がみなぎり、全速力ですぐにでも出発しそうな勢いだった。


手始めに、一九五七年製のキヤノンのL1型カメラと写真撮影の入門書を二冊買い込んだ。孫を思う義父母を安心させるために思いついたのが写真だった。子どもたちの日常をカメラに収め、毎週台湾に送り、成長を知らせる。プリントしたモノクロ写真には、さまざまな背景が映っている。田園調布の「多摩川園」という遊園地にはたくさんの遊具があった。中でも六、七十メートルの「大山すべり」は子どもたちのお気に入りだった。滑り終わると百メートル走に勝ったような笑顔だ。もう一枚は、泰一が神奈川の片瀬海水浴場で水泳パンツ姿で大股開きで立っている。丸顔で、まぶしいのか目を細めている。麻豆の義父母は寝室の棚の上に置いて、毎晩、孫におやすみを告げた。さらに別の一枚もあった。裏には、愛雪がメモ書きを添えている。

「思いがけず撮れた皇太子。皇太子妃選びで軽井沢にいて、美智子様とテニスをしたそう」

この写真は軽々しく人に見られないよう、アルバムの奥に仕舞い込まれた。

義父母への気兼ねが必要なくなり、どんな商売にするかを考える段になった。

友人たちに相談すると、高雄高女のクラスメートだった吉井静子が言った。

「服を売るのはどうかしら。日本橋の馬喰町に洋服の問屋がたくさんあるのだけれど、うちの父がその一つに投資してるの」

「商売なら何でもいいわ。最初の仕事が三井物産高雄支店だったから、国際貿易について少しはわかるし、日本の洋服なら台湾で売れるかもしれないわね」

敗戦は、日本人がそれまで持っていた身分、立場、そして尊厳を打ち砕いた。静子は高雄で百貨店を営む豪商の箱入り娘には戻れないし、故郷を離れた愛雪も医師の妻ではなくなった。東京で洋服の仲卸になるのに、過去の栄光を振り返る余裕はない。

ある日、愛雪が銀座の喫茶店から出て歩いていると建設中の東京タワーが見えた。ちょうど新聞で高さ百メートルまで建設され、最終的には三百三十メートルになるという記事を読んだばかりだ。

「東京タワーと一緒に踏み出して、一緒に戦うぞ！」と自らに言い聞かせた。


日本に来た愛雪が最初に商売を始めたのは夏だった。

秋の在庫整理で半額になった洋服を買い取り、台湾と香港で売れば、必ず利益が出ると考えた。台湾と香港では暑さが続く十月まで夏物が売れる。愛雪は意気込んだ。台湾人の「日本製」という三文字への懐かしさも手伝い、大きな反響を得た。

その後、愛雪は足繁く静子の父が投資する問屋に通うようになった。その店では、まず出入り口を閉めたまま明かりを点け、店員が一山ずつ洋服を木の板の上に並べていく。そして再び出入り口を開けて、買い手を入れるのだ。時間ごとに買い手は異なり、同時に入場するのはもちろん一人ではない。

愛雪は目についたものは手に取ると決め、山の中から目星のついた服を迷わず買った。

そうして服を売った利益は、しばらくして手元の資金になり、やりたいことが出てきた。そうだ、店を構えれば事業になるのではないか。ノートを開いて窓の外を眺めた。瞳には青い空と白い雲が映っているが、愛雪の頭の中は大忙しだ。考えながら、鉛筆で書き留めていく。

「商売のことは、衣食住の他にない。衣については、台南でセーターを売り、東京で仲卸をやった。食については、日本で他の人とは違うものを売るのはどうだろう?」そう考えた愛雪は、東京で台湾料理専門のレストランを開くことにした。

58

「お母さん、具合でも悪いの?」

小学三年生になった阿玥が、鞄も水筒も背負ったまま、畳の上で寝ていた愛雪を心配そうな顔で見ている。

「わ! お帰り。寝ちゃってたのね」

「こんなお母さん初めて見た」

「最近、忙しすぎるのよ」

「レストランの準備で忙しいんでしょう？」

「そう。やらなきゃいけないことが多くてね」

「たとえば？　今日はどうしたの？」

愛雪は起き上がり、両足をくの字にして座った。

「今日は渋谷でお店にする場所を探してたの。道玄坂も美竹通りも坂ばっかりで、上ったり下りたり、疲れちゃった」

「どうして田園調布じゃなくて、渋谷なの？」

子どもながらに鋭い指摘である。

「田園調布ならうちから近くていいけど、ご近所のお母さんたちはみんな自分でお料理してるから、外食する人は少ないでしょ？　それじゃお客さんが少なくて商売にはならないのよ」

「渋谷は違うの？」

「全然違うわ。渋谷は人の多い商業エリアで、田園調布は住宅街だからね」

「そしたら、放課後うちに帰ってきてもお母さんは家にいないの？」

「ごめんね。お父さんを助けるために、お仕事しなくちゃ。稼ぐのがお父さんだけだと、お父さんが大変なのよ。阿玥はもう大きいんだし、泰一の面倒を頼むわね」

「わかった」

店の場所が渋谷の道玄坂に決まり、メニュー作り、店内の改装、食器選びなど、どれも人の手を借りられないことばかりで、愛雪はさらに子どもとの時間や家事の時間がなくなった。それでも一つずつ片づけ、ついに十一月のオープンが近づいた。年末商戦の始まる十一月であれば、一気に上昇気流に乗れると見込んだ決定である。

しかし、上昇どころか地面で足踏みする羽目になった。理由は愛雪と日本人の料理人である難波との衝突である。

愛雪が豚骨で出汁を取るよう指示しても、難波は昆布と鰹節を使った甘めの出汁だと譲らない。台湾式の料理では、乾燥エビを使って香りを出すが、難波は臭いと嫌がる。鶏レバー、豚レバーなどの臓物は、関東以北の日本人は食べないと難波は言う。さらに、台湾で言う「炒める」は日本の伝統的な調理法と異なる。難波の炒め物は、頭の痛い問題だった。台湾ソーセージは甘じょっぱいが、日本では甘いものは甘く、しょっぱいものはしょっぱいので、どうにも舌に合わない。

二人は何度もぶつかった。

「私が売りたいのは、台湾の料理なのよ」「それを食べる客は日本人です」

「干しエビを揚げてツミレに入れるから、揚げた後のエビ巻きがおいしくなるの」「それじゃ、おかしな味になってしまいます」

「おいしさは、炒め方によって決まるわ」「その炒め方でなくても、きちんとした味になります」

「社長の命は聞いてもらわないと」「社長はフロアを仕切ってください。厨房は料理人の城であり、聖域です」

愛雪は耐えられなくなり、年が明けると料理人を変え、店を立て直すことにした。台湾の料理を扱うレストランがない渋谷で、難波のような古いタイプの料理人を雇うことはかえって足かせになった。

59

そこで愛雪は全く逆の発想から、別の手を思いついた。大胆にも、料理学校を卒業したばかりの四人を雇ったのである。週末を利用して自宅で彼女たちに愛雪の作った料理を教えた。そして、一人に五品を担当させ、一か月後には合計二十品が作れるようになっていた。愛雪は難波に告げた。

「今後、難波さんと助手のお二人の手を煩わせません。どうぞ別のお仕事をお探しください」

そういって、助手二人を呼び、三人にそれぞれ給料袋を渡した。

「中には、来月の分も入っています。お疲れさまでした。ありがとうございました」


こうして再出発すると、瞬く間に行列のできる店になった。

愛雪は行列に並ぶ人にメニューを渡しながらこう言った。

「知らない相手かもしれませんが、四人で一緒に頼めば、四種類の違うお料理をご注文いただけます。一品しか頼んでいないと、隣の方のお料理を羨ましく思ってしまうかもしれません」。このアイデアに大半の客が賛同するようになった。そしていつしか愛雪にお世辞を言うようになった。

「女将さんはお綺麗で頭もいい。台湾人はみんなそうなんですか」。愛雪は決まってこう答えた。

「台湾人の誰もが綺麗で頭がいいかはともかく、台湾人は皆、私と大差ないと思いますよ」

日曜日の夕方、淡く夕焼け色が広がり、街灯が点き始めた。四歳になる泰一は、数軒先の映画館に行くため、今日も店から飛び出した。愛雪がその背中に向かって「早く帰りなさいよ」と声をかけると、泰一は「はーい」と答えた。

店を出した道玄坂二丁目は「百軒店」と呼ばれ、細い路地が交錯する中に、小さな店が立ち並ぶ。そうした店の間にある映画館は、テレビがまだ普及していない時代、日夜問わず賑やかな場所だった。一九六〇年当時、東京二十三区には五百六十の映画館があり、道の角を曲がれば映画館があった。愛雪の店の近くには、テアトルシネマグループの映画館が三軒あり、同じ丁字路に面していた。毎週日曜日に愛雪は泰一を連れて百軒店に行くと、泰一は一日中、映画館に入り浸る。映画館のスタッフは皆、顔見知りで、好きに出入りさせてくれた。

泰一を見送ると、ちょうど向こうから若い女性がやってきた。彼女は半袖の白シャツに、一九五〇年代の東京でよく見かけた落下傘スタイルの、ロイヤルブルーのスカートにハイヒールを履いている。「芬雅台湾料理」という看板を見上げた彼女に、愛雪は「いらっしゃいませ。ごゆっくりどうぞ」と声をかけた。すると彼女は、ゆっくり店のほうへ向き直った。小さくうなずきながら「四名様でご一緒にどうぞ」「本日のおすすめ：焼きビーフン、揚げエビ巻き、揚げ肉だんご」と書かれた貼り紙を見た後、店に入った。

彼女は角の席に座ると、焼きビーフンを注文した。愛雪がビーフンを運ぶと、ようやく笑顔を見せた。白磁の丸い皿に麺が躍る。彼女は箸を持つと、手のひらを合わせて親指と人差し指の間に箸を挟み、頭を下げながら「いただきます」と呟いた。

一口目を口に入れた途端、彼女の目から涙がこぼれた。

涙を拭う様子に気づいていたが、愛雪はそっとしたまま店内を忙しく動き回った。彼女に近づいた瞬間、向こうから「あの、すみません……」と声をかけてきた。そうなるだろうと思っていた愛雪は、彼女の前に立った。

「あの、店名にある苓雅は高雄と関係があるのでしょうか」

「ええ。私の生まれが高雄川河口にある苓雅寮なんです」

「父の転職で台北から高雄に行き、子どもの頃、高雄の鼓山で過ごしました」

「そうなんですか。私は鼓山の小学校に通っていましたから、もしかしたらどこかですれ違っていたかもしれませんね」

二人は過去をたどっていく。

「父は三井物産高雄支店に勤めていました」

「私の最初の職場です」

「世間は狭いですね！」驚いた彼女が、慌てて自己紹介を始めた。

「樋口といいます。旧姓は鷲尾で、父は高雄支店の課長をしておりました」

今度は愛雪が驚く番だった。

「私、鷲尾課長の部下でした。戦争末期に課長が召集されてからは連絡が途絶えてしまったんです」。愛雪はあえて重苦しい言い方を避け、質問を飲み込んだ。あえて深入りせずとも、日本人なら何を意味するのかわかるはずだった。

「父はお国の犠牲になりました」

「おつらいことでしたね」と愛雪は頭を下げた。

「父が戦地に向かう直前、家族で焼きビーフンを食べたんです。父の大好物でしたから。台北にいた時にも来来軒というお店でよく食べていました。目を閉じても父が笑顔で焼きビーフンを食べる姿が浮かびます」。言い終わらぬうちに、彼女はまた涙をこぼした。

「孫さん、ありがとうございます。こうして東京でまた父の大好きな焼きビーフンがいただけてうれしいです」

「うちの店にいらっしゃるなんて、きっと鷲尾課長が引き合わせてくれたんですわ。感謝しないと」

こうして二人は連絡先を交換した。


鷲尾の娘の来店は、店にとって唯一よかった出来事となった。

店の経営は順調で、二か月ごとに愛雪は女性料理人たちに五品ずつ新しい料理を教えていき、半年も経つと四人全員がすべてのメニューを作れるようになった。スタッフの問題が解決すると、車輪に油を差す如く、業績も安定した。しかし、愛雪がサラリーマンの帰宅時間に合わせて、肉まんの販売を始めようとしたところで、一人目の料理人がお見合いで結婚することになったと退職を申し出た。さらにもう一人が、年老いた両親の世話をするために実家に帰ると言う。それから数日もしないうちに、三人目が辞めたいと言ってきた時、愛雪はもはや理由も訊かなかった。そして四人目の料理人がこう打ち明けてきた。

「別の店が高額で彼女たちを引き抜いて、そっくりの店をやるそうです」

これまでの苦労が水の泡になっただけでなく、育てたスタッフに裏切られた悲しみに加えて他人が公然と技を盗んでいくことに対する怒りで、愛雪は頭がくらくらし、即座に店じまいを決めた。

閉店した店から愛雪が持ち出したのは、冷蔵庫だけだった。道玄坂を離れる際、愛雪は振り返らなかった。こうして大嫌いになった百軒店には、二度と足を向けなかった。

60

「台湾では香港からの輸入品が人気なんですって。香港には欧米のブランド品があるものね。それでどんな商売ができるか考えるためにも、香港に行きたいの。それに、父さんも捜したい」

愛雪の願いに英吉は「まだ諦めてないんだね」と言った。英吉は毎年香港へ行くたびに義父の消息を訊ねて回っていたが、なんの糸口もつかめないでいた。

「諦める気なんてないわ。娘ですもの。生死にかかわらず、行方は知りたいに決まってる。父さんでさえ、濡れ衣を着せたのは誰なのか知らないんだから」

「香港にいないのかもね」

「それだって、憶測にすぎないわ」

羽田空港で香港行きの便を待っていると、英吉が雑誌を買ってきた。表紙は、総理大臣の池田勇人である。

「少し前に国民所得倍増計画を発表していたよね。十年で、つまり一九七〇年までに日本の国民所得を倍にする計画だ。これが実現するなら、今後、どんな取引でもうまくいくはずだ」

「自分で日夜努力しないで、景気のよさに便乗して成功したいだなんて、私には考えられない」

そんな愛雪に「はいはい」と英吉は苦笑した。愛雪にはどんなことにも自分なりの見解があって、簡単に英吉に同意しないのだ。英吉は勇気づけるように言った。

「池田首相は三十歳で皮膚の難病にかかり、長い間、悩まされた。それが五年後に奇跡的に治ったんだそうだ。そして治ってからは、官僚としての道が開けていった。ぼくには愛雪もそうなるような気がする」

これにも愛雪は言い返した。

「私が事業を成功させたいのは、あなたの理想を後押ししたいからよ。妻として、単に夫に頼って生きていくなんて、一生を棒に振るようなものだもの」


香港に到着した時には夜になっていた。ネオンの煌めきは、生きた龍のようだ。身体をくねらせ、尻尾を揺らし、少しでも目立つ場所を競い、まぶしいばかりの通りを作り出している。それに対して愛雪は地味な格好でタクシーの車内にいた。ネオンの光が彼女にあたる。

「あれは元宝の絵かしら。下に大きく『押』ってあるのは、なんのお店?」

首を伸ばして言われたほうを見た英吉が「あれは質屋だよ」と答えた。

九龍のネイザンロードのホテルに入ったところで、ようやく香港の賑わいにあてられた身を休めることができた。

滞在中、愛雪はずっと香港の商いの様子を観察していた。そして、愛雪の目を引いたのは、なんの変哲もないものだった。香港は湿度が高く、到着二日目にして早くも衣服をクリーニングに出さねばならなかった。ホテルのボーイが持ってきたシャツを引き取ると、愛雪は内側の首元にピンで白いタグが止められていることに気づいた。「5861」と書いてある。調べてみると、洗濯やドライクリーニングをする際、一枚ずつこの番号札をつける。そうすれば、大量の服を一緒にしても間違えずに済む。洗濯してもタグは崩れない。これが愛雪を大いに驚かせた。興味が湧いた愛雪はクリーニング店を見学し、新しい自動洗濯機を目にした。その洗濯機の洗濯槽は前開きである。一九六〇年に日本のサンヨーが発売したのは二槽式の洗濯機で、洗濯槽は縦型、ふたを上に開けるタイプであった。「東京に戻ったら、クリーニング店を開くわ！」愛雪は新たな目標を見つけた。

田園調布駅を出ると、右手に商店街がある。「相和」という店の前では、車のライトに照らされた小鹿のように小学生たちが微動だにせず、口をあんぐり開けて一方向を見つめていた。彼らが見ているのは二台の洗濯機である。丸い扉の前に立つと、そこは船の中だ。船内から丸いガラス窓の向こうには、暴れる波が見える。荒波には泡が立ち、プリントシャツが一瞬で飲み込まれていく。

ボクシングの王者が拳を連打し、数秒すると敗者が倒れ込む。しかし突然、形勢が逆転して血だらけの敗者が巧妙に王者を倒すと、敗者が両手を高く上げる。王者は負けを認めるのか。それとも再び立ち上がるのか。

「わあ、鉄人28号を見てるみたい」

「ぼくもそう思った」

騒がしいと思ったら、鉄人28号を真似た男の子たちが小競り合いを始めていた。

しばらくすると洗濯機の中の泡の波がなくなり、男の子たちはまた静かになった。と思ったら、洗濯機がまた勢いを増して回り出す。止まる気配はなく、どんどん回転が速くなる。やがて拳は完全に竜巻の渦の中に飲み込まれてしまった。

「うちの洗濯機と全然違う！」

「ぼくの家はローラー式だよ」

「今度、お母さんを連れてこようっと」

遠のきながらも、口々に話す子どもたちの声が聞こえてきた。愛雪はそろばんを弾きながら吹き出した。

店内では、職人の清水清三郎が汗をかきながら、シャツにアイロンを当てている。ちょうどアイロンがけが終わって、彼にも聞こえていたのだろう。

「私がこの仕事を始めた三十年以上前、洗濯といえば洗濯板と洗濯桶でしたからね。それが今や電気洗濯機ですよ。しかも、社長が買ってきたアメリカの洗濯機は、透明の窓から自動で服を洗う様子が見えるときた。変われば変わるもんですね」

「いいじゃないの。洗濯なんて昔から変わらない商売だけど、そこに珍しさがあることで社会は前に進む。悪くないわ」

もう一つ、クリーニング業界に新しいアイデアをもたらした。愛雪が香港で見かけたあのタグである。持ち帰って、東京の用紙メーカーに見せたところ、大して難しい仕掛けではなかった。タグの原料となる紙の繊維が長いと、水洗いに耐えることができ、日本のメーカーにもつくれるという。愛雪はさっそく七色のタグを注文した。ただし、問題はどうやって洗濯する洋服にそのタグをつけるか、である。それは阿玥の勉強机で閃いた。

勉強机で、クリップに似た道具を見つけた。長さは十センチ弱。どうやらステンレス製だ。クリップの先には、分厚いグリーンのネイルシールがついていて、指に力を入れて押しやすくしてある。

「何これ？」愛雪はよくわからないクリップの正体を訊ねた。

「お母さん、忘れちゃったの？」

「え？」

「同級生の湯浅君のお父さんがホチキスの会社に勤めていて、学校にホチキスを持ってきたんだよ。すごく使いやすいってみんなで競って買ったんだよ。お母さんに買ってもいい？って訊いたらいいって言われたから買ったんじゃない」

「あ、そうだったわね」

「算数の練習帳がバラバラになった子はホチキスで止めてしっかり止まったって」

試した瞬間、アイデアが降ってきた。

日本で卓上のホチキスが売り出されたのは一九五二年のことだ。指で軽く押すだけで針が紙をまとめる。価格は二百円と高すぎることもなく、オフィスから学生や家庭へと広がりを見せ、ホチキスは文房具の必須アイテムとしての地位を確立した。その後、販売価格は徐々に下がり、一九六一年には百円になった。ちなみにコーヒー一杯六十円、散髪は百六十円の頃のことだ。

愛雪は、このホチキスで洗濯タグを止めることを思いついたのである。効果抜群だった。

ものの売り買いのおもしろさは、懐に金銭が入ることだけではない。愛雪の場合は、やり方を考え、問題を改善し、手間を取り除くことにこそ意欲が湧く。クリーニング店を開業してから、愛雪はたびたび英吉に「商売いうんは、がいにおもろいねぇ」と言った。

日々、客とやりとりする中で、愛雪はだんだんと台湾人らしい経営術を編み出していった。

ある日の午後、阿部という名の若い主婦が洋服を受け取りにやってきた。愛雪が伝票から探し出したのは、男物の白いシャツで、伝票には「袖口に二か所、醤油の跡あり」とある。シャツを広げて彼女に確認してもらい、「醤油の跡は綺麗になってますから」と伝えると、大喜びである。「わあ、綺麗になってる！　うれしい！」支払いの際に、シャツの洗濯代の金額を伝えると、驚いている。「染み抜きの追加料金は取らないんですか」「結構です。醤油の汚れに手間はそれほどかかっておりませんので」。そう言うと、さらに喜んだのだろう。

「よその店に出したら、こうはいきませんね。ありがとうございます」

驚かれたのも無理はない。大手のクリーニング店はもちろん、どの店も似たような料金体系で、受付スタッフが勝手に値下げはできない。これは自営のクリーニング店も同様だ。几帳面な日本人は、決められたことに従って動くことに慣れっこなのだ。

「うちの店のやり方がお気に召していただけるなら、それだけで有り難いことです。よろしければ、またお越しくださいね」

こうして阿部は、愛雪の店の常連客になった。

「どうやら追い風みたいで、クリーニングの売上は上々よ。一日中、店番してたら三十秒も座っていられないの」。愛雪は店を閉めて家に帰ると、水を飲み干し、食卓の椅子に腰かけた。

「お疲れさま」。英吉は、本を読みながら、型通りの返事をした。

「疲れてなんかないわ。店を増やすつもりよ」。椅子に座った途端、たっぷりの英気が注入されたようだった。

その言葉を聞いた英吉は、読んでいた本を置いた。「ほお、ほお、ほお」。賛同の眼差しで愛雪のほうを見た。

「店を離れられないから、よさそうな場所を探してもらえる?」

「任せてくれ。ちょうど不動産を勉強していたところだ」。英吉はおもしろがりながら即答した。


翌日、英吉はカウンターを買ってきた。手にすると、小ぶりの卵ほどの大きさだ。田園調布を出発して東急東横線で隣の自由が丘駅で降りた。帰宅時間に人通りの多い道を選び、道行く人を見ると、カチャ、カチャ、とカウントしていく。ただし、数えるのはワイシャツにスーツ姿の会社員だけで、学生は省いた。

脳内をワシが旋回しているのか、英吉はほんの少し口角をあげてキュッと口を閉じ、少しも気が抜けない様子である。鼈甲《べっこう》の縁の眼鏡を掛けているものだから、大半の人はきっとどこかの大学で教えているとでも思ったに違いない。

さらにその翌日も、英吉は早くから起き出して自由が丘に向かった。今度は通りを変え、同じようにカウンターで道行く人を数えていく。一月《ひとつき》もすると、英吉は東京二十三区の南側の郊外を調べ上げ、支店をオープンさせるのによさそうな場所を見つけてきた。さらに仲介業者も百店舗ほど見て回った。

おいしく香り豊かな鶏ガラスープにするには、弱火でじっくり煮込まねばならない。英吉の入念な下調べが実を結ぼうとしていた。

銀行からの借入も順調に運んだ。担当者の上司が「社長の残高の推移を見ていれば、クリーニング店が好調だとわかる」と言うほどである。

さらに英吉は辛抱強く店舗の下見を重ねた。購入価格を抑え、購入価格を融資額が上回る。こうして余剰金に日々のキャッシュフローを加えると、英吉はさらに次の不動産投資ができ、愛雪もまた支店を増やすことができた。そして十年が過ぎる頃、愛雪は南東京で十五店舗のクリーニング店を経営するまでになっていた。

61

その日の午後、二人組の営業マンがやってきた。

「社長、突然失礼致します。五分で構いませんので、後日、私たちに最新機をご紹介する時間をいただけないでしょうか」。言い終えると、近くでアイロンをかけていた職人のほうに視線を向けた。

愛雪はちょうどイタリア製のコートの汚れにどの薬品を使うのか考えていたところだった。コートの外側は赤いウールで、端正かつ気高い赤である。ところが、カーキ色のボタンを外すと、これまたカーキ色で上質な厚手の裏地には、枯れ葉のような斑点ができていた。

「最新、ですって？」

「はい」

「後日なんて言わずに、今説明してもらえます？」

二人を店の奥の事務所に招き入れた。

営業マンは資料の束を取り出し、説明を始めた。

最初のページは一枚の写真だ。時計の針が8と12を指している。東京のどこかの満員電車で、車内の別の場所から二本の手が伸び、ドアのふちをつかんでいる。万が一、ここでドアが閉まろうものなら、きっとけがしてしまう。半身さえ入りそうにないのに、制服を着た学生アルバイトが石炭運搬用の台車を押すようにスーツ姿の男性の背中を押し、中へと押し込もうとしている。

「東京では昭和三十年からこうした『押し屋』ができて、満員電車に押し込む手伝いをするようになりました。通勤するサラリーマンはそんな状態まで増え、ワイシャツにアイロンをかける人の数も数えきれません」

「そうですね」

次のページは数字が並ぶ。アラビア数字の後ろに黒の太字で書かれた「%」は異質で、愛雪は思わずじっと見つめた。

「まずは東京二十三区の過去二十年の人口統計を見てください。最初の五年で人口は三割、約百六十万人増えました。それに比べると直近五年の人口は減少してきています」

次のページには「人口減少＝売上減」とある。

さらに次は「売上減への対応策は？」、続いて「アイロンがけの機械化によるコスト減」とある。

提案資料の流れに合わせて、営業マンはチラシを取り出し、機械によるアイロンがけの流れを説明し始めた。

「アイロンがけは技術頼みですが、うちの職人は腕がいいんです」

「はい。職人さんたちの持つ技術は素晴らしく、確かに皆が惚れ惚れする出来です。ただ、機械も職人さんたちのレベルに持っていけるんです」

「その機械も人が操作するんでしょう?」

「はい。ベテランの職人は一時間にワイシャツ十枚のアイロンがけができますが、この機械なら、アルバイトの学生が軽くペダルを踏むだけで、一時間に百枚のアイロンがけが可能になります」

「ええっ!」思わず甲高い声が出てしまった。

「差し支えなければ、弊社までお越しいただき、実際に操作してみませんか」


そうして機械を見た後、愛雪は時代の流れには逆らえないと大変革を決意し、一九七〇年代に備えることにした。軸となる工場に洗濯とアイロンがけを集中させ、各店舗には洗濯機も職人も置かず、服の受付に集約することにしたのである。そして十五人いた職人のうち十三人を解雇し、残した二人を工場長と副工場長にした。

だが、ここで問題が起きた。この頃、法律が変わり、クリーニング工場を営業するには、必ず国家試験を受けて「クリーニング師」の資格を取得しなければならなくなっていた。不惑を過ぎた愛雪だが、顔色一つ変えなかった。

「だったら受けるわ。社長に資格がないからって部下の資格を借りて工場を開いたりしたら、示しがつかないもの」

筆記試験の会場を見回すと、周囲は皆、男性だった。愛雪は唯一の女性である。それはいつか見た光景だった。日本に来た十数年前のこと。当時、英吉は米国シボレーの中古車を所有していたが、出かける時に運転手を頼むのが愛雪には大いに謎だった。

「どうして自分で運転しないの？」

「免許持ってないから」

「取ればいいじゃない」

「面倒だし、いらないよ」

「え？」

「運転手を雇うのは大した金額じゃないさ」

しょせん、英吉は坊ちゃん気質が抜けないのだ。そういえば結婚前も、出かける時に義母は小遣いが足りているか財布を確認していたっけ。二百元に届いていなければ、義母が補充するのである。新婚当初、その様子を見た愛雪には理解できなかった。

車があるのに自分で運転もせず、運転手を雇うなんてもったいない。愛雪は頑として「私が免許を取る！」と言い張った。こうして試験会場で唯一の女性となったのである。

クリーニング師試験の本番を迎えた。筆記の後は実技試験だ。五種類の布の判別と、アイロンがけである。

愛雪は指に唾液をつけてアイロンに触れると、チッと音がした。舌先でワインを味わうように、チッという音に耳を澄ませる。軽く長めの音なら熱さが不十分で、握ったアイロンを服に当てるわけにいかない。

前にいる試験官の口はキッと結ばれ、鋭利な刀のようだったが、愛雪の様子を見てうなずいた。しばらくして愛雪はもう一度、唾液をつけてアイロンに触ると、今度はチンッと乾いた強くて短い音がした。アイロンが十分に熱せられた証拠である。アイロンを持ち上げて洋服に当てた。

我慢の末に試験を終えると、合格していた。だが、気の晴れない愛雪は納得できないでいた。会場を離れる時、堪えかねて出口にいた担当者に不満をぶちまけた。

「あのですね、この試験のために必死でアイロンを探したんです。指定されたアイロンは古すぎて、どこにも売ってませんでした。今じゃ、一般家庭のアイロンは温度設定ができるのに、職人が唾液でアイロンの温度を確認するなんて、十八世紀のやり方ですよ」


クリーニング師の免許を取得すると、愛雪の名前で工場を建て、この機に乗じて住まいも渋谷に引っ越すことにした。新しいビルを買って一階は工場とし、同じ階の別の部屋に住むのである。一九七〇年、愛雪は次のステージに進んだ。

田園調布から渋谷の新居に引っ越した最初の夜、台所で阿玥が言った。「お母さん、久しぶりの一家団欒ね」

「ごめんね。これからは各店舗の業務が単純化されて、服を受け取るだけになるの。そしたら、お母さんも店舗を巡回しなくてよくなるわ」

ため息混じりに、こう付け加えた。「地下鉄の駅の乗り換えの時も、小走りしなくて済むのね」

「どうして小走りしなきゃいけないの？」

「一日は二十四時間しかないんだもの。走らなきゃ、終わらないわ」

「お母さんも大変ね」

「もともと私がせっかちなのよ。走ったって、大して変わらないのに」

「そうだ。うちと工場が一緒になったなら、お母さんも少しは時間できるでしょう？　どこかで二時間、私にインタビューさせてもらえないかな。レポートでお父さんとお母さんが日本に移民してきたことを書きたいの」。阿玥は上智大学文学部史学科に進学していた。

「移民じゃないのよ。私もお父さんも日本で死ぬ気なんてないし、日本に帰化したわけでもないんだから」

「移民じゃないなら、なんて言うの？」

「日本に逃れてきたんだから、避難ね。いつか台湾に帰るつもりよ」

「経緯はどうあれ、二人が台湾を離れて日本に来ようと思ったきっかけも知りたいんだよね」

「そんな時間ないわよ。工場が動き始めたら、いろいろと調整するにはしっかり立ち会って状況を把握しておかないと。突発的な何かが起きたら、私が判断して対応しなきゃいけない。話なら、暇そうなお父さんに聞きなさいよ。毎日、留学生やら台湾から来た友達と天下国家を語っているだけなんだから」

　母の「時間ない」という言葉を聞いた阿玥は、十四歳の時の出来事を思い出していた。あの日の夕方は大雨で、傘を片手に郵便局の前で待つ泰一を迎えに行った。すっかり暗くなった雨空の下、郵便局で寂しげに佇《たたず》む七歳の泰一の姿を見た途端、目頭が熱くなり、駆け寄って泰一を抱きしめた。よそのうちの母親は子どもに寄り添い、送り迎えをして、家でご飯を作る。ところが、うちの母ときたら朝早くから夜遅くまでずっと店にいるのだ。父はいつも「お母さんは疲れているんだ。静かにしなさい」と言うだけだった。

その父は何度も、泰一の給食費を「明日払うから」と持ち去ってしまうことがあった。小さな泰一は、父がその給食費を台湾から来た留学生に渡して雑誌を作っているなど知る由もない。教室で恥ずかしさに打ちのめされながら、先生に「ごめんなさい。お父さんが明日払うと言っていました」と言う以外なかった。まるで自分が悪いことをしたかのように謝罪したが、事情を知らない泰一に釈明のしようはない。

もっと前には、こんなこともあった。渋谷に店を開く前、母は父の事業に熱を入れていた時期がある。台湾の雞絲麵《げぇしーみー》にヒントを得てインスタントラーメンを開発しようとしたり、台湾の油飯《いうぷん》〔おこわ〕を缶詰にしようとしたり、母の台所は父の研究室だった。記憶では、学校から帰ってくると、いつも母の背中を向け、スプーンか箸を片手に開発中の麵や油飯を試食していた。

阿玥はかぶりを振って、湧いてきた記憶を打ち消した。「じゃ、いつ大阪万博に行けるの？」

「遊ぶ余裕なんてないわよ。お友達と楽しんできて」

「……はい」。阿玥は力なく返事した。

62

英吉は朝から晩まで、議論を重ねていた。暇を装いながらも、その心のうちは激しく揺れ動いていたのである。

ビルの一部屋を空け、台湾からやってくる人々、政治関係者や留学生の宿泊先として提供した。東京大学の博士課程に通う張書文《ちょうしょぶん》が訪ねてきた時も、その部屋で相談を受けた。

張は自ら歴史専攻だと明かし、「一九六三年に台湾を離れ、高雄港から輪船招商局の船に乗りました」と語った。

「張さんは私の十三年後に来日したんですね。私も高雄からバナナを積んだ船で日本に来ました」

「その際、高雄の税関で引っかかりました。箱に詰めた本に歴代中国の人口の資料があるということで、職員に国家機密だから通せないと言われました」

「金を渡せという意味だったのではありませんか」

「なるほど！　それで嫌がらせをされたのか。当時は二十歳そこそこで、全く気づきませんでした」

「それで？」英吉は、よく知らない相手であっても、相手の年齢にかかわらず言うことは言うし、しっかり相手の話も聞いて質問したから、いい話し相手となった。話の邪魔をしたり、腰を折ったりもしない。

「私は、人口統計は中央研究院の写しで、台湾大学の教授からも戦後日本の家庭計画を研究する際の参考資料にできると言われたのだから、機密でもなんでもないと突っぱねました。職員ときたら、聞く耳を持たない。挙句の果てに『台湾に戻る気はないんだな』なんて脅かしてくる。二、三時間やりあいましたが、乗船させてくれない。見送りに来ていた同級生のご父君が港湾局勤務で、その方に電話で事情を説明して、ようやく許可が出た、という始末でした」

「それでも台湾は人の治める場所だと言うんだからな」

「まったくですよ」

ため息混じりに語っていたが、年明けに台湾大学政治系の主任だった彭明敏《ほうめいびん》が台湾を脱出した話に及ぶと、二人の気持ちが昂った。四月にはニューヨークで台湾人留学生によって独裁者蔣介石《しょうかいせき》の息子・蔣経国《しょうけいこく》の暗殺未遂事件が起き、独裁政権を倒せるかもしれないと考え始めていた。

張は日本の台湾独立連盟のメンバーで、『台湾青年』という雑誌の編集を担当していた。『台湾青年』は、民主主義と台湾独立の思想を広め、さらに台湾内部の政治状況を取り上げていた。英吉を訪ねてきた目的は、雑誌の刊行を続けていくための資金援助である。機に乗じて、張は英吉に独立連盟への加入を求めた。

数日後の深夜、食卓で英吉は愛雪に伝えた。「今年でぼくも台湾を離れて二十年になる。そろそろ動くことにするよ」

その口ぶりは単なる宣言であって、愛雪に同意を求めるものではない。

愛雪は息を呑み、英吉をじっと見つめた。

「クリーニングチェーンは毎日現金収入があるし、この十年、ぼくたちはかなりの貯金と不動産を蓄えてきた。竹内先生たちと共同出資して胎盤漿の製剤を研究開発し、政府に肝硬変の治療薬として製造販売の認可を得た。何年も準備して、今年に入ってからは製薬会社も設立した。クリーニングで得た利益を製薬会社に投資すれば、事業は必ず拡大できる」

愛雪は静かに聴いていた。

「海外に逃亡する台湾人は、学者や留学生に限らず、人数も相当なものになっている。誰もが、中華民国のパスポートとビザで押さえつけようとする独裁政権に対し、パスポートを捨てる覚悟だ。海外に革命の基盤をつくる時が来たんだ。今、人はいても資金がない。若い革命家が雑誌で理念を伝えたいとあちこちに資金援助を頼んで回るが、それだけで消耗する。ならば、ぼくらの金を使ってもらおうじゃないか」。英吉は拳を握りしめて、一気にまくし立てた。

「いい話ね。思うようにやってみたら」。愛雪はなんの条件もつけずに言い切った。

63

慌ただしく、四年の月日が過ぎていった。

桜の季節に、愛雪は花見ではない用事で出かけることになった。その日は妹の悠雲の晴れの日で、仕事を離れて神戸に向かった。

神戸の南西の海岸部にある三菱重工の神戸造船所で、今日はばら積み貨物船の進水式が行われる。会場には紅白の縦縞の幕がかけられ、日本的なお祝いムードに包まれていた。

大勢の来賓と一緒に、愛雪は客席の中央に座っていた。目の前にそびえる船首は、背筋を伸ばし、顔を上げて誇らしげに立つ船乗りが、当然のように人々の送る敬礼を待つ姿に見える。だが、その尖った船首で愛雪が連想したのは、台湾の楊桃《スターフルーツ》だった。愛雪はあの真ん中にある種が嫌いで、星の形には切らない。たいてい尖った部分から縦に切って、バラバラの三角錐《すい》にする。愛雪には、船が巨大な楊桃の弁をひっくり返したようなものにしか見えなかった。

式典は進み、最後にシャンパンの瓶が船にぶつけられた。

船首から赤い布テープが来賓のいる演台に向かって斜めに掛けられ、演台の前に立つ悠雲が小さな木槌で樽酒の上部を叩くと、テープが切れ、テープの先の樽からカンッと音がしてふたが割れ、一斉に拍手が湧いた。巨大な貨物船はゆっくりと海面に浮かべられた。

愛雪は力いっぱい拍手を送った。悠雲と夫の榮堂《えいどう》の名から命名された「雲榮輪」と書かれた船体を見て、愛雪はさらに感慨深くなった。

二十数年前、友達の披露宴に参加した悠雲に、何度もソーダを注ぎに来る男がいた。その様子を見ていた彼の友達が「紹介してくれない?」と声をかけた。この、押しの強い友達が榮堂である。彼はその後、毎晩のように悠雲のアパートの玄関先までやってきた。そしてある夜、暗がりでなんの前触れもなく悠雲にキスをした。当時はまだまだ保守的で、悠雲は唇を奪われると結婚する以外にないと考えたのだった。

榮堂という男は、外事警察として基隆港の警察署に勤務していた。ある時、謝《しゃ》という名の船乗りが密輸の疑いで留置され、榮堂は弁当を届けているうちに親しくなった。船乗りはその後、中百海運会社に投資し、同社が倒産すると自分で海運会社を作った。その際、英語のできる人材として榮堂に声がかかった。それから二十年で、榮堂自らがばら積み貨物船を持つまでになったのである。

榮堂の躍進には、悠雲も少なからず力を貸している。悠雲は高雄第一女子中学校を卒業して彰化銀行に勤めていたので、理財の知識があった。結婚後は頼母子講《たのもし》に参加していた他、警務局の宿舎の庭でニワトリを育てた。さらに、愛雪と協力して日本から洋服を輸入した利益で二軒の家を買った。夫と船乗りが共同で海運会社を設立し、二軒ある家の一軒を売って得た二百万元が貨物船の元手になっていた。

進水式が終わると、悠雲は愛雪と一緒に新幹線で東京に戻り、渋谷に泊まることになった。

渋谷に戻る途中で悠雲が明かした。「小さい頃から優しい愛雪姉さんが大好きだったわ。友竹姉さんは怖かったの。身体が小さくて歩くのも遅いから、学校へ行く時、私はいつも友竹姉さんに頭をこづかれていたのよ」

「そうだったの？」

渋谷に戻ってから、愛雪はいつものように工場で汚れた服を洗っている間、悠雲はそばでうろうろし、何年も会わずにいた間の話を続けた。そしてある日の夕方のことである。

「工場には若い男の子がたくさんいるのね」

「ええ。全員、台湾から来た留学生よ。ここで働いたお金で学費や生活費をやりくりしている人たちがほとんど」

「どうしてここへ？」

「紹介ね。英吉が連れてきた子もいるわ。英吉と一緒に雑誌を作っている詹清溪《せんせいけい》は、支店の受付担当でね、楽だから店番しながら勉強しているみたい。全員が東大や早稲田の学生よ」

「お義兄さんはどんな雑誌を作ってるの？」

「私は英吉がいくら必要と言えば、私はその金額を渡すだけで、詳しくないけど、台湾政治にかかわる内容みたい」

「使い道を訊かないの？」

「訊いてどうするのよ。そんなことしないわ」

「苦労して稼いだお金を他の人に渡すのよ。何とも思わない？　惜しくないの？」

「英吉がどんな人と一緒にいるのかはちゃんとわかっているし、悪事を働いているわけじゃないんだもの」

「今日だって、店に来た男の人があいさつしてしばらく姉さんと話したと思ったら、お金を渡していたわよね。あの人も関係者？」

「彼は学者よ。毎月、決まった金額を政治活動の資金として寄付しているの」

「借用書は？」

「貸したわけじゃないわ」

「それでも借用書くらいはもらうべきよ」

「そんなこと、考えもしなかった」

海運会社社長の妻である悠雲には、解せないようだ。

「意味がわからない。一生懸命、汗水たらして一着ずつ洋服を洗って稼いだお金を他人に使わせるだなんて」

愛雪は万年筆のインクを落とすための化学洗剤を探していた。

諦めがつかない悠雲は大まじめに説いた。

「榮堂に聞いた話だけど、辜家の人はゴルフがうまくて、よく賭けをするんですって。あちらが勝っても賭け金は受け取らずに、笑いながら友達につけておけ、と言うそうよ。頭いいわよね。それを借用書にすれば、何かあった時に持ち出せるんだから。姉さん、借用書はともかく、領収書は書かせなさいよ。でないと、いくら寄付したかわからなくなるし、お金を渡して終わりにされちゃうわ」

「もうその話はよしましょう」

さすがに苛《いら》立ちを覚えた愛雪に気づいたのだろう、悠雲は話題を変えた。

「それにしても、こんなおかしな社長に会ったことないわ。クリーニング店をここまで大きくしたのに、まだ自分で一日中、服の汚れを取っているんだもの。姉さん、もうそんなに疲れることしなくていいんじゃない?」

愛雪は笑った。

「おかしくなんかないわよ。私は洗濯が好きなの。疲れないもの。汚れちゃった服を綺麗にするのが楽しくてしようがないのよ。洗えば洗うほど元気になるんだから」

口では勝てないと知ってか、またもや愛雪の金銭感覚を問うてきた。「そんなにまでして稼いだお金を誰かに渡すなんて、姉さんにとってお金ってどういうものなの?」

「どうも何もないわ。私は商売好きで稼げるってだけで、使い方を知らないのよ」

愛雪はようやく手を止めると、悠雲のほうを向いて訊ねた。

「高雄高等女学校で日本人の先生に習わなかった?」

「何も教わってないわよ。私が高女に上がる時に疎開したんだから」

「歳は私と大して違わないはずよね？」

「そうよ。今なんて、下の三人の妹たちと何を話していいかわからない。あの子たちは全員、国民党の教科書で勉強して日本語は話さないし、考え方や姿勢もまるで違うんだから」

「話を元に戻すけど、私の知ってる学者さんや留学生がいい顔をするのは、お金のためだというのはわかっている。でも、あの人たちはつまるところ、台湾にとって大事なことをしているんだし、御礼してほしいなんて考えたこともないわ」

悠雲はついでに榮堂の接待に同席した際の愚痴をこぼした。「一部のエリートとか男の人は、絶対に女の人を上に見やしないわ。偉そうなのよね。彼らの考えに沿っていれば、こいつは大丈夫、合格だとでも言うように、うなずいて笑みを浮かべるくせに意に沿わなければ馬鹿扱いするんだから」

「私たちはああいう人のために生きているわけじゃない。どう見られるかなんて関係ない。大事なのは自分が自分をどう見るかよ。自分にできることがあるなら、それで十分じゃないの」

「姉さんのこと、子どもの頃は単に優しい人だと思っていたけど、すっかり強くなったわね」

「そう見える？」ほとんど過去を振り返らない愛雪にとって、自分が変わったと思ったことはなかった。悠雲は手を伸ばして愛雪の頭を撫でた。

「ほら、髪の毛だって耳を出すほど短くするんだもの。美容院に行くなんて無駄だって、鏡見ながら自分で切るからよ」

「美容院なんて時間の無駄だわ」

「お父さんのくせ毛が遺伝したのね。自分で切ったのに、パーマあてたみたい」

「父さんに感謝しなくちゃ」

そう言うと、笑いながらアルバイトに声をかけた。「陳さん、後はよろしく！」

クリーニングを待つ洋服の入ったカゴのチェックを終わらせ、片側にどけると、次のカゴに取りかかった。

64

ボンッ！

大きな紙袋が二袋、受付台の上に置かれ、大きな音がした。

愛雪が振り返ると、思った通り美吾《びご》である。向こうから首を突き出し、目の前の受付スタッフを無視したまま、店の奥にいる愛雪に「姉さん、よろしくね！」とだけ言って、くるりと身を翻して去っていく。愛雪が「はい」と返す隙もなかった。

怒る気にもなれず、袋から洋服を取り出して広げた。一着は、高級シルクの黒いフォーマルウェアだ。「やっぱり」と口をついて出てくると、ウィーンでの出来事が蘇ってきた。美吾は当たり前のようにこの服を持ってやってきたが、預かり書もないまま無償で洗うことになるのだ。

愛雪はウィーンでの日々を思い返した。

泊まったのは小さなホテルで、フロント前の古いソファに皆で座っていた。詹清溪は数か月前の雑誌『TIME』を読んでいる。表紙はアメリカのニクソン大統領のしかめ面した横顔だった。

英吉があたりを見回した。「あれ、美吾は？　どこへいったんだ？」

詹清溪が顔を上げた。「おや、さっき飛び出していくのを見たよ。今夜はみんなとは別行動だと言ってたが」

「異国の地に女一人で大丈夫かな？」

英吉の心配そうな言葉を聞きながら、愛雪は出発前に美吾の夫である関秀也からもらった電話を思い出した。

「愛雪さんたちのおかげで、美吾はヨーロッパをはじめ、世界一周できる。本当にありがとうございます」

「水くさいわね。秀也さんはうちの弟のいちばんの友達なんだから、私にとっては弟も同じよ。それに、今回は世界中の台湾人の団結のためなんだから、美吾にも手伝ってもらわないと」

「あいつは一匹狼な面があるので、もし何かしでかしたら、自分の妹と思って遠慮なく叱ってやってください」

夜も更けて、ようやく美吾が戻ってきた。屈託のない笑顔で黒いフォーマルウェアをまとい、細長の黒い眉に細身の身体つきからは、三人の子持ちにはとても見えない。仮に今、ニューヨークの上流階級が集うチャリティー食事会にいたら、大半の人は日本の商社の社長夫人と勘違いするはずだ。

美吾はホテルに戻ってくるなり、誰も聞いていないのに得意げに言った。

「今日はオペラを見てきたの。せっかくウィーンに来たんだもの、ウィーン国立歌劇場に行かないなんてもったいないわ」

その場にいた四人の男たちは彼女が無事に帰ってきたのを認めると、自室に戻った。翌日はパリに向かうため、誰も彼女が一人でどこにいたのか気にする余裕もなければ、歌劇の素晴らしさを聞いてやる気力もない。彼女の言葉は、空に放たれたシャボン玉のようにパチンと消え、跡形もなくなった。それがかえって、しばらくの間、愛雪をもやもやさせた。

美吾は愛雪の十歳下で、台湾生まれではあるが、祖父が清朝末期に上海から台湾に渡ってきた商人で、あまり台湾らしくない「唐」という姓の持ち主だ。数年前、英吉が日本で台湾人会を発足すると、美吾と夫の秀也は熱心な会員となった。すぐに誰もが彼女のもう一つの魅力として、口が達者なことに気づいた。誰が言い始めたのかは知らない。

「美吾さんには、口が六つある。だから誰も口では勝てないんだ」

「どういう意味だ?」

「中国語で吾は五と同じ音だろう? それに唐の字の口を足したら六つになるじゃないか」

「いや、本物の口を入れたら合計七つだぞ」

「だからか。そういえば彼女のおしゃべりは止まらないもんな。七つの口が交代でしゃべってるに違いない」

皆が言いたい放題で、ついに彼女のあだ名は七面鳥ならぬ「七口鳥」とされてしまった。

愛雪の目から見ても、確かに今回の美吾の働きは素晴らしかった。男性陣に紛れても臆することなく、国民党支持者と中国共産党支持者に対抗して台湾独立派として壇上に立つ姿に、愛雪は心底舌を巻いた。けれども、その美吾の輝きは金属板が反射して思わず手で遮ってしまうのと同じで、直視はできない。愛雪は内心、「今回の世界一周はなんのためだと思ってるの？　オペラなんか観にいく暇もお金もないのに」と鬱屈した気持ちを抱えていた。つらつら考えているうちに、秀也でもないのに情けなくなってきた。

「妻でありながら、夫を支えないなんてとんでもないことよ。まだ小学生の息子三人を夫に任せるなんて」「女性が自分の仕事を持つのはいいことよ。自分の実力を見せるのも大したものだわ。だけど、自分の仕事のために、良妻賢母としての責務を全うしないのはあり得ない」

愛雪の言う「良妻賢母」は日本由来である。戦前の台湾女性は、表面的な言葉の使用だけでなく、価値観としても日本式教育の影響を大いに受けた。日本統治時代に生まれた台湾女性は、家や自室を出て学校へ行き、近代的な教育を受け、明治以来に培われた日本の女子教育の考え方にも大きく影響を受けた。それは、女性が教育を受ける目的は「良妻賢母」の育成にあるという思想だ。一人の人間が知らないうちに時代の洗礼と支配を受けることはあっても、その時代と切り離すことは難しい。愛雪もまた然り、であった。

三か月にわたる英吉の世界行脚に、愛雪は良妻の精神で同行し、彼の世話を焼いた。

今回、ヨーロッパ、アジア、アメリカを巡ったのは台湾人留学生のいる場所に狙いを定めて「世界台湾人同郷会」を発足させるのが目的だ。そこに台湾人会に類する組織がある場合は、新しい会に加入してもらい、台湾人の力を結集したいと考えたのである。

それまでは、英吉が東京の家で留学生と打ち合わせをしたり、家に台湾の政治関係者が訪ねてきたりすると、愛雪は決まって茶を入れ、寿司の出前を頼むと店に出て、夫のことに口を挟まないようにしていた。だが今回は英吉のそばで三か月の間、ずっと政治の特訓を受けたようなものだ。

英吉が世界各地の台湾人留学生に向けて話すことを聞いていて、愛雪はすっかり覚えてしまった。

「日本統治時代からこれまで、台湾人は『団結っちゅうのを知らん』『考えをようまとめん』とされてきました。この二十年の間、台湾から海外に出る人が増えました。その人たちは別の国が民主主義や自由によって栄えるのを目の当たりにし、改めて自分たちの故郷である台湾島が火あぶりにされているように見えたのです。独裁者によって人々は政治犯にされ、牢に入れられ、基本的人権もなく、押さえつけられて抵抗する力もない。私が国を出たのは、もともとは進学のためでしたが、そのうちに台湾が一つの民主的で自由のある独立した国になってほしいという夢を持ち、理想を掲げ、革命を望むようになりました。一九七四年の今、私たちは太平洋、大西洋を越えて手を繋ぎ、世界台湾人同郷会を立ち上げ、故郷の両親や兄弟たちに我々は団結して闘えることを示し、いつか皆で国民党を倒そうではありませんか！」

愛雪はまた、英吉に渡した資金がどのように革命に使われているのかを知った。

英吉はいつも、五百とか八百とか、金額の違う米ドルを封筒に入れていた。日本は一九七三年に変動相場制に移行し、レートは一ドルに対し三百円になった。五百ドルは十五万円だ。ワイシャツ一枚のクリーニング代は百円だから、愛雪は千五百枚洗って初めて五百ドルになる。

五十歳を過ぎた英吉は、世界台湾人同郷会では父や兄のような存在である。毎回、米ドルを封筒に入れて寄付を渡す際、年長者としてつい言ってしまう。

「渡した金をしっかり役に立ててくれ。自分なりのやり方を考えるんだ。これを元手に商売を始めるのもいい。何を売るか、誰に売るかは自由だ。相手は台湾人にとどまらない。止める人はない。誰だって売ればいい。革命には勢いがいる。続けるには金も生かさんといけんのぞ」

そうやって英吉がもっともらしいことを言う間、愛雪は黙っていたが、大半の人が眉根を寄せた。というのも、金を渡した相手の圧倒的多数が学者や知識人だったのだ。

その後も数年、英吉はたびたび海外へ行き、愛雪に資金を求め、愛雪は黙って渡し続けた。

65

似たような調子で、二十数年が過ぎた。

雪の降る早朝、愛雪は英吉の耳のそばでいつもの口調で言った。

「悲しくて泣くことを私に期待するなら、その通りにはならないわよ。泣くもんですか。だってあなたは十分に満足してるって知ってるもの」。いつもと違って英吉は笑わなかった。彼はもう一つの世に向かおうとしていた。

七十七歳の英吉は、東京都内の病院で病死した。

病院で遺体の処置を待つ間、数人の近親者が病室にいた。七十歳になる愛雪は以前よりも髪をずっと短くして、相変わらず仕事のできる人に見えたし、こめかみの白髪が以前よりも幾分か威厳を増していた。だが、この時、彼女は息ができないほどの後悔に苛まれていた。

「台湾に帰る前、いつマッサージに行くか、どこの診療所で透析を受けるか手配していたのよ。それなのに、彼は台湾へ帰ると、そのまま候補者と選挙カーに乗って車上から手を振っていて、食事もろくにできなかったのね。朝、牛乳を飲んだらそれっきり昼食は食べ忘れて、夕食に丼をかき込むだけ、とかね。若い人たちに自分の病気のことを言い出せなかった。それで結局、半月過ごして、東京に戻った途端、倒れてしまった」

英吉のいなくなった家で、愛雪はいつものように朝から味噌汁を作った。エノキは目に入ったはずが、見ていないも同様だった。手を滑らせて包丁でエノキと一緒に左手の人差し指の先まで切ってしまい、一瞬にして鍋の表面とエノキの細い茎に血が広がったが、愛雪はそれにも気づかずにいた。


阿玥が書斎から、自分の顔が隠れそうなほど大きなノートを抱えてきた。

「母さん、父さんの載っている新聞記事、一緒に見ない？」愛雪は指先にガーゼを当てると、ようやく歩みを止めた。二人はリビングの片側に置かれた事務机で、ノートを開いた。新聞の切り抜きは新しく、少しも黄ばんでいない。

四年半前の夏、英吉は四十数年ぶりに台湾に戻った。台湾のニュースメディアでは大量に関連報道が行われた。記事は全文が中国語で、日本語の仮名など一つもない。愛雪と阿玥は中国語を勉強していたが、すべてが理解できるわけではなかった。

「浦島太郎？」阿玥が指したのは、一本の記事のタイトルだった。横には、たくさんの花輪がかけられた英吉の写真がある。彼の数十年ぶりの帰郷は熱烈な歓迎を受け、飛行機から降りると旗を振る人々に出迎えられた。この写真はその状況をよく表していた。

「四十年以上も帰っていなかったから、帰った時に家族も友達もみんな白髪になっているのが浦島太郎みたいだ、ってことでしょう」。そう愛雪が解説した。

「孟嘗君《もうしょうくん》ですって！　父さんが記者にそう呼ばれるなんて」

今度は愛雪が訊ねる番だった。「『孟嘗君』って？」

「中国の戦国時代の人物よ。資産家の家に生まれて、気前がいいものだから大勢に頼られたそうよ。史書には三千人の食客がいたという記述もあるの」。歴史専攻だけあって、阿玥は司馬遷の『史記』を読んでいたようだ。

愛雪は弱々しく苦笑いを浮かべた。

切り抜き記事の中では、民進党の立法委員が英吉を「台湾革命の父」、国民大会の代表が「反対運動のリーダー」と評している。

阿玥が一ページずつ、ゆっくりとめくる中で、愛雪は一枚の写真を見つけた。英吉と数人の男女が日本式の料亭にいる。その夜の宴席を思い出した。料亭の女将は、満面の笑みであいさつをしていたから、台湾からの客人と解釈したのだろう。テーブルの上には、中華民国の旗が立てられていた。英吉は丁重に断った。

「台湾は中国でもなければ、中華民国でもないんです」。驚いた女将は狼狽《うろた》えた。英吉は続けた。

「台湾人はまだ自分の国を建国していないので、国旗がありません。我々はもっと努力して、全く別の国旗を飾っていただけるようにしますよ」

愛雪は写真を指して阿玥に言った。

「父さんの横にいるパーマ頭の女性、春に東京で父さんと会ったんだけど、その年の冬に美麗島事件で逮捕されたのよ」

二人は言葉なく、ふーっと長いため息をついた。

「この記事、父さんは九州に製薬会社、東京にクリーニングチェーン、ニューヨークに銀行を持ってる、ですって！」

「家族なんだから、自分のものでいいじゃない」。愛雪には何が問題なのか飲み込めずにいた。

「ニューヨークの銀行は、健豊《けんほう》と私が自分たちで起業したのよ」。阿玥の口ぶりで、自分と夫のプライドは傷ついたと訴えていた。

「起業する時、父さんは出資しなかったの？」愛雪は、英吉に資金の用途を訊くこともなければ記録もない。

「ないわよ。最初はニューヨークで法律事務所を開くつもりだったんだもの。健豊は父さんの好意は有り難いけれど、自分たちの手でやりたいって断ったの。本当に歯を食いしばって、自分たちでやってきたのよ」

「ちっとも知らなくて、申し訳なかったわ。でも、そんなふうにやれたなんて、すごいことよ」

「母さんにはニューヨークで投資するって言ってた？」

「はっきりとは言わなかったけど、そんな話だったように思うわ」

遺品整理で英吉がニュージャージー州に土地を購入していたことが判明したのは、それからずいぶん経ってからのことだ。

「娘婿の事業だけならともかく、父さんが母さんが大変な苦労をして築いてきたクリーニング事業まで自分の手柄にするなんて、アメリカでは考えられない話よ。女性の自立なんてどこにあるんだか」

「〝縁の下の力持ち〟よ」

日本の家屋では昔から、湿気を避けて風通しをよくするため、部屋の床を地面から五十センチほど離れた高さに設けられる。床には畳を敷いて座り、下の様子は見えない造りだ。この床下と地上の間にできる空間を「縁の下」と呼ぶ。「力持ち」は文字通り力があることを意味する。愛雪は阿玥に言った。

「私の受けた教育では、女性は夫の『縁の下の力持ち』として良妻賢母になれと教わったの。姿の見えないところで力を出して夫を支えるように、とね」

「それは明治、大正の考え方でしょう。今は六十二年も続いた昭和は終わって、平成っていう新しい時代になったのよ」。歴史を学んだ阿玥は時代にはうるさい。だが、愛雪は阿玥の言葉には答えず、反論した。

「あなたもそうよ。健豊に協力する立場なら、声高に主張したり、手柄をひけらかしたり、男の人の前に立つような真似はしないで、顔を立ててあげなさいな」

「母さん、母さんには母さんの時代の考え方があるように、私にも私の考えがあるの」

「そんなに違わないでしょう?」

「それはそうと、これまで母さんは良妻賢母の役を見事にやり切ったけど、これからは一人なんだから〝縁の下〟から出て、自分の名前で自分の人生を歩いたら？　こういうふうに生きていきたいと思うことがあるなら、明日からでもできるんだから」

愛雪はそれには答えなかった。

阿玥はまた切り抜きを読み始めた。

不意に愛雪は「父さんは一度も私に勝ったことがないのよ」とつぶやいた。


阿玥と一緒に新聞の切り抜きを見たその夜、愛雪は自信を持って第二の人生の一歩を決めた。

愛雪はまず、会社に二十年以上勤務するベテラン社員の荻原を呼んだ。「荻原さんは新宿店に勤めて二十年以上になるわよね？」

「はい、二十二年です」

「新宿店の経営がずっと安定しているのは、荻原さんの力があるからよ。本当にありがとう」

「社長にはずっとお世話になり、こちらこそ感謝しております」。突然のことに荻原は驚いて、クビを告げられるのかと思い始めた。

「お客さまとは皆、親しいのよね？」

「はい。なんだか友達のような方も大勢おいでです」

「荻原さんはずっと勤めてくれているけれど、自分で店を持とうと考えたことはある？」

「え？」

「私はね、近々店を閉めて、主人が残した製薬会社の経営に専念しようと考えているの。だからもし荻原さんさえよければ、店を継いでもらえないかしら？」

驚きのあまり荻原が二の句が継げなくなったところへ、コンコンとノックの音がして、ゆっくりとドアが開いた。腰をかがめた中年の女性で、武蔵小山店の店長である。

「あ、すみません!」「ちょっと待ってて」「はい」

店長は頭を下げると、ドアを閉めた。

こうして愛雪は立て続けに社員と面談し、それぞれの状況を踏まえながら、会社を畳む段取りを進めていった。

朝日が差し込み、冷え込んだ十一月の早朝、愛雪はベランダへの扉を開けて室外温度計を見た。摂氏十二度。小さな手提げにステンレスの水筒を入れて、外に出た。

五分とかからずに代々木公園の外にある十字路に着いた。見渡す限り黄色に色づき、すっと伸びた並木道には、三角帽をかぶったイチョウが列をなして通行人を出迎えている。

この様子を初めて見た英吉が愛雪に言っていた。

「冬が来ると、田園調布は黄色いイチョウ一色だ。葉っぱをつけた枝が揺れる姿は生命力にあふれていて、冬という気がしない。葉は地面に落ちても死んだわけじゃない。綺麗な色のまま、道路の端から端まで黄色に染めてしまう。だから田園調布に住もうと思ったんだよ」

愛雪が代々木を選んだのは、クリーニング工場を作るためだった。代々木には、英吉の大好きな、そして二人の思い出でもあるイチョウの木がある。それも代々木を選んだ理由だった。

愛雪は公園の中に入ったものの、それほど奥まで歩いたことがなかったので、自分がどこにいるのかよくわからなくなった。掲示板の地図で確認すると、真っすぐ行けば中央の噴水池にたどり着けるようだ。

一面に平らな湖面が見えた時、愛雪は心の中で「ここだったのね！」と叫んだ。天気がいいと、いつも英吉は水筒を持って公園のベンチに座り、噴水を眺めながら本を読んでいたのだ。今日は愛雪が「英吉が座ったのはここだったかも」とベンチに腰かけた。

冷たい空の広がる公園には、スーツ姿で革鞄を持った会社員が二人ほどいるだけだ。その彼らも、寒さに頬を真っ赤にしながら足早に通り過ぎていく。

誰にも邪魔されず、愛雪は空を見上げて、心の中で英吉に語りかけた。

「今日、正式に製薬会社の社長に就任しました。あなたの夢を守るため、そしていつか私が天に召された時に笑顔で出迎えてもらえるよう、一生懸命、頑張りますね」

66

夜九時、阿玥はニューヨークから太平洋を越えて東京まで電話をかけてきた。「母さん、三か月後には喜寿よね。盛大にお祝いしない？　足腰も達者なんだし、クルーズ船に乗って地中海巡りなんてどうかしら？」

日本には、ゾロ目の七、八、九の誕生日には特別な言い方がある。筆書きの八十八は「米」なので米寿、百の字から一を引いたら白になる九十九は白寿、そして草書を組み合わせると喜の字になる七十七は喜寿と呼ばれる。

「結構よ。三十年前にお父さんと世界一周して十分に満喫したもの」

「じゃ、東京で誕生日会をやってお友達を招いたら？」

「それも結構。皆さんに気を遣わせてしまうわ」

「やりたいことはある？　ついていくなり、手伝うなりするけど」

「毎日会社へ行って、帳簿を見て、そろばんを弾いているだけで幸せよ」

「そう言うと思った」

「大きな事で言うなら、来年の三月に総統選挙があるから台湾へ帰らなくちゃ。その時一緒に行ってくれる？」

「もちろんよ！」


こうして静かに喜寿が過ぎていき、愛雪はまた一つ心配事のない年齢になった。人生についてはほとんど答えが出たようなものだ。さらに突き止めたいことがあったとしても壁があって、追求に意味はない。

とはいえ、愛雪が五十年以上にわたって追い続け、墨のように真っ黒で答えの見えずにいた疑問が、今まさに解き明かされようとしていた。

あちこちから年賀状が届く頃、旧暦で新年を迎える台湾ではまだ年末の時期にあたる。台湾の政治関係者からの賀状は、日本人より多くなった。この三十年の間に、選挙資金集めで東京に来た人もいれば、部屋を借りた人、食事をご馳走した人、クリーニング店でバイトした人などがいて、彼らは今や建設会社の社長になったり、テレビ局の取締役や大学教授になり、閣僚、政務官に至っては一人や二人どころではない。愛雪は老眼鏡をかけて一枚ずつ表裏を読み、丁寧に積み上げた。

仕事関係ではない日本人から届いた賀状は少ないが、どれも気持ちの込められたものだ。三井物産高雄支店の鷲尾課長の娘、信子からは、四十年前に偶然、愛雪の開いた渋谷のレストランで出会って以来、毎年、年賀状が届いた。今年も例外ではなかったが、今回は封筒に入れられ、一緒に招待状が添えられていた。

「戦前の三井物産株式会社の海外支社で働いていた同僚は散り散りになりましたが、戦後、連絡を取り合い、当時を懐かしむ『三井台湾会』なる組織を設けました。しばらく前、メンバーから当時高雄支店の同僚のその後を知る機会があって『三井高雄会』を開催したいという話になりました。孫さんは関係者の中でもいちばんお若く、当時は十六歳だったかと思います。皆さん、孫さんの連絡先を知ってとても喜んでおられます。いずれにしても、ご参加いただけたら皆さんさぞかしお喜びと思います」

愛雪にとってみれば、三井物産高雄支店での経験は、彼女の事業の原点である。三井にいたからこそ、商売の何たるかを知り、売り買いのおもしろさを味わうことができたのだ。

三井高雄会の会合は、東京の皇居そばにある庭付きの邸宅で行われた。木々の緑が幾重にも並び、人の背の高さよりも高い石垣が色褪《あ》せて見える。桜の木にはつぼみもあるが、淡いピンクが広げたその姿はひときわ際立ち、他を圧倒していた。

門の前に立つと、時計の針が大正末期か昭和初期に戻ったようだ。鉄製の門のモチーフは草花で、レトロな風情が漂う。入り口の石柱には葉形の彫刻が施され、柱の上にはランプがついている。地価の高騰する東京の中心部で、こうした庭付き洋館の邸宅を残せるのは旧高官や華族、あるいは外国大使の公邸あたりだろう。

中年の執事に迎えられ、愛雪は自分がおもちゃの家にいる気分だった。おもちゃといっても、ビクトリア王朝のパーティーホールである。どれも希少価値の高い木造の家具で、二階に向かう階段のスロープはマホガニー材が使われている。この屋敷の主は、ブロンドの巻き髪でフリルのスカートを履いたお姫様か、さもなければ胸に勲章やリボンをつけた青い目の伯爵に違いない。

そう思っていたところにやってきたのは、杖を握ってはいるが、足取りはしっかりした老紳士だった。ゆっくりとこちらへ向かってくる。白髪は多くも少なくもなく、きっちりした分け目がある。フレームの上は鼈甲《べっこう》、下は金縁の眼鏡をかけ、堂々とした気品をたたえていた。

「いらっしゃいませ、孫さん。お久しぶりです」

深くくぼんだ目元に光が射したようだ。「大野威徳です」

すっと片手を差し出し、微笑みながら愛雪と握手を交わした。歳月が彼を磨いたのか、二十歳の時のような、内気で未熟な大野の姿はどこにもなかった。

愛雪はヒールのある靴を履いていたのに、大野を見上げる格好となった。歳はとったが、大野の身長は百八十センチを越える。

「大野さん、その節は本をありがとうございました。ずっとお礼も申し上げられずに、ごめんなさいね」

「覚えていてくれたんですか！」大野は驚きつつも、喜んだようだった。

「そう簡単に忘れられることではありませんよ」。人生でたった一度だけ、こっそりと送られた一冊だった。

「私の本名は王で、苓雅寮生まれなんです」

「存じています。高雄では有名ですもの。後から家族に聞きました」

「上の世代の話で、大したことではありません」

「立派なお宅ですね」

「昔は伯爵家の屋敷だったそうです」

戦後、日本を占領したアメリカが即座に高税率の財産税法を施行すると、資産の多い華族の税率は八から九割に達し、ほとんど没収されたも同然だった。現実を前にした華族は私邸を売りに出した。そして大野の父である王逢源がその屋敷を買い取ったのである。

大野はこうした背景は語らなかったが、一つだけ愛雪に漏らした。「その伯爵の姓は珍しくて、四文字で『香宗我部《こうそがべ》』といったそうです」

「確かに聞いたことのない苗字ですわ」

その日の会はあいさつで始まり、皆で昼食をとったと思ったら、十人ほどの集まりはあっと言う間に過ぎた。いつしか、大きな背の高い古時計は四時を指している。洋館の前で参加者全員で記念写真を撮影すると、名残惜しいのだろう、それぞれに話し続けた。

大野が愛雪に近づいてきた。「孫さん、明日か明後日、会社に伺ってもいいですか」

「会社に？　お越しいただくなんて恐縮です」

「そうさせてください」
「何か？」
「どうしてもお伝えしたいことがありまして」
大野のあまりに真剣な口ぶりに、愛雪は押し切られた。

67

翌日の午前十時。王を乗せた黒塗りの車が愛雪の会社の玄関に到着した。王はワイシャツを着た社長秘書の七草に迎えられ、社長室に向かった。いつもの彼なら、七草のつけた名札を見てごあいさつとばかりに「珍しいお名前ですね。お生まれはどちらです？」と訊いただろうが、この日は違った。上がっていくエレベーターの中で、王は下を向いたまま、無言で大きく曲がった紫檀の杖を握る自分の手を見つめていた。

社長室に入ると、愛雪は海外の客を迎えた時と同じように、赤いタワーを指差しながら窓からの眺望を見せた。「私が日本に来たばかりの頃は、東京タワーなんてまだなかったんですよ」

「今の孫さんは、東京タワーと同じ高さにいるってことですね」

王は窓の向こうの青空を見つめながら言った。

「日本で稼いだ台湾人の多くは、医者ではなくビジネスを手がけていました。ダンスホールや旅館、さもなくばパチンコ店か貿易会社といったところでしょうか。ただ、製造業の厳しい日本で、早くから土を育ててタネを撒き、芽が出て、花を咲かせることができた人は数えるほどです」。そう言って、愛雪のほうに向き直った。

「それにしても、製薬会社だなんて、やっぱり孫さんはすごいですね。どこにいても輝いている」

「昨日のお言葉を拝借しますけれど、製薬会社は主人が基礎を築いたもので、大したことはないんですよ」

「それでも、クリーニング事業の成功がなければ、製薬会社はなかったでしょう」

愛雪は驚いた。

「大野さん、私がクリーニング店をやっていたのをご存じでしたの?」

「ああ、どう言ったらいいのかな——」王は言うべきかどうか迷っていた。

実のところ、王の心から愛雪がいなくなったことはなかった。

父の王逢源が蒋介石と蒋経国の政権下で権力を得たことで、彼は高雄の商工業界で信頼があった。義父の応昌蒲は役人として名を上げ、国民党副秘書長、国防研究院の副院長を歴任。中でも国防研究院では幹部の育成を担当し、幅広い人脈があった。その一人娘を得た王は、応に付き添い、役人の世界の付き合いを学び、極意を身につけた。義父が他界してからは、政財界を渡り歩く四十代の王に行政トップが目をつけ、財政部次長から始めて、いずれ入閣する気はないかと訊かれたほどだった。

愛雪たちの動きを知るなど、たやすいことだ。王は数十年もの間、絶えず愛雪の状況を把握していたのである。ただ、心に秘めた思いだけは、誰一人知る由がなかった。それだけのことだ。

話したくてもなかなか言葉が見つからず、結局、王はそんな気配をおくびにも見せず、本題に話を移した。「孫さん、今日は大事なお話があって参りました」

「伺います」

そこから王は、ドアの向こうにいる七草に知られぬよう、表情を少しも変えることなく、何食わぬ顔で日本語から台湾語に切り替えた。

「この何年かで何べんも手術しましてね。胆嚢は切ったし、心臓もやって死ぬ寸前やったんです」

驚きのあまり、愛雪は言葉を失った。

「金のある家に生まれて恵まれとったし、自分の人生に悔いはありゃあせんのです。ただ、一つだけどうしても、孫さんに謝らないけんことがある。そんで、ずっと自分に言い聞かせよったんです。その時が来たら絶対に孫さんと会うて謝るんやぞと」

「謝る、ですって?」愛雪はもう一度、驚いた。

この先は愛雪が聞いた話だ。時折、自分の名は登場するものの、まるきり初めて聞くことで、架空の小説でも読んでいるようだった。

68

時計の針は太平洋戦争の最後の冬にさかのぼる。

高雄港脇にある三井物産高雄支店では、愛雪の布地の配分が支店長に高く評価され、角の向こうへ後ろ姿が見えなくなるまでの間で、王の心をわしづかみにした。一日中、彼女の姿が頭から離れず、次の瞬間に眉根を寄せたかと思うと、今度は知らず知らずのうちに口元が緩み、帳簿を眺めていても、笑いで鼻息がこぼれてしまう。そして何日も経たぬうちに王は母親に「結婚する」と宣言した。

母親は心配が先に立った。「戦争で着る物も食べる物も困っているのに、披露宴だなんて」

「簡単に済ませるさ。屏東の呂《りょ》さんの三番目の息子さんだってやったんだよね？」

「お父さんは上海にいるのよ。披露宴はどこでするの？」

「ぼくたちが上海に行けばいいよ。曹《そう》博士の娘さんは林の息子さんに嫁いだよね。新郎新婦は台湾海峡に阻まれて新郎は台湾にいないのに、披露宴は台北でやった」

「戦争でこれほど恐ろしい中、上海に行くのも楽じゃないわ！」そして「なぜまたそうも急いで結婚したくなったの？」と母は笑ったが、王はなんと答えればいいかわからなかった。

「どこの家の娘さんを気に入ったの？」その口調は、王家が気に入った相手は新婦になるものと決め込んでいて、「断られる」という可能性は念頭にないようだ。

「相手の意向がどうか、ぼくにはわからない。だから、母さんに誰か仲人を手配してほしいんだ」

「この高雄で、どこの家の人間がうちに嫁ぐのを嫌がるもんですか！　それにしても、まずはお父さんに手紙で許可をもらってからの話よ。そしたら仲人を捜しましょう」

「ああ。すぐ手紙を出すよ」


台湾海峡の両側はどちらも日本の統制下にあり、当初は安全に海上を航行できていた。それに、海底は浅くて米軍の潜水艦は隠れられないため、日本軍も容易に水雷で反撃でき、太平洋上よりは安全だった。ところが、しばらく前に勇猛で知られる潜水艦タングが台湾海峡にやってきた。日本側は商業貨物船の護衛に駆逐艦を一艘つけていたが、タングの魚雷で炎と黒煙に包まれた。発射された最後の魚雷は不良品で、百八十度旋回して自爆したが、日本側の東運丸、若竹丸など五艘が撃沈された。

こうして台湾海峡の間を結ぶ船は往来が難しくなり、上海に送った手紙の返事が届くには長い間待たねばならない上に、届くかどうかも定かではなく、王は一人で気を揉んだ。無理して軍部に協力を頼み込み、二か月経ってようやく父から届いた返信を急いで開けた。しかし、手紙にあった内容は彼の心を打ち砕くものだった。

「孫家は結婚相手として不適当である」

愛雪が旗山に疎開していた頃のことである。

王もまた、戦争の暗闇で息が詰まる思いでいた。

戦争が終わって台湾に戻ってきた父に、王はもう一度、真剣に自分の希望を伝えた。

「誰がどう思おうと、私は孫家のお嬢さんと結婚したいのです」

そう聞いた父は、子どもが騒いでいるとでも言うように「まだ諦めてなかったのか」と呆れた。

「彼女は、名家の嫁の第一候補になる台北第三高等女学校の卒業生同様、高雄高等女学校を卒業した才女です。器量も申し分ありません。孫仁貴先生と奥様はお二人とも元教師で、孫家は家柄にも問題ありません」

「家柄に問題ないだと？　それは若造が表面しか見ていないだけだ」

「孫家に何かよくない話でもあるのですか」

父は我慢できなくなったようだった。「貴様は教師か。それとも検察官のつもりか」

いつものように「そんなつもりはありません」と言うつもりが、口をついて出た言葉は違った。

「問題があったとしても、結婚相手は自分で選びます。たとえ汚名を着ることになっても、自分で背負います」

「何が自分で背負うだ。お前に土地や事業があるのか。お前にあるのは、王家の息子というだけだ。子どもじみたことを言うな」

この日、父と息子は腹を立てたまま話を打ち切った。

王は母に何が気に食わないのか訊いてみたが、母にもわからない。かえって「台湾全土でこんなにも女の人がいるのに、何もお父さんが嫌がる相手を選ばなくてもいいでしょう」と諭される始末だ。

「なぜ父さんは世界でたった一人、ぼくの好きな人だけが駄目なんだろう」

「人の子なら、父親の言うことに従うべきよ。あなたをここまで育ててきたお父さんの言うことが聞けないの？」

「今になって、川や列車に飛び込みたくなる人の気持ちがわかったよ」

「そんな縁起でもない。母さんを脅かすのはやめて。丸く収めて頂戴な。しばらく時間を置けば、父さんの気持ちも変わるかもしれないわ」

新聞に愛雪の記事が載った時、父との衝突から半年が経っていた。王は大急ぎで新聞を買い、両手で恭しく父に渡した。「この人です。彼女は聡明で才能のある女性です。今教えている五年生の学級から九人の児童を高雄高等女学校に進学させました」

「そんなすごい女なら、余計に結婚はさせられん。男が嫁をもらうのは、後ろから支え、利口な子どもを育ててもらうためだ。こんなふうに外で働く職業婦人など、夫を軽んじるかもしれんぞ」

「そんな人ではありません。三井物産で同僚として働き、彼女の性格や人柄も了解しています」

「もういい。これ以上話すことはない！」

王は拳を硬く握りしめ、父のいる高雄川の川岸にある新しい家を出た。

門の外に出ると、熱い思いが込み上げてきた。サッと身を翻し、諦める気はないことを伝えるべく、もう一度部屋に戻って切り出した。

「父さんが許可してくれないなら、あとは自分で結婚するだけです」

「何だと？　ならばこの先、お前にはビタ一文やらん」

「はい。わかっています」

王は深々と頭を下げて、その場を去ろうとした。それが今度は父の怒りに火をつけた。

「馬鹿もん！」

父は腹の底から大声で怒鳴った。

王は父に背を向けていたが、足がすくむほどだった。

父は背中を向けた息子に向かって告げた。

「よく聞け。高雄の要塞司令部も警備総司令部も調査統計局も、毎日、私のところに誰が善人で誰が悪人かを訊きにくるのだぞ。私がマルをつければ、そいつの命は助かり、家に帰れる。だが、いったんバツをつけたが最後、そいつの命はない。いいか、私は必ず孫仁貴に大きなバツをつけてやるからな」

「そんな、あんまりです！」振り返った息子に、父は言い放った。

「お前は孫家の仇の息子になるのだ。父親が貶めた相手と結婚できるものか。お前は諦めるしかない！」父の怒りは、あふれ出して止まることを知らない洪水の如く、王に襲いかかった。

そんな父の姿に哀しみを覚え、王はつと涙を流した。

激烈な怒りが収まらない父は、肩で大きく息をしている。二人は立ったまま、睨み合っていた。

その時、部屋の時計が鳴り始めた。

時計の金色の振り子が左右に振れる。振れるたび、ポーンと音がする。

鳴り終わらない鐘の音を背に、抜け殻のようになった王は感覚を失った足を引きずりながらその場を離れた。

69

明治神宮のほうからサイレンの音が聞こえてきた。

「まだ二十代の若造でした。父の部屋を出た瞬間、私は父に屈したんです。怒りとか悲しみやなく、怖かった。親父の言うことを聞かなんだら、人様を死に至らしめる共犯になるんやけ」

ここまで訊いて、愛雪の心は悲しみとも怒りともつかぬ気持ちで乱れていた。

「私が手紙を送ったんは、それより前で、孫さんから返事はなかった。自分で起こした波を自分で収めたらええ、これでよかったんやと自分に言い聞かせました」

杖を持った手が、ソファのクッションの上でかすかに震えていた。

「それからは、ぐるぐる巻きにされて無人島の森に放り出されたような気持ちでした。二二八事件が勃発し、お父さんが高雄から逃げたと聞いて、ハッとしました。……ああ、親父は本当にやったと思うたんです」

王は杖から手を離し、膝の上に手を置いた。

「孫さん、なんとお詫びすればええか……私が親父に泣きついておれば、お父さんはあんなことにはならんかった……身勝手で大きな過ちを犯しました。夫であり父親であるお父さんに危害を加え、ご家族を悲しませることになってしもうて……今日は、自分が死ぬ前にどうしても孫さんに謝っておきたいと思うて来たんです」

切れ切れに、王はそう説明した。そして言い終わると深呼吸をして、年老いた身体を起こし、両膝を正すと深々と頭を下げた。

愛雪は急いで立ち上がり、王の横にかがみ込んで、手のひらを上に向けた。

「お身体に障ります。頭なんか下げないでください」。そして、こう付け加えた。

「大野さんのせいではありません。あなたのせいじゃないわ」

王は目を真っ赤にして、目には涙を溜めていた。

「このことは片時も忘れたことはありません。ずっと申し訳なさを抱えて生きてきました」

そう言うと、また頭を下げた。

王の話は本当だった。そして逢源は突然、脳溢血を起こして生死をさまよった挙句、十三日後に敵のいないあの世に旅立った。最後の日の深夜、王は一人で父の病室にいた。これが唯一の、最後の機会だと思った王は、堪えきれずに父の肩をつかみ、涙ながらに父に問いかけた。

「あの時、なぜ孫家の愛雪さんとの結婚に反対したんです？　何か恨みでもあったんですか」

崖の下へと真っ逆さまに落ちていく相手に向かって、必死で叫んでいた。

瞼を閉じた父から、答えはなかった。


「孫さん……私のことを恨まんのですか」

「若い頃の自分だったらどうだったかわかりません。だけど、今は……」。愛雪は首を振った。

「恨まなくちゃいけない相手は、大野さんでもなければ、大野さんのお父さんでもない。その向こうで、やりたい放題を尽くした政権のほうではありませんか」

王は両手で顔を覆い、手のひらに顔を埋めた。

「ずっと苦しんできたんですね。胸を抑えつけていた重石を、どうか取り除いてください」

70

年が明けて一月下旬、旧暦の大晦日前の金曜日、愛雪はいつものように社員と忘年会を行い、台湾式の年越しを迎えていた。大会議室に長机が置かれ、その上いっぱいの料理が並んでいる。中に彼女が自分で準備した一皿がある。青い陶器の大皿に並んだ、麻豆の郭家で教わった通りの、薄切りの大根とカラスミである。

「社長、遠目からだと青い海で金魚が泳いでいるみたいで爽やかですね」。課長の神足の言葉は、お世辞ではなさそうな口ぶりだ。

「金魚は夏の風物詩よ。つまり、季節感に合ってないってことかしら?」愛雪はわざと息子ほどの歳頃の神足をからかうと、素早く神足が返してきた。

「違いますよ。でも、最近は異常気象で、今日の東京も二十六度と夏日になるそうですから、社長お手製のカラスミはぴったりですね」

通りかかった部長の安楽も同意した。「そうそう、ぴったりですよ」

愛雪は笑いながら会場の前のほうに向かった。愛雪があいさつすると悟った社員たちは、だんだんと静かになった。

「九州から南下する際、ボラはまだ食べ頃になる前で、台湾南部の沿海まで来ると産卵を迎えるそうです。そうして、カラスミは台湾で最高の状態になるわけですから、それまで育ててくれた日本に感謝すべきでしょう。私の場合は、台湾の南部から日本にやってきて、日本のお世話になりました。とりわけ皆さんの力があって、今の会社があります。本当にありがとう。来年も一緒に頑張りましょう」

会議室に乾杯の声が広がったその時、秘書の七草がやってきた。

「高雄のご自宅からお電話です」

「急ぎ？」

「何もおっしゃっていませんでしたが、できるだけ早く連絡がほしいとのことでした」


会場を離れ、愛雪は社長室に戻った。電話は弟の大嵩からだった。

「姉さん、今日、ちょっと妙だが期待させる手紙を受け取ったんだ。父さんに関する内容だ」

「父さんももうすぐ百歳ね」

「知らない相手から、父さんが密告された時の文書に興味はあるかと訊いてきた」

「興味ってどういうこと？　金を払えってことかしら」

「おそらく」

「おかしな世の中には、おかしなことを考える人が出てくるものね。何年か前、千五百万新台湾ドルでうちの会社を台湾の株式市場に上場させる、って人がいたの。日本で認められた薬剤が、どうして台湾で認められないのか知らないけど、お金で解決するようなやり方はしない、って答えたわ。そんなことしたら、あの世に行った時に主人に会わせる顔がないもの」

「つまり、姉さんは……そんな手紙は放っておけ、ってこと？」

愛雪は口をつぐんだ。彼女の脳裏には、この部屋に王がやってきた時のことが浮かんでいた。誰が父さんを密告したか、あるいは別の答えがあるかもしれない。

大嵩は落ち着いた口調で言った。

「父さんがいなくなった時、ぼくは確か十歳だった。いつも唇を噛んで『男なんだから泣いちゃ駄目だ』って涙を堪えてきたんだよ」

そして乾いた咳を二度すると、愛雪に言った。

「姉さん、歳を重ねれば重ねるほど、いったい何が起きていたのかを知りたいと思うようになったんだ。でなきゃ、一生、わからないままで終わってしまう。それは……悔しい」

「そうね」

「まずは連絡してみて、それから決めてもいいかい?」

「そうしましょう」。王から訊いたのとは違う真相が隠れている——愛雪の心には、ふつふつとそんな疑念が湧いてきた。

71

旗津でいちばん古い媽祖廟である「天后宮」には、龍門をくぐると低くて長い石造りの橋がある。大嵩は早々とそこに座って、見知らぬ電話相手を待っていた。落ち着かない手で何度もポケットの中に準備した五万元を確認してしまう。その束は結構な厚みだ。心の中では、相手は怪しい売り手で、これは一種の取引だと考えていた。

「孫さん！」相手は慌てた様子もなく声をかけてきた。十分に訓練された諜報員のようだ。パーマをかけた髪は肩まで伸び、華奢な身体つきで、丸眼鏡に年季の入った野球帽をかぶっている。暗赤色の半袖のTシャツに、カーキ色のズボン、紺色のスニーカーと、上から下までカラフルで、実は六十代とは思えない。大嵩に言わせれば、まるでつかみどころのない人物だ。

「なんとお呼びすれば？」

「『阿才《あっざい》』だ。みんなそう呼ぶ」。本名は言う気がないのだろう。

大嵩はてっきり「阿財」だと思い込んでいた。

「台北からいらしたんですか」

「え！　どうしてわかるんだ？」

「高雄の人間なら一月はコートを着ています。Tシャツでいられるのは、たいてい、北部から来た人ですよ」

「ハハハ、言われてみればその通りだ。だが、私も高雄市生まれなんだ」

「そうでしたか。父の資料がお手元にあるのは、高雄出身ということと関係があるのですか」。大嵩は、明らかにそれとわかる形で本題へと急がせた。

「どこかの店で話しましょう」

イカを焼く匂いを嗅ぎながら店を探し、最終的に薄暗い平屋の肉ちまきの店に決め、店のいちばん奥の角の席に座った。上に醤油のかかった肉ちまきは、すっかり置物と化し、二人とも箸をつけようとしない。

阿才はようやく口火を切り、よれた鞄からファイルを取り出した。

「例の公文書だ」

一瞬、なんだか幼稚園児の工作に見えた。透明なファイルには、四角い穴の空いた白いコピー用紙の下に、万年筆で書かれたらしい紺色の文字と、十行紙〔公文書にも使われる用紙〕の赤い罫線の黄ばんだ用紙が見えた。

阿才は用紙を指しながら、「代電」「簡阿河」「民国三十五年十二月三日付」とところどころを読んでいき、さらに別の一枚も同じように「孫仁貴」「塩埕町」「共産党」と読み上げた。

「共産党だと?」大嵩は耳を疑った。

「この一枚を取れば、真相が明らかになる」。阿才はそう言っただけで、そのまま紙を元のようにファイルへ戻した。

「どうやってこの文書を?」

「台北の清掃員が、日本統治時代に宿舎だった場所で見つけたものだ」。阿才は台北の古物商がよく使う手で答えた。

「その宿舎には、もともとどんな人が住んでいたのですか」

「保密局の特務とだけ聞いている」。のらりくらり一言で返すと、それ以上は言おうとしない。

「では、その清掃員から買ったので?」

「大きな箱に入った公文書を見つけたものの、どうすればいいかわからず、福和橋の古物商に売りに来たそうだ」

「あなたがその古物商なのでは?」

「いや、友達の友達が古物商をやっているんだ」

「では、お仕事は何をなさってるんです?」

「とっくに退職した」。また中身のない答えで、直接は答えず、仕事も口を割らない。

「その若さでもう退職ですか。とても六十歳を超えているようには見えません」

ハハ、と阿才は口先だけ笑ってみせた。

「どうしたら売ってくれます?」阿才とやりとりするうちに、文書が本物なら、これ以上追及しても意味がない、重要なのは書いてある中身だ、と大嵩は思い始めた。

「民間歴史研究家の金鑫《きんきん》先生を知ってるだろう。台湾人なら誰でもわかるはずだ。私の友達が彼と親しくしていて、金鑫先生にこの公文書を見てもらったところ、必ず高額を支払うので買わせてほしい、と言われたそうだ。おまけに、最近は白色テロや二二八事件の話題で持ちきりだからね。その友達が、被害者の家族こそ、この証拠を持っているべきだと言うもんでね」

「私のことはどうしてわかったんです?」大嵩はようやくこの疑問をぶつけると、阿才はまた乾いた声で笑った。

「友達に頼まれてきただけで、他のことはよく知らん」

そう言いながら手を伸ばし、赤いプラスチックの箸入れから箸を二組取り出し、ちまきに手をつけようとして、テーブルの角を叩いた。「どうだろう。選択肢は二つ。一つはまず手付金として一万払えば、この白い用紙を外して、ここで見せよう。その上で買うかどうか決めればいい。買うのであれば十万だ。買わないことになっても、手付金は戻さない」。言い終わると同時に箸を一組、テーブルの上に置いた。

そして大嵩のほうをしばらく見つめてから、手に残していたもう一組の箸をサッと置いた。

「もう一つ。五万支払えば、このまま渡す」

「いい商売ですな」大嵩は短く答えたが、ポケットの中身を見透かされたようで内心ではギョッとしていた。ぴったり五万だ。

「商売なんかじゃない。友達がご家族の痛みを取り除きたい、と言っているだけなんでね」

この一言で、大嵩は折れることにした。「わかりました。では五万で手を打ちましょう」

72

阿才は笑顔で立ち去った。もちろん話したことは大嘘である。

本当だったのは、台北市の中心部に日本統治時代の瓦屋根の平屋が残されていたことだ。場所によって複数並ぶエリアもあれば、塀に囲まれた中庭のある邸宅もある。二〇〇〇年代に入ると、後者が古物商に狙われた。家の持ち主はたいていが外省籍で官僚、かつ落ちぶれてしまい、子どもたちは海外に移民し、朽ち果ててゆく屋敷の手入れをする余裕はない。そこで古物商自ら人を雇って壁を乗り越え、盗みを働いていた——これこそが真相で、阿才はそういう類いの古物商だった。

もともと阿才は光華商場の地下に、小さな店を構えていた。ところが数年前、光華商場にあった橋の構造の危険性が指摘され、台北市政府は取り壊す気だとの情報が流れると、阿才はあっさりとそこを引き払い、無店舗営業の古物商となった。長く続いた戒厳令が解除された後のことで、歴史的に価値のある文物を高値で売買するコレクターが現れていた。阿才はそういった人たちを相手にすべく、それ以外の個人客を諦めることにしたのである。

店を手放して一年後、台北市はナーリー台風に襲われ、台北盆地はすっかり浸水してしまった。阿才がいろいろな場所で「狩り」を始めたのは、その水が引いてからのことだ。大安区、中正区にある三棟の庭付きの日本式家屋に目をつけると、小黎《シャオリー》を雇って「今、この三軒には誰も住んでいないようだ」と言い、肩を叩いて「見てきてくれ」と言った。あからさまに「盗め」とは言わない。

小黎なる男は無職で、手元に何もなくなると、宅配スタッフとして働く。その日は金華街にバイクを停めた。ヘルメットはかぶっているが、顎ひもは止めていないので顔の両側に黒いベルトが垂れ下がり、ゆらゆら揺れている。この屋敷は二本の路地が交差する角にあり、片側の塀の、路地を挟んだ向こうに公邸があった。公邸とこの家とでは雲泥の差だ。公邸は背の高い木と高い塀があり、昔は台湾省の迎賓館だったが、近々、副総統の新しい邸宅になるという噂だ。一方、こちらの塀は低い上に覇気がなく、台風一過で塀の上には折れた木の枝が積もっていた。

開けようとした門は開かないので、別の路地のほうが入り口のようだ。赤い扉はびくともしなかったが、小黎は鍵を開けることに時間をかけない。痩せて背の高い彼は、飛び上がると次の瞬間には塀の向こうにいた。そして門が開けられるか試すと、まずは逃走経路を確認した。ギイッと音がして、門が開いた。

また扉を閉めようとしたまさにその時、白髪の婦人が角を曲がったのが見えた。黙って近寄り、杖を伸ばして門の内側に差し込むと、「呉さんの奥さんは？」と強い外省訛りで訊いてきた。

やむを得ず、小黎は扉から顔を半分だけ見せた。

老婦人が小黎に訊いた。「あなたは？」

「台風でめちゃくちゃになった庭を片づけに来たんです」。小黎もわざと強めの外省訛りで答えた。

「呉さんから頼まれたの？」

「そうですよ」。まるで舞台のセリフのように答えた。

「こんな広いところを片づけるのじゃ大変ね！」と言うと、老婦人は「じゃ、これで」と杖を引っ込めた。

「失礼しまーす」。小黎は礼儀正しく親しみのある若者を装った。

ちなみに、この老婦人が最後に呉さんの奥さんを見かけたのは三年前だ。老婦人も歳のせいでどのくらい前かはっきりしない。しかも、この家は呉邸でさえないのである。

阿才と組むようになって数年で、小黎は誰かに気づかれた時の対処法を三種類、用意していた。一つめは、さっき老婦人に言ったように「家主の指示」というもの。二つめはトイレのふりをして空き家で用を足す。そして最後は、国有財産局による差し押さえのため、片づけの状況を確認に来た、というもの。他にも、隣の水漏れで水道管が破裂していないか見に来たなど、いろいろと逃げ口上はある。台北に住んでいると、誰が誰だかわからないし、誰も構わない。今と違って監視カメラもないから、何かを盗むことなど、海中で魚がサンゴをついばむのと同じくらい簡単だった。

阿才のお気に入りは、書類だ。小黎が空っぽの屋敷を適当に見て回ると、めぼしい品が一つあった。

引き出しの内側にあった黄ばんだ新聞——民国五十三年の『中央日報』——二枚である。丁寧に畳んでその場を離れようとあたりを見回し、台所の小窓から庭のほうを見ると、木の葉で覆われた柵が見えた。しかも、その上をフジヅルがしっかりと覆っている。柵の下から円形のコンクリートが突き出し、後ろのマンションの外壁にかなり近い。「まさか墓じゃないよな。でも、墓碑もない。大きな下水道管のようだが、だとしたら、なぜ埋めない？」などと考えたがわからない。思い切ってはっきりさせることにした。「別に、死人が通電するわけじゃなし、勝手に動いて首を絞められるわけでもない」と自分を鼓舞した。

コンクリートの大きな怪物に近づいてみると、それは防空壕だった。両脇は四角く開き、左側の穴には月橘《げっきつ》の枝で遮られていたので、それを押し退けて中に入った。穴は地下二階建てになっている。地下一階の奥には、何やら箱が積まれている。持っていた黒いショルダーバッグから、懐中電灯を取り出して照らした。明らかに意図的に並べられた煉瓦の上に二箱ずつ、あわせて大きなアルミケースが四箱、きっちりと積まれていた。

小型のスーツケースほどの大きさで、ところどころに錆がある。両側に把手がついていて、真ん中には鍵がある。持ち上げようとしたが、片手ではビクともしない。そこでバイクを持ってきて、ケースを四つとも乗せて走り去った。そして公衆電話ボックスを見つけて電話をかけた。

「兄貴、四箱見つけたけんの」。小黎の台湾語は北京語と同じくらいうまい。

「ようやったな！　中身は何ぞ？」

「ケースはアルミで、鍵がかかっていて、まだ開けていない。重いから煉瓦か金塊だと思う」。言葉は北京語に切り替わっている。

「金塊やったら、お前にやるけんの」

「おい、お前が言ったんだからな！〝放った言葉は馬でも追えん〟だぞ」。小黎は台湾テレビの布袋劇に出てくる史豔文《すーいあっぷん》のセリフを真似た。

「とっととうちへ持ってこいや」


八徳路の中崙市場の裏手にある古いマンションの二階に着いた。

阿才は手早く油圧カッターを取り出し、錆びた鍵を切り落とした。

ケースを開けると、今度は中に木でできた箱があった。幸いにも鍵はついておらず、そっと開けた阿才が言った。

「おお、全部、公文書や」。文書の日付を見ると、終戦から一、二年後のようだ。無言で部屋から札束を持ってくると小黎に言った。

「二万やる。そやけんど、金塊やなかったけん、あとは俺のもんぞ」


それから十日の間、阿才はほどよい早さで、書類を一枚一枚、見ていった。あるいは、頭の中で買い手候補をリストアップしていたのかもしれない。すると勝手に「孫仁貴」の三文字が目の前に現れた。記憶の中で、何かがキラリと光った。

「爺ちゃんがよう言いよった孫仁貴か！」

阿才は高雄の鳳山《ほうざん》で生まれた。子どもの頃、祖父から日本統治時代の話をよく聞かされた。祖父は学校に通う阿才を見ては、日中戦争で〝日本鬼子〟と戦った時のことを話した。日本の警察に捕まって勾留された祖父は、まるで英雄が困難に立ち向かったかのように得意げで、その頃はならず者だったことを悪びれることなく、堂々としていた。ある時、祖父は言った。

「角を曲がろうとしたら、間の悪いことに教師の孫仁貴にぶつかった。『殺すぞテメエ！』言うたら、道の向こうから日本の警察が飛んできて、ボコボコにされてしもうた。やけどな、三日もせんうちに釈放された。日本人の警察が言うには、孫先生が『自分も不注意だった』て言うてくれたんと。それでわしは釈放してもろうたのよ」

73

「姉さん、手に入れたよ。内容はさておき、手元のコピーをファクスで送るから、それを見てから話そう」

愛雪は何も訊かずに「わかった」と答えた。

電話を置き、自ら秘書のそばにあるファクシミリの横で待つ。ジリジリジリと受信音が鳴り、年寄りがゆっくり歩く速度で薄いファクス用紙が出てきた。変形した点線が途切れ、一筆一筆がまとまって一文字ができている。けれども、元は縦書きの文書が横になっていて読み取りづらい。愛雪は長い取り調べと裁判を受けて、なかなか出ない判決を法廷で待つ気分だった。

「父さんがどんなふうに陥れられたか、この一枚でわかるのか」。愛雪は考えを巡らせた。

秘書の七草は、社長自らファクスを待つ姿を見たことがなく、厳粛な気持ちで立ち上がり、いつでも指示が受けられるよう愛雪の後ろに控えていた。

用紙を切り取った愛雪は、一語も発することなく社長室に入った。

老眼鏡をかけ、用紙を平らに引き伸ばすと、愛雪は真剣な面持ちで慣れない中国語の文章を読み進めた。繰り返し読んで、ようやく大枠が把握できた。

つまり、簡阿河は共産党として検挙され、上層部が調査を進めていた。書類は、龍甲民《りゅうこうみん》なる人物が、張稟臣《ちょうりんしん》なる相手に報告する内容だ。愛雪は「代電」が何を意味するのかはわからなかったが、文書から要点は理解できた。

「簡阿河はかなり早い段階で台湾に戻ったが、送還されておらず、その行動は疑わしい」

「上海に進学していた頃、共産党に取り込まれた疑いがある」

「一度、鳳山に診療所を開設し、そこを連絡地点にしようと企てていた可能性がある」

「最も親しい人物は孫仁貴で、両者は教師と教え子だが、関係は親子のようだったと見られる。進学や開業にあたっては、いずれも孫から簡に資金提供が行われている」

「簡阿河は急に台湾を離れたが、苓雅寮の家には、共産思想の書籍が複数見つかった」

「孫仁貴は、政府に対する批判的な意見を多く述べており、反感を持っていた」

では、龍甲民は何を根拠にこの報告を行っているのか——「王根源の話によれば」と文書にははっきり記されていた。

「王家の根源さんですって？」

愛雪は大嵩にもらったカラーコピーを、王威徳へ送った。

「偶然にも国民政府の特務による文書が見つかりました。父を密告した相手は別の人で、お父様ではないとおわかりいただけると思います。お父様は、脅かしただけで、行動には移しておられないのでしょう。ご参照いただくと同時に、これまで抱えてこられた重荷をどうぞ下ろしていただけましたら。運命は時に人を弄ぶもの。そろそろ人生を終える身ですから、お互い水に流しましょう」

読み終えた王は、再びあの日のことを思い返した。父が怒りを爆発させた時、確かに孫仁貴を密告「する」とは言ったけれど、「した」とは言っていない。ただ、それから数か月後に孫仁貴が逃亡したため、王はてっきり父が密告したものと思い込んでしまった。容疑者から父を外していいと知って、王は胸を撫で下ろしかけたが、この「王根源」は要するに叔父である。いずれにしても、孫家を貶めたのは王家の人間だったことに道義的な責任を感じた王は、根源叔父が何をしたのかはっきりさせることにした。

王家の二代目は、三人の妻とその子に分かれた。戦後、第二夫人と第三夫人は水と油の関係だった。第二夫人の息子である逢源は戦後、中国大陸から戻って政財界で成功を収め、晩年は国民党中央委員に上り詰めた。逢源が死ぬと、王は父親の立場を引き継いだが、家にまつわる恨みは断ち切ることにした。そして第三夫人の次男である清源が高雄の市議会議員に出馬した際には積極的に手を貸し、根源叔父が絵の回顧展を開いた時は、オープニングに官僚や経営者を大勢招いて、十分すぎるほど顔を立てた。清明節には皆で日取りを決めて盛大に先祖供養を行い、家族内の恨みを水に流そうとした。さらに、南台湾における工業大学の建設計画を訴えて多くの賛同を得ると、祖父王景忠の若い頃のように、王家はまとまった。

なぜ根源叔父が保密局の文書に現れたのかを調べるため、王は台湾にいる同世代の従兄弟たち数十人を訪ねて回った。

にわか雨の降ったある日の午後、王は燦燦に会いにきた。

「兄さん、今日は絵を見にきてくれたの？　私も歳ね。絵を描くのがすっかり遅くなっちゃったわ」

燦燦のアトリエは苓雅寮にある王家の洋館の二階にあった。大きな画板は高さもいろいろで、完成したものもそうでないものも、壁に立てかけてある。キャンバスの縁には、油絵具がとりどりに塗られている。アトリエの中央にあるイーゼルの数は、一台や二台ではない。散らばったパレットの数は、五つ以上ありそうだ。白いカバーの掛かった二脚のソファは、王が子どもの頃に見ていたリビングのものと同じだった。室内のクラシックな柱やテラゾーの床、木枠の窓など、部屋全体で一九二〇年代のヨーロッパの画家のアトリエが再現されていた。

従兄妹同士の二人は知らない相手ではない。堅苦しいあいさつもそこそこに、ソファに座った。掛けられたカバーは、少しも汚れていない。つまり燦燦は歳を取ったといっても、そこはお嬢様、世話する誰かがいるのだろう。

「孫愛雪は高雄高等女学校の同級生だったよね？」

「ええ」

「今年の春、東京で彼女に会った。孫さんは三井物産の同僚だったんだよ」

「そうだったわね」

燦燦は少しも驚かずに答えた。家族なのだから彼女が知らないことはないといったところか。その上彼女が笑顔を見せたものだから、王は昔、彼女に心を寄せていたことを知られている気がした。

「彼女の父親の仁貴さんとうちの関係を知ってるかい?」

「お祖父様は仁貴さんを気に入っていたから、うちの父さんも叔父さんたちもみんな妬んでいたのよね」

「そうか。妬まれるほどに気に入られていたのか」

「叔父様から聞かなかった?」

「ああ」

もっと正確な言い方をすれば「決して触れない」相手だった。それほど王と父の王逢源との間で孫仁貴の名はタブーだったのである。

「日本統治が終わる頃だから、和源叔父さんと日本人の奥さんの親戚のせいで王家は財産を失って、田舎へ疎開する準備をしていた時のことよ。お祖母様が父さんを呼んで、鉄の箱を渡したの。お祖母様は『これは、お父さんが孫仁貴に渡すはずだったの。彼は品行方正で生まじめだから、翌日、戻してきたわ。あの場で無理に渡さなくてよかった。それでこうして、あなたたちに渡せるの』と言っていたそう。中を開けたら、ダイヤの指輪が詰まっていたんですって。お祖母様にすれば、自分のおかげで財産を残せた、と言いたかったんでしょう。指輪と一緒に、お祖父様が仁貴さんに宛てた手紙も入っていた。その手紙に怒り、嘆いた父さんは生涯、苦しめられたの」

「なんと書かれていたんだ?」

「たった八文字。父さんは一生、恨んでた」

「そんなに?」

燦燦は立ち上がって絵筆を手に取り、赤い絵具をつけると、白いキャンバスに向かった。

「お祖父様はね、仁貴さんに……」と言いながら書いていく。

「亦子亦孫」

また絵具をつけて、次の行に続けた。

「諸子不如」

――「子であり孫であり　息子らはそれに及ばず」

白い布に書かれた真っ赤な文字は、まるで痛烈に抗議する檄文に見えた。

「お祖父様にとって仁貴さんは息子や孫も同然だった。自分の息子たちは誰も敵わない、だなんて……」

「それは恨むわよね」

「叔父さんは恨んでたのか」

「家に帰るなり、箱に入っていた手紙を引き裂いて、燃やしたくらいよ」

「燦燦も見たのかい？」

「その時はもう嫁ぎ先にいたから、見てはいないわ。あとで根源叔父さんから聞いたの」

「根源叔父さんも知っていたのか」

「うん、父さんが話したからね」

二人の間に、静寂が訪れた。

王は黙って初めて耳にした話を消化しようとしていた。

「兄さん、チョコレートボンボン食べる？」

「この身体で食べられると？」

「じゃ、どうして買ってきたの？」

「燦燦の好きなのはチョコレートだろう？」

「よくおわかりで。いちばん面倒見てくれたものね」

「妹なんだから、当然じゃないか！」

74

チョコレートを食べ、話を進めることにした。

王が先に訊ねた。「孫仁貴が密告されて逃げざるを得なくなったのは、うちと関係あるのか」

燦燦は躊躇うことなくうなずいた。

「そうか」と言うと、王はさらに訊いた。「誰が関係してるんだろう？」

燦燦は交差していた踵を解いた。「兄さんは、実の弟や妹よりも優しくて、ずっと私のことを気にかけてくれた。世界で最初に私の絵を褒めたのも兄さんだった」

「本当に、燦燦の生き生きとした色使いが好きなんだ」

「ありがとう」と言うと、ようやく王の問いに答えた。「父さんも叔父さんもいないんだもの、本当のことを話すわ」

王はキュッと口を結んで、燦燦が話し出すのを待った。

「根源叔父さんは、戦時中に日本から高雄に戻ると、皇民奉公会の宣伝部で宣伝用のポスターを描いていたの。だけど、戦争が終わると、それが売国奴と言われるようになった。人づてに、行政庁官公署長官の陳儀が、福建で美術を学んだ台中の人のことを息子のように可愛がり、少将にしたと知った根源叔父さんは、美術界の人脈をたどって、その少将と知り合いになったわけ」

「その人のこと、知ってるよ。時の人だったから、大勢が彼にすり寄ってた」

「父さんが根源叔父さんに箱の話をしてからというもの、二人の猜疑心はますます深くなっていたわ。街の通り一本くらい買えるほどの財産を孫仁貴に渡すなんておかしい、もしかしたら血が繋がってい て、実は彼は孫家の養子じゃないかと疑うまでになっていたの。塩辛い魚は火を入れるほどに水分が飛んでさらに塩気が強くなるって言うけれど、考えれば考えるほど、それが本当に思えて、ついには敵視するようになったんだと思う。叔父さんは接待を重ねるうち、ある時、中国から来た少将の仲間が、保密局の特務をしていると知った。そこで叔父さんは少将の手下の連絡係として、情報を集めては上に報告する役割を買って出た。最初は自分を守るためだったけど、いっそのこと、忌々しい孫仁貴を消そうと考えて、彼が共産党だという情報を流したそうよ」

「その話を、叔父さんはなぜ燦燦に?」

「叔父さんも絵が好きで、よくこのアトリエに来ていたの。私の絵に手を入れることもあったし、隣に座って自分で描くこともあったわ。『亦子亦孫、諸子不如』の八文字も、叔父さんがあんなふうに書いたのよ」。燦燦は一呼吸置いて続けた。「あの八文字を書き終えると激昂して、上からバツ印を何度も、刀で切りつけるみたいにしてた。文字が見えなくなるまで何度もね」

「文字でさえ殺してしまいたかったんだね」

「そうね。憎しみであふれてた」

ふううう、王が大きな息を吐いた。それまで呼吸を忘れていた、みたいなため息だった。

「叔父さんは私が正気を失ったと思っていたし、私も説明せずに、ただうなずいていたの」

「燦燦なら誰にも言わないと思ったんだろう」

「きっとね。一日中、この屋敷の中にいるんだもの。それに、世間は正気を失ったと思っているから、叔父さんは私をお人形にしたのかも。聞くだけで口を挟まないから、話しやすかったんでしょう。東京で日本人の初恋相手にフラれた話は何度も聞いたくらい」

「実は燦燦は正気だってことを誰が知ってたんだい？」

「父さんだけ。離婚したい一心で打ち明けたの。そしたら、離婚する理由になるから他の人には言うなって。父さんは義母さんにも言わなかった。離婚が成立してからも、ずっと秘密にしてたわ」

「しんどかったな」

「あの魔窟から逃れるためだもの。正気を失ったふりをしてるのか、それとも本当におかしくなっていたのか、私もよくわからないくらい」

「大変だったね」

「ううん。自由になるには、一度死ぬしかなかった。この自由のためには必要なことだったのよ」

燦燦のアトリエから出てくると、王は天を仰いだ。あの空の向こうに答えがあるような気がした。

ついさっき、燦燦から聞いた話を反芻した。

「叔父さんはどうしてそこまで恨んでいたんだろう？」

「孫仁貴さんには、一度も会ったことなかったそうよ」

「見たこともない相手を貶めたってことか」

「そうね。知らない相手を貶めたいと思う理由って何なのかしら」

燦燦は王の疑問を繰り返すと、二人は言葉に詰まった。

しばらく沈黙が続いた後、燦燦が口を開いた。

「叔父さんは、お祖父様との思い出として、何度も言っていたことがあるの。中学校の時に叔父さんが描いた絵を先生がとても褒めてくださって、東京にある日本画家の門下生になってはどうかと勧められたんですって。叔父さんが喜び勇んで家に帰り、お祖父様とお祖母様にそのことを話したのね。でもお祖父様は『卒業してからにせえ』と取り合ってくれない。がっかりして部屋を出たところで、帽子を忘れたことに気づいて取りに戻ったらお祖父様の声が聞こえてきた。『ろくでもないやつを生みおって』。お祖母様は特にかばうでもなく『好きにさせたらええやないですか。上の二人もおるんやし』と言ったそうよ」

曇り空に覆われた屋敷は、埃の溜まった書類入れのようだった。ふたを開けてからというもの、王は自問自答していた。箱の中にある、黄ばんだ文書が訴えているのは自分の預かり知らない昔のことだ。読んだだけで言い切れることなどない。自分はわかったと言えるのだろうか。

孫さんに何と言えばいいのだろう。どこから話すんだ？　どこまで話せばいい？

王は迷っていた。

75

どんよりした空から夕立が降ってきた。車に乗り込んだ王は一言も発しない。同行していた秘書の陶《とう》が運転席の後ろに乗り、小声で言った。

「とにかく出してくれ」

黒塗りの車が愛河に沿ってゆっくりと進む。その間、ずっと王は窓の外を眺めていた。

雨水が窓に叩きつけられて弾けるが、気分は一向に晴れない。むしろ一年前の東京を思い出してしまった。


あの日の社長室で、首《こうべ》を垂れる王に向けて愛雪は言った。

「父が逃亡した後、母は寂しかったと思いますが、根っから楽観的だったので、ずっと父は恐怖や密告などのない自由な世界で生きているはずだと信じていました。だから私たちにも、お父さんは世界のどこかで憂いのない安全な日々を過ごしていると言っていました。母は亡くなるまで父の死亡届を出しませんでした。それでずっと供養できなかったので、父が百歳になる年に、私たちで死亡届を出したんです」

王の顔は悲しみを見せたが、それ以上に情けなさが王を襲っていた。

「母にしてみれば、父の逃亡を悲しんでいたというより、生き延びて自由になり、少なくとも人間としての尊厳を保てたと考えていたのかもしれません。あの頃、残った士紳の方々は、捕まえられ、札を背負わされ、見せ物にされて最後に銃殺された挙句、死体を通りに晒され……」

静まり返った部屋で、二人は当時の光景を思い返し、死者を悼んだ。

「孫さんは、仇を討とうとは思いませんか」

「何があったのか知りたいとは思いますが、誰かを責める気はありません。こうした目に遭ったからこそ、より一層、台湾人にはこれ以上、同じようなことを繰り返してほしくない。それは夫の教えでもあります」

王は黙って聞いていた。

「主人がまだ中学生だった頃、農家の人たちに対する不公平を目の当たりにして、彼は人を救う人間になりたいと思ったそうです。笑っちゃいますよね。一人の人間が救えるようなことじゃないんですから。けれども、あの人はその志を持ち続けていました。台湾を離れて日本で暮らすようになったけれど、どこかに心残りがあったのかも……」

口に出して初めて、愛雪は人に話している自分に驚いていた。「主人は生きている者の責任だとも言っていました。私たちは日本に来ましたが、それは単に生きていい暮らしをして、いい思いをするためではありません。どうすれば台湾人が恐怖に怯えることなく、故郷から逃げたり離れたりすることなく、自由に生きていけるか、それこそがやりたいことでしたから」

「心から尊敬します。それと同時に、自分が情けなくなります」

「とんでもない。私も歳を取りました。誰かと闘うような気力もありません。ただ、主人の遺した製薬会社をきちんと引き継ぎ、日本で婦女会を作って、台湾の政治や文化に貢献するような活動をしていきたい。そして選挙が来たら、必ずや投票のために帰りたい。それだけです」

愛雪が数十年の間、汗水流して稼いだ金銭を投げ打っていた理由のすべてだった。

76

明治神宮のほうから、また時を告げる鐘の音が聞こえてきた。

十数年が過ぎたが、鐘の音はあの時と同じだ。

愛雪はペンを置いて、壁に掛けてある白黒の丸い時計を見た。五時ちょうど。電池を変えたばかりだから、少しも遅れていない。そのまま書類に目を落とし、そろばんを弾いた。

九十歳を超えた今も、愛雪は毎日出勤している。少し前に部下たちが騒いでいた。

「どこかのテレビ局に東京で最年長の女性社長に取材しないか訊ねてみませんか」

ゆっくりした鐘の音に合わせて、愛雪は歌い始めた。

夕焼け小焼けで日が暮れて
山のお寺の鐘が鳴る
おてててつないで皆帰ろ

鳥と一緒に帰りましょう

その声は、かすれるようにか細い。途切れ途切れで、誰かに聞かせる気はないようだ。だだっ広い部屋に、愛雪は一人だった。

コンコンとノック音がして、さっと扉が開いた。三十年以上勤めるベテラン秘書そっくりの慣れた手つきだが、入ってきたのは若いスタッフだ。スタイリッシュな東京の青年で、ぴったりしたピンク色のシャツ、ストライプ柄の濃紺のスラックス、手入れの行き届いた細長の革靴を履いている。Ａ４サイズの書類を手に、お辞儀して話し始めた。

「社長、来週火曜日の久留米工場の落成式のタイムテーブル最終版です。福岡県知事は十時に到着するそうです。今のところ加藤衆議院議員の出席は未定です」

愛雪はごく短く聞き取りづらい声で「はい」と答え、受け取った。そしてスケジュールを見ながら訊ねた。

「草彅さん、病院の検査結果はどうだったの?」

「単なるウイルス感染だそうで、もう熱は下がりました」

「本当。よかった」顔を上げると、うなずいた。

青年は特に指示はないとわかると、また一礼して部屋を出た。

入れ替わりにまた一人、入ってきた。定年を迎えた長田繁子である。佐渡島の九十歳の母が送ってきたイカの干物だと言いながら、定年後の計画を話している。彼女は田舎に帰って家を建てる。夫とは北と南で部屋を別にするほうがお互いに楽だと言う。愛雪より二十以上年下の彼女の話は、どこか心に響くものがあって、口を挟まず黙って聞いた。

長田が部屋を出ると、今度は秘書の七草が入ってきた。王威徳を出迎えた時に広い額を覆っていた巻き髪はすっかり影をひそめ、額には毛先の分かれた細身の筆跡のような皺があった。

「社長、年明けに台湾にお戻りになる際の航空券ですが、十日発、十一日に投票、十五日にお戻りという予定でよろしいですか」

「五日ほど前倒ししてくれる？　台湾から総統と国会議員の戦況が厳しいから、台湾婦女会の会員を連れてきて、応援のスピーチをしてほしいと頼まれたの」

「台湾の選挙は熱いですね。集会に数万人が集まるなんて、驚きです」

「台湾人は心から民主主義を求めているからよ。昔は国民党の一党支配で、戒厳令が敷かれて政府批判もデモもできなかった。その自由がなかったの。選挙で国民党が鳥かごから出した時だけ、候補者は発言できたんだから。選挙で国民党を批判する声がどんどん強まって、民衆が命がけで不満を口に出した。だから、選挙集会には皆で集まって声を出すのが、台湾政治の伝統になったのね」

「日本は選挙カーに乗ってマイクで話すだけで、選挙カーの前にそんなに集まりません。台湾に比べたら寂しいものです」

「国民がもっと政治に関心を持たなくちゃ」

「そうですね。台湾の人たちに学ばないといけませんね」

「台湾は女性総統も出したのよ。日本も早く追いつかないと」。愛雪は棚の上にある写真立てのほうを見た。

そこには、愛雪と眼鏡をかけた蔡英文《さいえいぶん》の姿があった。二人の表情には、自信があふれている。撮影時の蔡英文は総統就任前で、野党民進党の主席だった。最初の総統選挙で海外在住の台湾人の支持を求めて海外にも足を運ぶ彼女のため、愛雪は東京での集会を用意したのだった。

そのスピーチに立った愛雪は、落ち着いてマイクの位置を少しだけ下げると、黙ったまま笑顔で会場を見回した。

「孫愛雪です。今年八十四歳になります」会場にいた数百人が一斉に拍手を送った。壇上で隣にいた蔡も笑顔を浮かべながら、愛雪に拍手を送った。「日本に来て半世紀以上になりますが、私は台湾人です。今回は必ずや台湾に戻って蔡英文さんに投票します！」雷鳴のような拍手が会場に響いた。

77

航空券の話に戻そう。

「台湾行きですが、今回もエコノミークラスでしょうか」

「もちろん。無駄遣いしないで」

「社長の足はまだ完治していませんし、やはりビジネスクラスのほうが……」

風呂場で転んで足を骨折した件は考える必要はないと、愛雪は手を上げて七草の言葉を遮った。

「しかし……」

ここで七草は泰一の名を持ち出した。「常務からは、広くてゆったりしたビジネスクラスに座らせるように言われているのですが……」

「その分で、もっとたくさんの人を支えたり、いろいろなことができるのよ。そのほうがずっといいわ」。息子に向けては「常務の気持ちは有り難いけどね」と付け加えた。そしてすぐに夫のことを思い出した。

「前社長だってエコノミーしか乗ったことがないのに、私が贅沢できるもんですか」


英吉のことを思い出したせいか、ガラス張りの向こうの夕陽が目に入った。

「六十年前と今とでは東京もすっかり変わったわ」

「どんなところが変わりました?」

「カラスがいなくなっちゃった」

思いもよらない答えに、七草は微笑んだ。

「昔はカラスがたくさんいたの。洋服を外に干したら、早めに片づけないと。乾いて軽くなったズボンはカラスに持っていかれるし、靴下だって片方ないなんてしょっちゅう」

「ズボンなんてどうするんですかね?」

「巣を作るの。上手なものよ」

「六十年前の台湾と今とでは、何か変わりました?」七草は、子どもに訊くように、腰をかがめて愛雪に訊ねた。

「そうねえ。女性総統が誕生した！ってところね」

「ああ、そうでしたね。日本も早く追いつかないと！」

笑いながら話していたら、外はすっかり暗くなっていた。

ビルの十八階から代々木公園のほうを眺めると、東京の都心はポツポツと明かりが点き始めていた。あちらこちらに漁船が浮かぶ、ふるさと高雄苓雅寮の海のようだった。

愛雪が台湾に帰る日が迫っていた。

78

朝早く、ハトが電柱の根元で残雪をつついている。

社長室に入った七草は、机の上のひめくりを「二〇二〇年一月十四日」にして腕まくりをし、「よし」と自分に気合を入れて、この日の仕事をスタートさせた。まずはいつものように、社長室の机と椅子を拭くところから。週末二日分と成人の日の休日分に、今朝の朝刊を加えた新聞は、合わせて八部になる。持ち上げてトントンと揃え、整列させる。社長室に入ると、A４大に畳まれた新聞が重なり、机の上にきっちりと並ぶのが目に入る。

いや、ちょっと違う。首を少し傾げると、七草は新聞をもう一度持ち上げてすべての一面が半分くらい見えるように並べ替えた。一番上は日曜日の産経新聞、その次は日曜日の日本経済新聞だ。手のひらで平らにならしていき、産経新聞の一面トップの見出しになると、思わず微笑んだ。

「台湾・蔡総統が再選」

産経の記事タイトルには、大きな太字のゴシック体が使われている。

七草は、白いふきんで社長室の写真立てを拭いていた。

「この歳まで生きてきて、台湾人が一票一票で自由に総統を選び、さらに女性総統を選ぶ日が見られるなんて、本当に幸せよ」。いつか聞いた愛雪の言葉が聞こえてきた。

七草は、愛雪と蔡総統の写真をしげしげと眺め、後ろに一歩下がると、まくっていた袖を正してボタンを締め直し、写真に向かって深々と頭を下げた。

「素晴らしいですね、社長！　すごいですね、台湾！」

著者あとがき

五年前の立冬を過ぎたある日、前駐日大使の羅福全《らふくぜん》ご夫妻と寿司をご一緒した。羅さんから、イェール大学法学博士の陳隆志《ちんりゅうし》教授の弟さんで、ニューヨーク在住の法学博士の陳隆豊《りゅうほう》さんが私に会いたがっていると聞く。陳さんはニューヨークで銀行を開業しているが、本業は弁護士だと言う。羅さんは、彼はニューヨーク在住の台湾人の間で「兄貴」と呼ばれている、と強調した。

週明けに陳隆豊さんから電話があった。その夜、台北に到着したばかりと言う。彼は私のことを「柔縉」と呼んだ。そこにはなんの壁もなかった。落ち着いた声でゆったりと話すだけでなく、語尾を少しだけ伸ばすものだから、彼に呼ばれると自分の名前が浮き上がるようだった。

お互いの居所を確かめると、驚いたことに滞在先であるお兄さんの家と私の自宅が二百メートルと離れていない。私のよく知るマンションだとわかって、二十分後に会うことになった。

家を出る時に私が想像していたのは、映画『ゴッドファーザー』に出てくるような年長者だった。深く皺が刻まれ、瞳からは考えが読み取れず、指先には葉巻の跡がある、そんな相手だ。

通りに着くと、斜め前の街灯にぼんやりと人影があった。どう見てもゴッドファーザーだ。こちらに向かって斜めに通りを突っ切ってきた。五歩ほど先で、まず私の名前を呼ぶと、アメリカ式の熱意あふれる両腕が伸びてきた。ごく自然に握手を交わした瞬間、彼がハラハラと泣き出したのである。

目の前にいたのは、想像していたニューヨークのゴッドファーザーではなく、一人の傷ついた台湾紳士だった。

閉店間際のレストランで、彼の来意を訊くことにした。

二か月前、陳氏の夫人である郭玥娟《かくげつけん》さんが永眠した。ニューヨーク州フラッシングにある部屋はそのままだが、妻の写真が一枚だけ増えた。毎日、彼女に向かって話しかけている。彼女の生涯や、二人で法律事務所に車で向かい、どんな時も一緒にいた日々のことを思いながら。そのうちに、思い出したのだと言う。彼女がずっとやりたいと言っていたことを。それが、彼女の母の波乱万丈の人生を書き残すことだった。

話を聞いた数日後、彼は取って返すようにニューヨークに戻った。「水やりがあるから、一週間以上は家を開けられないんだ」。結婚した最初の年、妻の誕生日祝いに、九十九セントで小さな緑の植木鉢を買った。彼女が丹念に世話をして、その緑は四十年ずっと元気だ。

妻の愛したものを守るために大急ぎでニューヨークに帰る――この一件は、私の心に深く刻まれた。「誰かに義母の物語を書いてほしい」それは夫の本心として疑いようもなかった。

陳氏がニューヨークへ戻り、今度は私が東京へ向かった。波乱万丈の人生という郭孫雪娥《かくそんせつが》さんにお目にかかるためだった。

初対面で、それまで取材したことのある八十代や九十代の女性とはまるで違うと感じた。デスクを挟んだ向かい側で、八十八歳になる女性社長が仕事をしている。時に書類を見、そろばんを弾き、そして部下がノックして入ってくる。常連客の訪問にも遭遇した。そうして、長い時間、彼女のことをじっと観察した。

仕事の隙間を縫うようにして聞いた彼女の話は、モノクロのフィルム映画を一本、また一本と見ているようだった。

日本人の子たちばかりの小学校に入ると、授業中はあくびばかりしていた。教師である父から早々と五十音は教わっていたからだ。「みんなはどうして知らないんだろう?」と思っていたと言う。試験の時は答案用紙に名前を書くが、彼女はひらがなとカタカナの両方をきっちり揃えて書くという演出を凝らした。二年生になって日本人の同級生が九九を覚える頃に、彼女はすっかりお手のものだったから、先生はまず彼女に暗誦するように言った。そんな調子で、小学校から高雄高等女学校まで日本人に馬鹿にされたことはなかった、と話す。

二十歳前後の三年の間に二度、父と夫が相次いで政治的な理由で台湾から逃亡する、という悲痛の別れを経験する。

本来なら日本の大学に進学していた。本来なら医師の妻になっていた。どちらも政権交代によって大きく捻じ曲げられた。夫を高雄港まで見送りに行った際、一歳にもならない娘を抱え、海の向こうに向かって娘の小さな手を取った。どれが夫の乗る船かわからないが、「お父さんにさようならって言うのよ」と手を振った。「その時、泣きました?」と訊くと、彼女はなんて意気地のない質問だとでもいうように厳しい顔つきで答えた。「泣きませんよ! なぜ泣かなきゃいけないの。悔しくて泣くなんて、負けじゃありませんか」

港のある高雄という故郷は、風避けとなって彼女を守ったわけではなく、どんな荒波でも恐れぬよう諭したようだ。

それから六十年、夫の実家の麻豆であろうと、東京であろうと、郭孫雪娥さんは台南の学生にセーターの編み方を教え、田園調布では衣料品の貿易を手がけ、渋谷ではレストランとクリーニング店を開き、さらには製薬会社まで引き受けることになった。独裁政権に負けてなるものか、という思いが彼女を突き動かし、一秒たりとも止まることなどできなかった。明日のことを考えていたから、過去を振り返る暇などなかった、と彼女は言う。私が台湾から孫家の妹さんが保管していた結婚写真を持っていった際には、麻豆を離れた時には、義父母が悲しむことを恐れて何も持たずに出てきたから自分の新婦姿など七十年近く見ていない、と言う。写真を手にしても特に感情が昂るでもなく、涙を浮かべるでもなく、ただ淡々と「この時はね、これからどうやって生きていけばいいんだろうって考えていたら、ちっとも笑えなかったの」と言った。

三日目のインタビューの際、出されたケーキを断ったがために、彼女に諭された。私はもともと胃腸が弱く、焼き菓子が苦手だ。それまでそっけない口調だったのに、突然、滔々と話し始めた。「私たちのような戦争を経験した世代は、あなたみたいな身体じゃいられなかったわ。ご飯時に空襲の音が聞こえてくると、空襲が終わって戻ってくるまでどのくらいかかるかわからないから、食べ終わるまで箸を置かなかった。あなたのようじゃ、一晩でお腹を壊してしまう。それじゃ駄目なのよ。もっと丈夫やないといけん」

優しい、大人しい、礼儀正しい――日本統治時代に高等教育を受けた台湾女性特有の形容詞は、郭孫雪娥さんにはどうも合わない。気迫、気迫、また気迫――次から次へと気迫の波に襲われるようだった。自信に満ちた口元に気迫が漂い、絵具ではなくペンを手にしたのも気迫なら、私のような書き物をする人間にとっては、気分の上下が見えないこともまた気迫だった。丈夫になって気力を充実させよう、と思わされた一件だった。

彼女の夫、郭榮桔《えいけつ》氏は一九七〇年代に世界中を回った。と言っても観光ではない。各地の台湾人留学生や台湾人会を訪ね、「世界台湾同郷会連合会」（世台会）の創設を呼びかけ、自ら初代会長となり、その後も三期会長を務めた人物である。その後も郭氏は幾度となく寄付を行い、〝台湾独立運動の出資者〟と呼ばれる。だから海外在住の台湾人の間で彼女が「郭さんの奥さん」と呼ばれるのを耳にするたび、内心では「違う。郭さんの奥さんじゃなくて、孫雪娥さんよ！」と言いたくなるのだった。

二度の東京訪問による十回を超すインタビューで孫雪娥さんの人となりを知ると、今度は、時代という名の大きなコンテキストの中に置いてみた。一代記の主人公として見た時、彼女はちょっと変わった歴史の時空にいたことに気づいた。

この二、三十年の間に回顧録や伝記、歴史的人物に関連する書物が次々と出版されているが、高雄で生まれ育った人のものは数少ない。ここで言う「生まれ育った」とは、高雄港の古い集落のいくつかを指している。百年前、台湾籍の高雄市民は約四万人いた。一九二四年に市となった高雄は、湾に囲まれた港湾都市で、市民の暮らしは海や船とともにあった。今日の高雄市のように、高雄県が含まれて海あり山ありの地ではない。日本統治時代、打狗〔高雄〕港は港の近代化のために拡張工事が行われ、土地の埋め立てによって新しい土地ができ、高雄は港湾都市としてのチャンスとばかりに、両手を広げて各地から訪れる人々を受け入れた。のちに東南コンクリートを創業した陳江章《ちんこうしょう》は澎湖、永豊フィナンシャルグループ創業者の何傳《かでん》は台南の安平、元高雄市長の楊金虎《ようきんこ》は台南歸仁《きじん》、大統百貨グループの呉耀庭《ごようてい》は台南佳里の生まれである。また政治大学の陳芳明《ちんほうめい》教授の母ははるばる台中の大甲から高雄に職探しにやってきて、最終的に最も華やかなりし頃の吉井百貨店で働いた。一九六〇年代になると、若かったわが父も雲林の莿桐《しどう》から妻と息子をともなって高雄市の三民区湾仔内に引っ越し、私は六歳から十五歳までを高雄で過ごした。記憶では、隣の貸本屋の小父さんも我が家と同じく雲林の人だったし、通りの向かいにあった家具屋のご主人は澎湖出身だった。

孫家は港に近い苓雅寮《れいがりょう》に居を構え、孫雪娥はそこで生まれた。最初の小学校は哨船頭近くにあり、その後、塩埕町に転校する。高等女学校を卒業して初めての職場は海岸に近い新濱町にあった。まさしく、彼女は典型的な生まれも育ちも高雄港の娘である。私見の限りでは、台湾近代史における歴史的人物は野山で育った人物ばかりで、孫雪娥のように港育ちは稀有な存在だ。

巨大な船が港湾を出入りし、けたたましい汽笛が鳴り響く中、聳え立つクレーンが砂糖の入った大きな袋やバナナを入れたバスケットを持ち上げる。そうした海も空も近いダイナミックな場所で育ったなら、青々とした木々や田んぼに囲まれた野の静けさで呼び起こされるマインドとはきっと違うはずだ。それに、孫雪娥さんに言わせれば「高雄の海は、釣りをしたり魚を捕まえるだけではなく、各国の船が来る港ですからね」である。

孫雪娥さんは、私の言う「高女世代」である。

毎週金曜日の午後、台北士林では卒業生たちの例会が行われている。戦前の台北第一高等女学校を卒業した人たちで、人数はわずか十人ほどだ。年齢が上がるにつれ、第三高等女学校の卒業生も加わって、ようやく円卓が満席になる。そこに何度かお招きいただいた。初参加でちょっと興奮しながら「私も〝北一女〟（台北第一女子高級中学）の卒業生です」と自己紹介したら、すぐさま柔らかな笑い声で訂正された。「私たちは〝北一女〟ではないわ。私たちは〝台北第一高女〟（台北第一高等女学校）ですからね」こうして戦後にできた「女中」（女子高）とは異なる、「高女」の二文字にハッとした。高女とはつまり、戦前に高等教育を受けたごく限られた女性なのだ。

日本統治時代には、中学校と高校の区別がなかった。台湾籍の女児は、公学校を卒業すると四年制の高等女学校への入学資格を得ることができた。高等女学校に合格できたのはほとんどが、いわゆる中産階級以上の家庭の女子で、人数は極めて限られている。台北第三高等女学校、台南第二高等女学校、彰化高等女学校では明らかに台湾籍の女学生が主だったが、それ以外の台北第一高等女学校、新竹高等女学校、台中高等女学校、高雄高等女学校における台湾籍の生徒は圧倒的に少数派であった。台北第一高等女学校が戦後に編纂した卒業生名簿によれば、一九二二年に一人目の台湾籍の卒業生を出して以来、一九四五年までで合わせても七十九人しかいない。毎年、台湾籍の生徒数は百人に一人か二人の間で、最高でも三人だけだ。

さらに細かく見ると、高女世代に初等教育を受けた人にも違いがある。一つは台湾人の同級生に囲まれた公学校に通っていた人、もう一つは日本人の小学校に通った人である。とりわけ後者は日本の影響をより深く受けており、終戦時でもほぼ台湾語を話せなかったという。戦後、どれほど時間が経過して、日常的に台湾語を使っていたとしても、母語の程度には至っていない。最近、九十歳を超えた高女世代の女性は、私が台湾語で言った「衫仔古賽賽」（服がとても古い）という語が聞き取れなかった。幼い孫雪娥さんはずっと日本人と一緒に学んでいたから、同じく戦後になって台湾語を話すようになった。こうしたマイノリティのアイデンティティや激動の人生において、どのようにして時代の変遷に対応してきたのかは、歴史研究の観点からきっと興味深いテーマになるはずだ。

孫雪娥さんへのインタビューが一段落すると、どのようにして革命家の妻が、世で言う「良妻賢母」を全うし、さらにその枠を飛び出して自分の名前で生きるようになったのかを書きたいと思った。それだけではない。日本統治時代の高雄港、高女世代、そして台湾の百年の移り変わりを書きたいと思うようになっていた。こうした気持ちを、陳氏に話した。そして、これまで小説を書いたことはないが、今回は物語の形にして、時代小説として考えてみたいのだ、と。ただ、そうなると陳氏の義母に限った個人的な伝記ではなくなることをはっきり表明しようとした矢先、陳氏は賛同してくれた。そして、郭孫雪娥個人に光を当て、彼女を讃えるためでなくていい、そういった時代の台湾と、彼女のような強い女性がいたことを書いてほしい、と言ってくれた。嫌な展開になるかもしれないと想像していた私が間違っていた。考えてみれば、この家の人たちは、自身の力でとっくに名前は知られており、歴史に名を残しているのだ。

最近、戦前の台北第一高等女学校を知るため、卒業生にお目にかかっている。そのうちの一人、童《とう》静梓《せいし》さんは、終戦の翌年に公費で浙江大学に留学したが卒業前に台湾に戻り、台湾大学法律系〔学部に相当〕に入った。彼女の夫である林榮勳《りんえいくん》氏は台湾独立運動の「フィラデルフィア五人衆」〔一九五六年に同地で独立運動を始めた五人の総称〕に名を連ねる一人で、初期の国民党反対運動でアメリカに留学した人物である。インターネットで彼の画像を探したところ、一枚の写真がヒットした。写真には四人の人物が収まっていて、右から郭雨新《うしん》、林宗義《そうぎ》（林茂生《もせい》の子）、林榮勳の各氏である。名前が表示されていなくても、誰だかわかるほどよく知られた人たちだ。そして一番左に、大きな姿で写っているのが、名前はないが、孫雪娥さんの夫、郭榮桔《えいきつ》氏である。あるいは、この一枚の古写真が、郭家と陳家の理想を垣間見せるのかもしれない。彼らにしてみれば、浮雲のような名声よりも、台湾人が自由かつ尊厳を持って生きられる社会をつくる、そのことこそが最も尊いことなのだから。

本文を読んでからこのあとがきを読んでいる方には、本書の物語が孫雪娥さんの人生と非常によく似ているとおわかりだろう。だが、ここで改めて、孫雪娥さんは主人公の原型ではあるが、物語には大いに脚色しており、孫愛雪は孫雪娥ではないことを強調しておく。歴史的な背景をより広く描き、台湾近代社会の変遷をつかんでもらうため、本書には実在した歴史的な人物や出来事にも触れたが、たとえば海王商会の王家のような虚構も大量に加えていることから、本書はフィクションとしての時代小説と考えている。

近代台湾や近代日本の歴史に詳しい読者諸賢にとっては、小説中のフィクションとノンフィクションの境が見極められる場合もあるだろう。それも含め、読み進める際の楽しみにしてほしい。また、それほど歴史に明るくない方には混乱を招かないよう願うばかりだ。

一九九〇年代初期から歴史的な人物に取材を重ね、台湾の昔の出来事やモノの史料を調べたりしているうちに、三十年が経った。本書の物語を書いている間、いつか聞いた話が突如として輝き始め、魚が水面に跳ねるような瞬間があった。確かにフィクションではあるが、大半は、私の知っている実際の史実に基づいて、妥当だと考えた話や事物で形づくったものだ。したがって、本書を読んだ方が、この百年の台湾で起きたさまざまな困難や当時の人々の気持ちを感じ取れる作品だと受け止められたら十分だ。

最後に、お目にかかることがなかったが、郭玥娟さんにも改めて御礼を申し上げておきたい。彼女は東京の上智大学で歴史を専攻していた。そうした「台湾に生きた人たちの期待を裏切りたくない」という不安にも似た気持ちは、執筆全体を通じて考えていたことだった。

孫雪娥さんの訪問から、本書の刊行までに丸五年かかってしまった。その間、我慢強くお待ちいただいた陳隆豊氏にも感謝申し上げる。初稿に目を通して励ましてくださった言葉は、心に刻んでいる。改めて感謝したい。

子どもの頃、湾仔内に住んでいたので、港湾の近くではあったのだけれど、ほとんど遊んだことがなかった。一度だけ、十三、四歳の時にこんなことがあった。外国船が洋書をたくさん積んで高雄港に停泊すると聞き、自らごちゃごちゃしたレールを踏んづけて海辺に行き、へんてこなキャビンに入ると、見たことのない景色が広がっていた。そうして人生で初めて買った英語の本は、「女子たちの物語」といった類いのタイトルだったと記憶している。高雄港は船の解体でも勢いがあり、廃棄物の中にも良品が多くて、やりとりも盛んだった。船のハッチの板は、私の初めての勉強机である。父が買ってきた一冊の『香港電話簿』は手のひらの虎口《ここう》ほどの厚さで、夏休みの間、私は一ページずつ大きな字で書き写した。人生の大半を書くことに費やせたのは、高雄港からの贈り物だったのだ。

高雄との縁は深かったようだ。高雄を舞台にした時代小説を書くことができたのは、喜びというだけでなく、感激でいっぱいだ。私を育て、人生に善き種を蒔いてくれた高雄に感謝している。

訳者あとがき

時代は、誰かひとりが背負うものではない。時代は、私たちひとりひとりに刻まれているのだ。記憶を語り継ぐのは、一部の英雄だけではない。エピソードに貴賎はなく、そのすべてが伝えるに値する。どのエピソードがいつ誰の心の中で輝き出し、熱を帯びるかは誰にも予測できないのだから。

本書の著者陳柔縉《ちんじゅうしん》が二〇〇九年に台湾で刊行した《人人身上都是一個時代：ひとりひとりに刻まれた時代を追いかけて》の一節である。同書は『日本統治時代の台湾』と題して日本で二〇一六年に天野健太郎氏による翻訳で刊行された。

訳者が本書を訳している間、この一節が何度も脳裏に浮かんでいた。本編を読み終えてからここにたどり着いた読者諸賢なら、おそらく共感してもらえることだろう。本書は主人公の孫愛雪《そんあいせつ》一人に時代を背負わせることなく、登場する人々それぞれに時代を映し出した物語だということを。

物語は台湾南部の高雄《たかお》港に始まる。両親ともに教職にある家庭に育った孫愛雪は、日本統治下の小学校、高等女学校で教育を受け、就職して終戦を迎える。戦後、国民党政府による大規模な殺戮と弾圧が始まると、身の危険が及んだ父が香港へ逃亡する。時が経ち、治療のため東京に渡った愛雪は日本で事業を興《おこ》し、台湾独立運動に奔走する夫を資金面で支える。そして逃亡から数十年後、父を陥《おとしい》れた相手の正体を知る。父はなぜ香港に渡ったのか、その背景にあったものは?——日本統治で台湾人が受けた抑圧や戦後に起きた大規模な殺戮と弾圧、さらに日本で台湾独立を目指す台湾人など、これまであまり知られてこなかった台湾史とともに、大きな苦難に屈することなく生きる女性の姿を描いた歴史・時代小説である。

物語の時間軸は、日本統治下の一九三〇年代から蔡英文《さいえいぶん》の総統就任二期目にあたる二〇二〇年までのおよそ九十年にあり、愛雪の成長に応じて、舞台は日本統治下の高雄から戦後の高雄、そして戦後の東京へと移ってゆく。

日本による台湾統治は日清戦争の終わった一八九五年から太平洋戦争の終わる一九四五年まで五十年に及んだ。統治当初は、樺山資紀、桂太郎、乃木希典、児玉源太郎と、日本史に名の刻まれた軍人が台湾総督を任された。それが大正デモクラシーの興った一九二〇年前後に文官総督が就任するようになり、二九年には第十三代総督として石塚英蔵が就任した。三〇年は統治下最大の抗日事件とされる霧社事件が起きた年でもある。

統治初期、日本政府は税制や教育体制、専売制度を敷き、土地整理事業を行い、戸口調査で人口を把握し、台湾という資源を詳細に掌握すると、鉄道や港、さらに水利の整備を行ってロジスティックスを整えていく。

飛行機がまだ一般的でなかった時代に、あらゆる窓口となる港は、造船技術と港湾技術の向上によって大きく変化していった。統治開始当初の港は台北郊外の淡水と台南の安平が主だったが、基隆《きいるん》と高雄が玄関口として整備され、徐々に大きな船が入港できる港として整備される。同時に貿易額が増加し、一九三〇年代には基隆と高雄が台湾の港でも一、二を争う港へと躍進した。そんな中で南進政策の重要拠点として台湾、中でも南側の玄関口である高雄へと注目が集まった。本書の物語は、そんな高雄で一九三一年に実際に開かれた「高雄港勢展覧会」のさなかに起きた事件が発端だ。

台湾の大富豪家族とその御家事情、日本統治時代の台湾社会、終戦前後の様子、日本の商社での勤務、日本人引き揚げ後の高雄、二二八事件、白色テロ、東京タワー建設、所得倍増計画、大阪万博……台湾の、台北ではなく高雄で、男性ではなく女性の主人公が、のちに東京で生きていく。マージナルな立ち位置から著者が見せる物語は特別な輝きを放つ。

この本を手にした日本の方々にとって、特に馴染みのない時空は戦後の台湾かもしれない。今や世界的企業を抱え、毎回投票率七割を超える民主主義国家・台湾の姿は、本書ではほとんど描かれない。

終戦で日本人が引き揚げた台湾に、蔣介石《しょうかいせき》の率いる国民党が逃れてきたことで、急激な人口増加とインフレが起きた。同胞へ寄せていた台湾人の期待は裏切られ、一九四七年に民衆の不満が台湾全土に及ぶ抗議行動という形で爆発すると、政府は大量の殺戮と弾圧によって押さえつけた。この「二二八事件」を発端とする大規模な政治的弾圧「白色テロ」の死者数は、一九九二年に「一万八千から二万八千人の間」と公式発表されたが、今もなお実数は不明だ。

不明であることの要因は、長期にわたる独裁政治にある。台湾では一九四九年五月二十日から一九八七年七月十五日まで、世界最長の三十八年にわたる戒厳令が敷かれていた。人々には言論の自由がなかった。本作の主人公・愛雪の夫、郭英吉同様、日本や海外で亡命生活を余儀なくされた人は少なくない。台湾にいた人々の間では猜疑心が広がり、密告が横行し、逮捕され、離島へ送られ、心身ともに痛めつけられ、多くの命が奪われた。こうした事態が日本のすぐ隣で続いていたのである。

本書では、そういった日本ではほとんど知られてこなかった民主前夜の台湾の姿が「ひとりひとり」の目線から描かれる。

孫愛雪の父・孫仁貴が香港へ向かい、夫の郭英吉が東京に向かい、そして愛雪が娘に「移民ではない」と言った理由もこの時期にある。愛雪の父・孫仁貴が香港へ向かうことになった理由は、本書最大の謎として、ぜひ本編でお楽しみいただきたい。


著名な歴史家であるE・H・カーは歴史を「現在と過去との間の尽きることを知らぬ対話」と説明する。さすれば、現在と過去との間の尽きない対話によって生まれたのが本書であり、彼女の著作のすべてと言っていい。

作者の陳柔縉は、一九六四年に台湾中部の雲林で生まれた。台湾大学卒業後、台湾の報道機関で記者を務めて独立し、最初の著作を九三年に出版した。政治畑の記者らしく、台湾政治に関連した内容であったが、二〇〇〇年代に入ると関心は日本統治時代の台湾へと変化する。

二〇〇八年『国際広報官　張超英：台北・宮前町九十番地を出て』(原題：宮前町九十番地)、一四年『台湾と日本のはざまを生きて：世界人、羅福全の回想』(原題：榮町少年走天下)は特定人物の回顧録として、陳柔縉がブックライターとして筆を執ったものだ。後者のあとがきにはこんな一節がある。


他人の回顧録を書くのは、話を聞いてそれを書き留めるコピー作業ではない。私の考えでは、どちらかといえば庭園を造るのに似ている。

本書の著者あとがきにもあるように、最初は郭孫愛娥《かくそんせつが》さんをモデルとした〝庭園造り〟に始まり、次第に小説へと変容した作品である。

それまで彼女の全十四作品の大半は、日本統治時代の人と社会の様子を史料やインタビューを基に丹念にあぶりだすノンフィクションだった。本作《大港的女兒》は著者が初めて小説へと大きな舵を切った――その矢先に悲劇が起きた。

二〇二一年十月十五日、台北郊外の淡水でバイクによる追突事故が発生し、本書の著者である陳柔縉は三日後に息を引き取った。享年五十七歳。

本書が台湾の麥田出版で刊行されたのは著者急逝の前年末のことだ。当時日本での翻訳実績は四冊あり、本書の版権エージェントである太台本屋は版権代理の委託を受け、日本における版権取得先を探していた。二〇二三年、遺族が著作権を継承し、日本での刊行が正式に決まった。

つまり本書は彼女の遺作でもある。

原作における本文は全七十八節、三百八十ページ、字数にして約十四万字からなる。本文の前後には本作にも掲載した家系図の他、すべての登場人物の一覧と、同時代の写真や地図がキャプション付きで収録された。

二〇二二年四月二十八日、台湾大学で著者を偲《しの》ぶ展示が行われた。この追悼展示に合わせ、故人を知る台湾の出版界、学術界の関係者が集まり、著者や作品について語り合うフォーラムが開催された。報道機関時代の先輩、大学の後輩といった面々が語る著者は、控えめで、淡々と史料を読み、取材を重ね、そして書く人であった。

展示会場には、高等女学校の卒業生からの献花があった。著者の取材姿勢が見えたような気がした。

また掲げられた看板の写真は、著者が毎日のように通った国家図書館で撮影された一枚だ。著者が執筆に活用した史料は、どれも台湾の図書館で閲覧可能なもので、仕事道具も、誰もが手に入れられるものだったという。そして著者は、次の作品に向けて台北の大稲埕を取材していたという。それはどんな作品だっただろうかと、思わず空を見上げる。

　改めて本書を読むと、物語に生きる「ひとりひとり」に時代が刻まれており、著者が過去と丹念に対話してきたことを実感するばかりだ。

　決して簡単な対話ではなかったはずだ。台湾ではずっと「台湾史」との対話が奪われていた。そもそも台湾で「台湾史」という言葉が登場したのは、蒋経国《しょうけいこく》政権時代に民主化へと舵を切り、李登輝《りとうき》が直接選挙で選出された一九九〇年代に入ってからだ。一九六四年生まれの著者が学校教育を受けていた時代、台湾では中国史が正史とされ、学校で台湾語を話すことは禁止されていた。今では学校で中国史と台湾史が並行して教えられ、ニュース報道や音楽にも多くの台湾語が聞こえてくる。

　では、当たり前のように「日本史」を学校で教わる日本人は、日本史と対話できているのだろうか。オイルショックの翌年、いわゆる団塊ジュニアとして生まれた訳者は、義務教育や日本の学校教育に日本史という科目は存在したが、日本が台湾を五十年もの間統治していた、という事実を学校で教わった記憶がない。「日本近現代史との対話」の機会は失われていたと考えている。

　著者と訳者の共通点は、こうして奪われ、失われていた歴史との対話を、著者は創作として、訳者は翻訳として自らの手に取り戻そうとした点にある。著者が見せてくれた対話は、「すべてが伝えるに値する」という著者の信念を貫くものだ。その豊かな対話の様子が伝わるように心がけたが、具体的な翻訳作業も訳者なりの「対話」の一面であると考え、以下に紹介する。

原文は繁体字による現代中国語だが、時折、台湾語由来の語彙が登場する。時代的背景から考え、当時の台湾人同士の使用言語は台湾語だろう。そこに日本語教育を受けた「国語家庭」の主人公一家の社会的立場などを勘案すると、本書の会話文に抑揚が求められた。そこで、とりわけ台湾語使用が主だと想定される人物や、著者が台湾語を使用した箇所などに、訳者が高校卒業まで育った愛媛南予方言を採用した。

当時の用語や地理の確認には、各種史料を活用した。一八九八年から一九四四年まで日本統治下の台湾で刊行された最大の新聞『臺灣日日新報』の他、日本統治時代の本や写真、雑誌などの定期刊行物を検索できるウェブサービス「日治時期圖書影像系統」および「日治時期期刊影像系統」、また年代ごとに製作された地図とGoogleマップを対比できる「臺灣百年歴史地圖」を活用した。地名の読みは一九三八年刊の新道満著『ローマ字發音　臺灣市街庄名の讀み方』(東都書籍株式會社)を参照した。

これら史料を基に、作品の時間に没入しやすいよう、いくつかの訳者判断を行った。現代的な事物を例に取った描写は違和感のないように改めたほか、訳語についても当時の史料で使用状況を確認した上で「写真師」や「按摩」といった用語を採用した。作中に登場する、特に日本に実在する社名や人名については、舞台設定上、不可避と思われる場合を除き、原書において著者が台湾の固有名を匿名化したのと同じように、変更を加えるなどの対応を行った。

訳出の適否について、本作では通訳者兼翻訳家の詹慕如《せんぼじょ》さんにネイティブチェックを引き受けてもらった。またその校正作業には、台湾で書籍翻訳向けに開発されたソフト「Termsoup」を使用し、誤字脱字や訳出の間違いについて指摘を受け、場合によっては修正案を反映させている。初歩的なミスから深いところでの解釈への示唆など、その丁寧な指摘に心から感謝したい。

本書の翻訳過程については、クリエイターの投稿プラットフォーム「ｎｏｔｅ」で毎週一回、「台湾書籍、翻訳中！」と題して作業の進捗を公開投稿しながら、月額五百円の有料課金という形で企画への支援を募った。ここに、その趣旨にご賛同くださった皆様への感謝を込めてお名前をご紹介させていただく。

竹村千繪さん、Ｋ（東京在住）さん、横山瑠美さん、酒井充子さん、丘村奈央子さん、岡部千枝さん、近藤弥生子さん、秦岳志さん、伊藤尚子さん、堀田弓さん、若井芳江さん、劉汝真さん、小島烈子さん、大西稚恵さん、広谷光紗さん、田中美沙さん、細川和則さん、片倉真理さん、竹下康子さん、酒本大治さん、宮崎由子さん、山本涼子さん、他一名。ありがとうございました。本企画の収益は、オリジナルパンフレットの制作費の一部として活用させていただく。

次の皆様には取材としてお力添えいただいた。同じ陳柔縉作品『台湾博覧会一九三五スタンプコレクション』の翻訳を手がけた中村加代子さん、歴史小説と時代小説の差異についてお知恵をお借りした文藝春秋の荒俣勝利さんと新潮社の楠瀬啓之さん、本作の版権エージェントを務める太台本屋 tai-tai books の金森エリーさん、生前の著者との親交から著書『奇怪ねー　台湾』以降、現在もトップコーディネーターとして活躍する青木由香さん、さらにチベット文学を伝える翻訳家の星泉さん。ありがとうございました。

本作は春秋社アジア文芸ライブラリーの一冊で、ツェリン・ヤンキー著／星泉訳『花と夢』、朱和之《しゅわし》著／中村加代子訳『南光』、ヴァネッサ・チャン著／品川亮訳『わたしたちが起こした嵐』に続く四冊目である。「文学を通じてアジアのこれからを考える」と謳うシリーズに訳者として加わることができて心よりうれしい。依頼時に本シリーズの立ち上げを知った時も、心が躍った。

そんな心躍る依頼をくれたのは本書の編集担当である荒木駿さんだ。翻訳作業への伴走はもとより、新たな取り組みであるプラットフォームでの連載企画を快諾いただき、週一回更新の原稿に目を通し、宣伝へのさまざまな取り組みに尽力してくれた。装幀の佐野裕哉さん、装画の原倫子《ともこ》さんにも、作品を彩る一冊に仕上げていただいた。こうした機会をくださったことに心から感謝したい。そして同社の営業ご担当の皆様、全国の書店の皆様にも、どうか本シリーズが末長く皆様のお手元に届くよう、お力添えを賜りたい。

本書の翻訳に際し、最大限の力を尽くしたものの、仮に訳文に至らない点があるとしたら、それはすべて訳者の力不足に帰するものだ。

陳柔縉の逝去から三年になる。本書を翻訳している間中、頭にこだましていたのは、一度きりになってしまった著者への取材で「人の姿を書きたい」と言っていた彼女の信念だ。台湾の人たちの姿がふんだんに盛り込まれた本作を、ようやく日本に届けられると聞いたら……なんと言うだろう。彼女の信念が一人でも多くの人の元へ届くことを心より願う。

二〇二四年八月　田中美帆

◈ 著者略歴

陳柔縉（ちん じゅうしん）

Chen Rou-Jin

1964年、台湾・雲林生まれ。台北第一女子高級中学、台湾大学法律学系を卒業後、日刊紙『聯合報』、週刊誌『新新聞』で政治記者を経て独立。『私房政治』『総統的親戚』など政治関連の著作で執筆活動を始め、2005年に日本統治下台湾の近代化の歩みを『台灣西方文明初體驗』として発表し、同年台湾出版界で栄誉ある金鼎奬を受賞。2009年『人人身上都是一個時代』（邦訳：『日本統治時代の台湾——写真とエピソードで綴る1895〜1945』PHP研究所、2014年）で再び同賞を受賞。また、ブックライターとして2006年に出した『宮前町九十番地』（邦訳：『国際広報官　張超英——台北・宮前町九十番地を出て』まどか出版、2008年）で中國時報開巻好書奬を受賞。歴史ノンフィクション作品を中心に発表してきたが、2020年『大港的女兒』（『高雄港の娘』）で小説デビュー。2021年10月に逝去。邦訳は他に『台湾博覧会1935　スタンプコレクション』（東京堂出版、2020年）。

◈ 訳者略歴

田中 美帆（たなか みほ）

Tanaka Miho

1973年、愛媛県生まれ。大学卒業後、出版社で編集者として勤務。2013年に語学留学のため渡台し、翌年、台北人の夫と結婚。2016年、上阪徹のブックライター塾3期修了。2017年からYahoo! ニュースエキスパートオーサー。2021年、台湾師範大学台湾史研究所修了。修士論文「移動與境界——臺北高校生・入管官僚竹内昭太郎的記憶分析（移動と境界——臺北高校生・入管官僚 竹内昭太郎の記憶を辿る）」。公式サイトはnote「台湾ひとり研究室」。https://note.com/tanakamiho_tw

---

アジア文芸ライブラリー

高雄港《たかおこう》の娘《むすめ》

二〇二四年一〇月二〇日　初版第一刷発行

著　者　陳　柔縉
訳　者　田中美帆

発行者　小林公二
発行所　株式会社　春秋社
〒一〇一―〇〇二一
東京都千代田区外神田二―一八―六
電話　〇三―三二五五―九六一一
振替　〇〇一八〇―六―二四八六一
https://www.shunjusha.co.jp/

印刷・製本　萩原印刷　株式会社

装　幀　佐野裕哉
装　画　原　倫子

定価はカバー等に表示してあります

Printed in Japan, Shunjusha. ISBN 978-4-393-45509-8

アジア
文芸ライブラリー

刊行の辞

わたしたちの暮らすアジアのいままでとこれからを考えるために、春秋社では新たなシリーズ〈アジア文芸ライブラリー〉を立ち上げます。アジアの歴史・文化・社会をテーマとして、文学的に優れた作品を邦訳して刊行します。

これまでも多くの海外文学が日本語に訳され、出版されてきましたが、それらの多くが欧米の作品か、欧米で高く評価された作品です。アジア各地でそれぞれに培われてきた文学は、一部の人気ある地域のものを除けば、いまだ多くの優れた作品が日本の読者には知られていません。アジア文学という未知の沃野を切り拓き、地理的に近いだけでなく、文化的、あるいは歴史的にも深いつながり——侵略や対立の歴史も含めて——を持つ国々の人びとが、何を思い、どのような言葉で思考し、暮らしてきたのか、その轍をたどりたいと思います。

現代では遠く離れた国のことでも、分かりやすく手短にまとめられた知識が簡単に手に入るようになりました。氾濫する情報の波に手を伸ばせば、深い思考や慎重な吟味を経ずとも、簡単に他者や他国のことを理解したつもりになれます。世の中を白か黒かに分けて見るような、紋切り型で不寛容な言葉の羅列も、昨今では目に余ります。しかし、他者を理解することは、文化も歴史も異なる地域の人びとであればなお、容易なことではないはずです。

単純化された言葉や、誰かがすでに噛み砕いてくれた言葉では、複雑で御しがたい現実に向き合うことはできません。出来合いの言葉を使い捨てにするのではなく、自らの無知を自覚し、立ち止まって考えるために、今まさに文学の力が必要です。文学を通して他者への想像力を持ちつづけることで、平和の橋をつないでゆきたいと思います。

アジア
文芸
ライブラリー

『花と夢』

ツェリン・ヤンキー 著 ／ 星泉 訳

me tog dang rmi lam
Tsering Yangkyi

ラサのナイトクラブで働きながら小さなアパートで身を寄せ合って暮らす四人の女性たちの共同生活と、やがて訪れる悲痛な運命……。家父長制やミソジニー、搾取、農村の困窮などの犠牲となり、傷を抱えながら生きる女性たちの姿を慈愛に満ちた筆致で描き出す。チベット発、シスターフッドの物語。

第 61 回　日本翻訳文化賞　受賞作

好評発売中

定価：本体 2400 円＋税
ISBN：978-4-393-45510-4

アジア
文芸
ライブラリー

『南光』

朱和之 著 ／ 中村加代子 訳

《南光》
Chu He-Chih

日本統治時代の台湾で客家の商家の元に生まれ、内地留学先の法政大学でライカと出会ったことで写真家の道を歩み始めた鄧騰煇。彼のライカは、東京のモダンガールや、戦争から戦後で大きく変わりゆく台湾の近代を写し続ける……。歴史小説の名手が、実在の写真家が残した写真をもとに卓越した想像力で、日本統治時代や戦後の動乱、台湾写真史の重要人物との交流などを鮮やかに描く。

好評発売中

定価：本体 2600 円＋税
ISBN：978-4-393-45506-7